LOCUS

LOCUS

LOCUS

LOCUS

mark

這個系列標記的是一些人、一些事件與活動。

mark 111

六根藍色魔弦

作者：米奇・艾爾邦（Mitch Albom）

譯者：吳品儒

責任編輯：潘乃慧

美術編輯：何萍萍

校對：呂佳真

法律顧問：全理法律事務所董安丹律師

出版者：大塊文化出版股份有限公司

台北市10550南京東路四段25號11樓

www.locuspublishing.com

讀者服務專線：0800-006689

TEL：(02)87123898 FAX：(02)87123897

郵撥帳號：18955675 戶名：大塊文化出版股份有限公司

本書純屬虛構，書中提到的真實人物、事件、機構、組織或場所，僅為提供可靠性，且以虛構的方式處理。其他所有的人物、事件和對話，皆來自作者的想像，勿解釋為真實的人事物。

總經銷：大和書報圖書股份有限公司

地址：新北市新莊區五工五路2號

TEL：(02) 89902588 FAX：(02) 22901658

初版一刷：2015年12月

定價：新台幣380元

Printed in Taiwan

米奇・艾爾邦 Mitch Albom

吳品儒 譯

六根藍色魔弦

The Magic Strings of Frankie Presto

我將本書獻給我的叔叔麥可。
此生遇過許多樂手，讓我想要效法，
不過使我發願「想要彈得和你一樣」的，他是第一人。

來來去去的男孩
拿著心軟吉他，裝在廉價紙盒中，
整夜彈，整夜唱。
他們後來都怎麼啦？

——出自〈約拿〉（Jonah），保羅・賽門（Paul Simon）

第一部

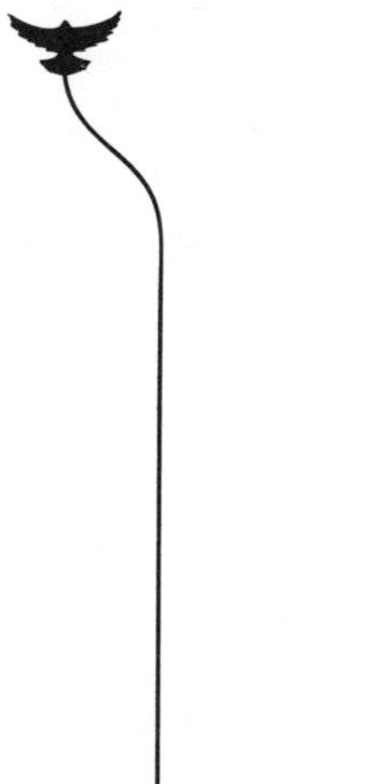

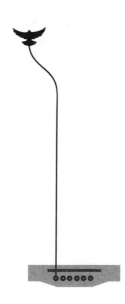

1

我來這裡，領回我的貴重物品。

他在那裡，躺在靈柩中。其實他已經是我的了，但是好音樂家在演奏出最後一個音符之前，只能肅然忍耐。這名男子的旋律已然結束，憑弔者依然遠道而來，再添幾小節，算作尾聲。

讓我們聽下去吧。

上天堂也不急呀。

我是不是嚇到你了？真是不應該。我不是死神，不是披著斗篷的陰暗收割者，也沒有發出腐敗惡臭。並不像你們年輕人描述的那樣啊，**拜託**。

我也並非你們懼怕的死後審判者，我有什麼資格審判生命呢？我曾與善惡共鄰，這男子犯下什麼過錯，我無從置評，也不會評論他的善行。

不過，關於他本人，我卻十分了解：他以吉他編織魔咒，以低沉、帶有氣音的嗓音迷倒眾人。

他用六條藍色吉他弦，改變了六段人生。

這些故事，我倒是能告訴你。

你不聽的話，我只好歇歇。

我總是在找時間休息。

你是不是覺得我故作靦腆？有時我的確如此。我也能變得甜美、沉著，或是刺耳、憤怒、複雜、單純，像傾瀉而下的沙一般撫慰人心，或像針孔之光那樣尖銳刺眼。

我是音樂之神。

我來這裡取回法蘭奇・普瑞斯托（Frankie Presto）的靈魂，我不打算整個拿走，只想要回他出生時從我這裡拿走的一大部分就好了。不管多麼善用，音樂天分是一筆貸款，並非私人物品，離開人世時得還給我。

我要收回法蘭奇的天分，散播給其他新生兒。總有一天，我也會收回你的音樂天分。你第一次聽到旋律會抬頭張望，或隨著鼓點踩踏腳尖，都是有原因的。

人是音樂性的動物。

否則心臟跳動怎會有節奏？

當然，有些人從我這裡取得比較多。巴哈、莫札特、巴西音樂家裘賓（Jobim）、路易斯・阿姆斯壯、艾力克・克萊普頓（Eric Clapton）、菲利普・葛拉斯（Philip Glass）、王子，這些當代音樂人不過是一小部分罷了。這些人啊，出生時我就感覺到，他們的小手伸出來抓住了我。跟你說一個小祕密：天分就是這樣來的。新生兒還沒睜眼時，我們這些神圍繞著他們，化身為鮮豔色彩。他們第一次握起小手的時候，其實是在捉住最吸引自己的天賦顏色。捉住的天分會一輩子跟著他們。幸運的人（我覺得很幸運啦）會選擇抓住我——音樂之神。從此以後，你每次哼唱、每次吹口哨、每次撥弦、每次彈琴，都有我在其中。

我無法讓你長生不死，我沒有那種能力。

但是我能**灌注**你。

是啊，靈柩裡的那個男人得到我的加持，我那神祕而遭人誤解的法蘭奇．普瑞斯托、昔日的知名搖滾樂手，日前在音樂祭表演時驟逝，爆滿的觀眾目擊當下。他的身軀先是升到舞台上方，最後落回舞台上，但那只是無生命的軀殼。

這件事引起軒然大波，直到今天眾人為了他的葬禮聚集在這百年歷史的大教堂，依然問著：「誰殺了法蘭奇．普瑞斯托？」因為他們認為，不可能有人就那樣死去。

這話倒是沒錯。

你知道法蘭奇的本名其實是「法蘭西斯可」嗎？但是他的經紀人想隱瞞這件事，認為「法蘭奇」比較對美國歌迷的胃口。這樣年輕女孩就可以在演唱會上大喊：「我愛你，法蘭奇！」我覺得經紀人想得沒錯，簡單的名字比較適合歇斯底里的發洩。名字可以改，但是不管如何操控未來，過去是改不了的。

他的本名是法蘭西斯可。

法蘭西斯可・德・阿西斯・巴斯加・普瑞斯托（Francisco de Asís Pascual Presto），我挺喜歡的。

賜與他天分的那晚，我本人在場。

沒錯，我知道法蘭奇・普瑞斯托的身世之謎。那是連歷史學家和樂評，甚至法蘭奇本人都不知道的謎團。

要是想聽的話，我可以告訴你。

你是不是被嚇到了？我竟然一開始就願意說這麼私密的故事？唉，再拖也沒有意思。音樂天分不像其他發展較晚的天分，例如「理智」或「數學」。我音樂之神要是賜給你歌唱天分，你第一次唱歌就能展現了。作曲天分呢？通常在開頭幾個音符就能聽出我最好的恩賜。像是莫札特做〈小夜曲〉時，「噹，噠－噹，噠－噹，噠－噹，噠－噹」，他用古鋼琴彈奏時不禁笑了出來，不用一分鐘就作完了。

你知道法蘭奇・普瑞斯托怎麼來到這世界上的嗎？

我會跟你說的。其實很簡單。

故事發生在這裡，小小的西班牙城市——維雅雷亞爾（Villareal）。我說故事喜歡用時間點開頭，所以就從一九三六年八月開始吧，節奏為不規則的6/5拍，因為這段時間是西班牙史上極為血腥的時期：西班牙內戰。聽說El Terror Rojo（紅色恐怖）即將席捲維市大街小巷，這間教堂尤其是目標。教會相關人士包括神父、修女，都已經先逃到鄉間了。

那天晚上的事我記得很清楚。（對，我可是有記憶的。我沒有軀體，但有無限記憶。）天上打著雷，雨水擊打人行道。即將臨盆的年輕母親趕到教堂裡，為自己的孩子禱告。她叫卡門西塔（Carmencita）。骨架小，顴骨高，頭髮又厚又鬈，色如黑葡萄。她點了兩根蠟燭，畫了十字，雙手放在隆起的肚皮上，痛得彎腰，陣痛開始了。

她放聲大叫。一名獨自留守的年輕修女（褐綠色雙眼，門牙有細細牙縫）趕過來，扶她起身，說道：「冷靜。」捧著卡門西塔的臉。但她們還趕不及前往醫院，前門就被踹開了。

屠城者來了。

這些人是革命分子、軍人，對新政府感到憤怒，要來毀掉這間教堂，之前他們在西班牙各處也是如此。雕像和祭壇遭到褻瀆，教堂焚為焦土，神父修女就在神聖的場所當場遭到殺害。

你可能會以為此般恐懼發生時，新生命會被嚇到僵住。沒這回事。不管是喜悅或是恐懼，都不會耽誤新生命。即將出世的法蘭奇·普瑞斯托絲毫不知子宮外的戰爭，他已經準備好要進場了。

我也是喔。

年輕修女匆匆帶卡門西塔來到一間密室，爬上幾百年前就蓋好的祕密階梯。屠城者在密室下方搗毀教堂時，她將法蘭奇的母親引到有蠟燭點亮的角落，躺在灰毯上。兩個人都呼吸急促，組成一種節奏，吸吐吸吐。

「冷靜，冷靜。」修女不斷小聲提醒。

外頭的雨像是木槌般敲打著屋頂，雷聲如同鼓聲。底下的屠城者燒了食堂，火焰劈啪作響，猶如百枚西班牙響板。還沒逃出教堂的人尖叫，發出尖銳的哀鳴，伴以暴行者的低沉指令。低音、高音，火焰劈啪，風聲呼呼，雨聲淋淋，雷聲隆隆，組合成一首盛怒的交響曲，演奏漸強。入侵者撬開聖人巴斯加（Saint Pascual）之墓，正打算「鞭屍」時，教堂上方的鐘突然響了，眾人抬頭往上看，

就在那時，法蘭奇．普瑞斯托誕生了。

他握起小手，帶走一部分的我。

啊，我是不是自顧自說了太多？我還得顧著比例呢。說出生故事是一回事，說人生故事又是另一回事。

離開靈柩旁，去外面走走吧。早晨的陽光讓人一下車就瞇起眼睛，他們把車停在種滿橄欖樹的小公園旁邊的窄巷。真的來到這裡的人，只有一點點，應該要更多才對。據我計算（我算得很準），法蘭奇．普瑞斯托在世時，參加過三百七十四個樂團演出。

你以為這樣代表葬禮會很盛大？

其實每個人活著，都在參加樂團，只不過演奏音樂的只有一部分。我可貴的弟子法蘭奇，不只是吉他手、歌手，也不只是大半人生隱匿行蹤的知名藝人。童年時，他吃了很多苦。為此，他得到一項天賦。他還得到一組琴弦，賦予他改變生命的力量。

六根琴弦，六段人生。

因此，我才會覺得他的告別式會有所不同，才會願意留在這裡聽人弔唁，聽法蘭奇的絕佳交響曲，由認識他的人演奏。我也得解開他的神祕死因，解開跟蹤他到死前的神祕人士究竟是誰。

我想看看這些事情是如何收尾的。

音樂總是渴望尾聲。

不過現在我該休息了，已經說了好多。你看到教堂階梯上抽菸的人嗎？看到那個戴著粗花呢長禮帽的人了嗎？他吹小號，以前手指很靈活的，但他現在老了，跟病痛奮鬥中。

去聽他講一下話吧。

每個人活著，都參加過樂團，

他的樂團，法蘭奇也參加過。

爵士小號手馬可士的話

馬可士・貝爾葛瑞福（Marcus Belgrave），爵士小號手，自組五重奏樂團；曾為雷・查爾斯（Ray Charles）的樂團成員；為麥考伊・泰納（McCoy Tyner）、迪吉・葛拉斯彼（Dizzy Gillespie）、艾拉・費茲傑羅（Ella Fitzgerald）伴唱

先跟你借個火……嗯，嗯，謝謝……

對啊，我也是不敢相信，誰會那樣死掉啊？但我告訴你啊，法蘭奇有點怪怪的，這事情我沒説過，但我發誓是眞的。

我們以前在底特律的俱樂部演奏，大概是一九五一年或五二年的事，在一個叫「黑底洞」（Black Bottom）的地區，以前那裡有一堆很棒的俱樂部，戰後都爛掉了。

總之我們是禮拜五晚上演奏，彈四場——八點、十點、十二點、凌晨兩點。法蘭奇跟我們一起彈，那時候他只是個瘦巴巴、彈吉他的少年仔，還沒灌唱片，連歌都還沒開始唱咧。見鬼！我連他姓什麼都不知道，只知道他叫法蘭奇。他年紀那麼小，根本不可以上台的啊。但是他來彈都不拿錢，俱樂部的頭家眞是賺到了，睜一眼閉一眼就當他成年了。你知道我的意思嗎？我們叫法蘭奇坐後面，離聚光燈遠一點，他那掃把頭在黑暗中跳來跳去。表演結束，

他可以免費吃一盤雞肉，我們也賺到免錢的吉他手。

好啦，好啦，快說到重點了。剛才說，那地方現在已經爛掉了，有一些壞蛋。總之我們在演奏〈煙燻小屋藍調〉（Smokehouse Blues），有個大鬍子帶著漂亮金髮妹坐在角落，她口紅塗很厚，可能想要看起來成熟一點。

然後啊，應該發生了什麼事吧，大鬍子跳了起來，推金髮妹去撞牆。他椅子往後飛，還拿刀抵住她喉嚨，讓她無法呼吸，用各種難聽話大聲罵她。我們的鋼琴師提利（Tilly）直接走出門外，他就是那樣的人，大家都叫他「不惹事的提利」。但樂團其他人都還在彈哪，表情都是「不想看，但也沒辦法不看」的僵硬。彷彿要是我們不彈了，大鬍子就會殺了金髮妹。他一邊吼一邊揮刀，可是大家啥屁事都不做，因爲他**塊頭太大了**。

接下來啊，法蘭奇突然跳到台前，開始彈得又響又快。他彈得好好，大家都不知道要看哪邊，吵架那邊，還是吉他手這邊？法蘭奇喊：「喂！」大鬍子轉過來，亂吼些酒後瘋話。可是法蘭奇只是彈得更快。我跟東尼（Tony）、艾羅伊（Elroy）想跟上他，但他好像中猴一樣，手指快得簡直不像人。

「喂！」法蘭奇又喊一聲，那時他彈得跟閃電一樣快，但每個音還是很清楚、不馬虎，逼得大鬍子非得轉過來拿刀對著他，接受戰帖一般。

大鬍子發牢騷地說：「再快一點。」

他就彈得更快。有人開始歡呼，好像在玩咧。法蘭奇彈完〈煙燻小屋藍調〉，開始彈〈大黃蜂〉（Flight of the Bumblebee），就是那齣俄羅斯歌劇的插曲。我想要跟上去吹，艾羅伊踩踏板踩得超用力，腳都要斷掉了。

結果那傢伙又喊：「再快一點啊！」

我們想說，世界上哪有人可以彈得更快啊？結果想都還沒想完，法蘭奇又加快了速度，他的手指從粗弦移動到細弦，速度快到像是一群大黃蜂要從吉他裡飛出來。可是他都不用看手，只是瞪著那個大鬍子，嘴巴微開，頭髮垂到額頭上。大家都在拍手，想跟上艾羅伊的節奏。這一段，法蘭奇從琴頭最遠的地方一路往上彈到琴頸最高處。見鬼了，大鬍子幾乎像被催眠了，靠近舞台要看清楚。法蘭奇看著金髮妹，她看著他。他頭一偏，她衝了出去，快得跟子彈一樣。

整場歡呼，像平常那樣「嗚～嗚～嗚～」，法蘭奇咬嘴唇，彈到最高音時，像雛鳥被他捏得尖叫出來。大鬍子這時走到舞台邊，法蘭奇把吉他當機關槍那樣對著他「叭噠叭噠叭噠叭噠」，彈完了！他把吉他掛回脖子上，大家像著魔般叫好，他用力呼吸。彈得眞好，還好沒人死掉。

接著法蘭奇衝出門外，去追那個女孩了。

可是喔，重點來了。

我看看他的吉他，有一根弦變藍了。眞的喔，跟火焰中間那圈一樣藍。

我想說，不知道這少年仔哪裡來的。搞不好不知道比較好。

2

好吧，給你一個提示。

要是法蘭奇沒那樣做，口紅搽很厚的金髮妹早就死了。但是法蘭奇那時太年輕，不知道會這樣，連自己擁有那種力量也不知道……

我道歉。

我在上面，窗台這裡。

剛才，我在聽教堂後巷廚房的廣播放金髮美女合唱團（Blondie）的〈玻璃心〉（Heart of Glass）。你有沒有發現戶外播放的音樂聽起來很不一樣？像是草地婚禮上的大提琴演奏，或是海濱主題公園的卡利奧普琴（calliope）？

那是因為音樂誕生在戶外。海浪的間奏有我，風沙呼嘯有我，貓頭鷹呼呼、烏鴉呱呱，也都有我。我乘回音而行，御風前進。自然育我，生而崎嶇粗獷，只有人類會修飾稜角，讓聲音更動聽。

你們要這樣做，沒有關係，但是你們總是以為，環境愈寧靜，聲音愈純淨。胡扯。我有個身材高大、手腳笨拙的薩克斯風徒弟，叫桑尼・羅林斯（Sonny Rollins），他有三年都在紐約市橋下吹奏，他那柔美的爵士旋律飄蕩在嘈雜的交通噪音之中。我常常停在橋梁上，只為聽他一曲。

又好比我那親愛的法蘭奇，他誕生於嘈雜鐘響與混亂毀滅之中。還記得教堂火災那晚嗎？法蘭奇的母親卡門西塔必須設法不讓剛出生的他哭泣，不然會被凶殘的民兵發現。卡門西塔和法蘭奇一同躺在灰毯上，她在他耳邊哼唱歌曲。那是過往的旋律，在維市廣為人知，作曲者也是維市人——吉他大師法蘭西斯可．塔瑞加（Francisco Tárrega）、我的傑出弟子。卡門西塔以最純淨的方式哼著那首歌，淚水從她的臉頰滑落到新生兒的皮膚上。

他沒有哭泣。

這樣很好，因為再過幾分鐘，屠城者便來到主祭壇，搗毀一切的聲響一清二楚。他們愈來愈近，很快就會登上階梯。寬牙縫的綠眼睛修女全身發抖，她知道卡門西塔才剛生，不能走動；她身體太虛弱，血流得到處都是。

她也知道那些人一旦發現修女，格殺勿論。

她默默念著禱文，將道袍蓋住頭，捏熄燭火。

「安靜。」她低語。

卡門西塔停止哼唱。那首曲子她只哼了這麼一次給兒子聽。

曲名是〈Lágrima〉，意思是「淚珠」。

如果你只熟悉一九五〇年代末、六〇年代初，正值全盛時期的法蘭奇，剛才的故事聽起來一定和他很不搭調。那時，他號稱「貓王再世」，灌唱片、上電視、開熱鬧的演唱會。他的招牌照片是一臉笑容，穿著黃褐色獵裝外套、粉紅色衣領襯衫，從車窗探頭出去，在漂亮棕髮女子的手上簽名。

這張照片刊登在《生活》（*Life*）雜誌上，後來成了他的專輯封面。那張唱片銷售成績最好，叫作《法蘭奇．普瑞斯托想要愛你》，高達數百萬張。幼時的小法蘭奇，晃蕩在用馬車運送橘子的窮困街道上，一定難以想像後來賺了這麼多錢吧。

那個時期，大眾認為法蘭奇是美國藝人。他有美國經紀人，唱歌時毫無西班牙腔，就連他會彈吉他這件事也被推到幕後。老實說，他們叫法蘭奇演唱的歌曲，遠遠不及他本身的才華。

我還沒跟你說他得到的第一種樂器，也還沒說無毛狗、樹上的女孩、大師、戰爭、吉他聖手金格．萊恩哈特（Django Reinhardt）、貓王、鄉村藍調歌手漢克．威廉斯（Hank Williams），也還沒說為何法蘭奇會在事業高峰急流勇退。

還有他過世的景象：他越過吃驚的觀眾，飄到空中。

他的人生旅程是一個富有層次的故事。你看起來好像很有興趣嘛，惹得我好想講，有觀眾的時候我總是這樣。

車輛陸陸續續到來，太陽慢慢攀升到城市上方，牧師還在小房間裡著裝。

應該還有時間。

那麼來快轉一下，這樣比較適合 Presto 這速度。對你來說，這個字在現代，可能是看到什麼趣事後發出的驚呼語，在過去卻是作曲家用來表示樂音的最急板，帶有明亮、跳躍、熱情的意思。Presto 也是「準備妥當」的意思。

那麼你準備好了嗎？

繼續講我這孩子的故事。

3

人這一生都會參加樂團。

你出生，開始參加第一個樂團。母親是樂團團長，舞台上還有父親、兄弟姐妹。或許父親不在場，就如同舞台燈下的空椅子，但他依舊是創團元老，要是他哪天出場，記得給他留個位子。

人生展開，你還會參加其他樂團，有些是友誼團，有些是戀愛團，還有一些是鄰居團、同學團、軍隊團。團員可能穿得都一樣，或是嘲笑自己發明的語言。又或者，你會一屁股跌坐在後台沙發上，和別人共用會議桌，或是擠在船上的廚房裡。但是不管參加哪個樂團，你都有負責演奏的專屬音部，那一部分會影響你，就如同你會影響你的演出。

還有，一如所有樂團的命運，為了距離、歧異、離婚、死亡，最後通常會解散。

法蘭奇一開始參加的團是雙人合唱，團員是他們母子倆。上帝保佑，那晚他們沒被屠城者發現，想辦法逃出燃燒中的教堂。但是這場恐怖的遭遇讓她蒙上陰影，她搬到維市最偏僻的角落，閉口不提那天的遭遇。那幾年在西班牙，人與人之間猜忌得厲害，祕密只能自己保管。村人經過身邊時，她總是低頭，避免眼神交會。

「好可愛的孩子啊！」村人誇張地大叫。

「謝謝。」她模糊地回應，快步離開。

孩子長出滿頭黑髮。過了幾個月，她發現每次教堂鐘響，他都會轉頭過去。有一次，母子與吹笛的街頭藝人擦肩而過，法蘭奇伸出手，像要抓取更多音樂（但你已經拿很多了，不可以喔）。

乍看之下，他是個普通小孩，但是有很長一段時間，他都不哭。他幾乎不會發出任何聲音。他倆住在單房的公寓裡，樓下是麵包店，要是餓了（他們很容易餓），她就會下樓晃晃，等著老麵包師傅問她寶寶怎麼那麼安靜。她會垂下眼簾，師傅便會歎口氣說：「不用擔心，太太，總有一天寶寶會說話的。」然後給她一盤泡了橄欖油的麵包捲。偶爾她靠著縫補、洗衣為生，但因為戰爭民不聊生，錢已經夠少了，還要帶小孩，她根本沒辦法工作。每個月來了又走，她幾乎存不了錢。

鄰居建議她：「去教會，請他們幫忙啊。」但她從來沒這樣做，她再也不想靠近教會了。

法蘭奇快過一歲生日時，為了打破單調日常，她帶法蘭奇到大街上最大的一間商店「美迪納」（Medina），看一些永遠買不起的商品。她在新上市的手推車旁晃來晃去，希望自己也買得起。店裡還有強打商品「發條留聲機」，她要離開店門前，停下腳步欣賞機器。衣著合身、蓄著些許鬍髭的老闆走向前，發現她沒戴結婚戒指。他微笑，放了一張七十八轉唱片。

他語氣驕傲地說：「小姐，聽聽看吧。」那是西班牙吉他手塞戈維亞（Andrés Segovia）的唱片，那天早上放的音樂，讓還是幼兒的法蘭奇著了魔。

他歪過頭，雙手握拳。等到歌唱完，他第一次哭了出來。

哭聲響亮。

嬰兒哭聲和成人一般有力，老闆聽了面孔扭曲，客人臉色大變。她覺得很尷尬，之前從沒聽過他這樣大力哭鬧，她急忙搖他，小聲說：「安靜！」但尖銳的哭聲還是不停，聲音大到整間商店都聽得見。夥計抓了一顆收銀台上的糖果，塞到小孩嘴裡想止住哭聲，結果小孩只是雙手亂揮，哭得更大聲。

最後，慌慌張張的老闆又把唱臂放下。

塞戈維亞的吉他聲又出現了。

法蘭奇安靜下來。

我不說，你也知道那是什麼歌吧？

〈淚〉。

那天之後，小孩像是永遠哭不飽似的，哭個不停。沒有一個小時安靜，讓他躺床上，幫他蓋被，也無法安撫他。他那啼哭，比雞鳴洪亮，比野狗吠叫激動。聽起來像是他在利用哭聲，爭取永遠無法得到的東西。

「夠了沒啊！」鄰居從窗口大吼：「餵奶啦！讓他閉嘴！」

但是什麼方法都沒用，他只是夜夜嚎哭。就算鄰居敲牆壁、樓下住戶用掃把頂天花板也是莫可奈何。「想點辦法好不好！」「我們還要睡覺耶！」誰也沒聽過小孩哭成那樣。樓下的麵包師傅也不給她麵包了，希望他們另覓住處。

沒人幫忙，食物又少，可憐的婦人已經窮途末路。她變得憂鬱，肚子餓到發痛，健康惡化。冬天即將來臨，她開始發燒，精神錯亂。她在脖子圍上紅色毛巾，漫步街頭，放小孩在家裡自己哭。有時，她還會自言自語，以為有人在跟她說話。

某個寒冷的早晨，她沒有東西餵小孩吃，也不知道怎麼讓他不哭。她把他帶去維市郊外，密哈勒斯河（Mijares River）在那裡出海。她爬下山坡走到河邊，強風吹來，颳起地上落葉。她看著用灰毯包裹的小孩，那時他安靜了一會兒，她表情也柔和下來。但是遠方教堂鐘響，他聽了又開始嚎哭。她回頭看了教堂一眼，自己也放聲尖叫。

她把小孩丟進水中，然後跑掉。

媽媽不應該做這種事情，但是她做了。淚水從淡綠色的眼睛流下來，滑過牙縫很寬的嘴巴。她一直跑，跑到肺都要爆炸了，頭還是不回，不看小孩，不看河。

媽媽不應該做這種事情，但她不是法蘭奇的媽媽。卡門西塔身上蓋著修女道袍，已經死在教堂的小房間了。

伴唱團員克雷姆的話

克雷姆．當居利居（Clem Dundridge），伴唱團員，曾為King-Tones、Jordanaires（貓王專屬和音群）、法蘭奇．普瑞斯托伴唱

你好……你是電視台的喔？

你知道葬禮什麼時候才要開始嗎？

我？沒啊……我從沒去過西班牙啊——但是我滿喜歡西班牙音樂的。哈，你也聽過那首歌？唱的人是誰啊？噹！「三」什麼的……「三狗夜合唱團」（Three Dog Night）啦！什麼蠢名字啊？

該死，我知道啦。我住的地方，葬禮也不會準時開始……在美國南卡的格林維爾（Greenville）那邊……

沒啦，我大概二十年沒看到法蘭奇了。失聯啦，你也知道嘛，很多人都跟他失聯了，他就是那樣的人啦。我聽到他過世之後，才知道原來他還在表演……

我們怎麼認識的？哈哈，你準備好聽我說嗎？我是在貓王的「路易斯安那乾草車遊」（Louisiana Hayride）廣播節目上認識他的，那是一九五七年的事。是的是的。嗯，嘿呀，當

然是眞人眞事，現在說沒關係啊。本來要等到貓王和法蘭奇都死掉才說的。但他們倆現在都死了，我也八十二歲了，還等什麼哩？我打算在教堂說呢。葬禮進行中，我們可以發言嗎？天主教葬禮，搞不好不行……

現在就說？那……你讓我喝一口你的咖啡，我就……謝謝，眞是不好意思……嗯……好，故事是這樣的。那個時候跟我合作的樂團是Jordanaires，貓王專屬合音樂團。多年來他們換來換去，幾乎都是福音歌手，有些是牧師出身，最後又回教會。我跟Jordanaires也只合作一陣子。但當時貓王正搶手，每場演唱會都比上一場還要盛大。

現在，法蘭奇的名氣跟貓王不相上下，這倒是沒錯。他們笑起來都會露牙，還有那深黑的髮色。雖然貓王是染的啦，他原本的髮色是棕色偏紅。還有，法蘭奇比較高、比較瘦。但是在過去，大家都不知道法蘭奇除了會彈吉他，還會別的。我不知道他怎麼去路易斯安那的，有人說他躲在汽車後車廂，從底特律過去，眞的啦！但是他總是獨來獨往，不抽菸、不喝酒。如果玩團不菸不酒，人家哪有時間認識你……

總之某天下午，我們在士里夫波特（Shreveport）市立講堂，「路易斯安那乾草車遊」節目就是在那裡錄的，那是一場盛大的廣播演唱會。我們當時在檢查晚上表演的音效，貓王帶妹子出去鬼混了。經紀人帕克上校（Colonel Parker）氣炸了，隨時可能痛打誰的屁股。上校把時間排得很滿，痛恨有人遲到，就算是貓王也不能。我們等了五或十分鐘，他一直看錶，最後大吼：「下音樂！先開始！」好吧，絕對不能迕逆上校，絕對不行，所以樂團開始演奏第一首曲子〈我想你，我需要你，我愛你〉（I Want You, I Need You, I Love You），而Jordanaires負責合音。當然啦，貓王不在，這樣排演眞的很蠢，只有一大堆「嗚——嗚——」聲，百呎之外就能感受到上校的怒氣。他的臉整個都紅了，一直看著門，來回踱步。突然，我們聽到有人在唱歌，而且聽起來好像貓王，但其實是法蘭奇。他拿著麥克風在唱，唱得很完美。我看看其他人，心想上校要鞭打他了吧！竟然在老闆面前模仿貓王？怎麼會有人做這種事呢？上校用力盯著法蘭奇，下巴凸出去，口中咬著永遠叼著的雪茄。我心想：「法蘭奇，與你合作眞是愉快。」可是上校沒有喊停，我們把歌彈完了，結果他只跟音效人員說：「這樣ＯＫ嗎？」

後來，我們順利結束，搖搖頭，有點難以置信。我還記得彈鋼琴的胡特（Hoot）排演完之後，馬上遞了一罐啤酒給法蘭奇。他問這是幹嘛？胡特說：「慶祝你沒被大卸八塊啊。」

好，快轉一下。差不多一個月之後，我們跟著貓王去西北太平洋地區開演唱會，預定要在加拿大溫哥華的足球場表演。後來我們才發現，帕克上校在跟軍方談貓王當兵的事情。軍方想要貓王入伍，而上校想盡辦法拖延，好多錄一些唱片。那時，他有貓王這棵搖錢樹，如果有人想砍斷，就算是美國政府，他也會氣炸。

軍方同意和貓王與上校見面，但是行程要保密，而且地點指定在維吉尼亞州。我們可是要在溫哥華表演，軍方卻不肯退讓，因爲高層將軍會出席，他想看貓王。如果不約那天，就等著接兵單吧，一定是這樣。

遇到這種情形，一般人會取消演唱會，但帕克上校可不是一般人。他不想放棄足球場的演唱會，不管誰都一樣。觀眾預估有兩萬人，收入可觀啊。

所以在溫哥華演唱會前一晚，我和 Jordanaires 接到上校的電話，約半夜十二點在一間小戲院見面。那裡空空的，沒有貓王的影子，只有舞台和我們的樂器，上校已經在那兒了，還有——猜猜看誰來了？法蘭奇。上校跟他咬耳朵，他點頭，我們也不知道是怎麼回事。最後上校人轉過來看我們，說：「我要他唱，你們伴奏。」大家互看，心想：**什麼？**不過我們沒說話，只是照做。我們彈，他唱。說眞的，我站在那裡，直到排演結束，要是把眼睛閉上，根本分不出來唱歌的是貓王還是法蘭奇。他眞的好有音樂天分，可以讓大鼓聽起來像夜鶯唱歌，你知道我在說什麼嗎？

但我們還在想，這要怎麼辦？他**看起來**的確很像貓王，可是他**不是**啊。排演結束時，帕克上校說：「好，注意聽。他會站在你們後面，但不會走到台前，聽清楚了嗎？中間休息的時候不准講話，從這首唱到下一首，動作要快。」

當然，他還警告我們：「要是哪個混帳說出去，老子告人的速度會快到讓你的脖子折斷！」這警告是多餘的，沒有人會放棄貓王的演唱會，他也是我們的搖錢樹啊。

隔天晚上，貓王本人去維吉尼亞州，跟政府的人見面。我們在溫哥華，坐黑色轎車前往足球場。法蘭奇坐後座，夾在我們中間。他穿著那件金色外套，戴墨鏡，安安靜靜。看不出來到底是超級放鬆，還是嚇得要命。**我**才嚇得要命咧。我們接到吩咐，回後台時要把他圍住，別讓任何人太靠近，連警察也不行。我們把他推到布幕邊邊，可以聽見外頭人聲鼎沸。我想，這種事情怎麼行得通嘛？

但是站到台上，我們看看歌迷，他們其實距離很遠，都站在看台上。而且上校還在場上裝了柵欄，說是爲了貓王的安全。我們有四十碼的緩衝距離，沒人會靠過來，這正是上校的規畫。而且光打得不強，那時是夏末，場燈本來就不開，遠遠的更看不清楚細節。我小聲問負責唱歌的比爾（Bill）：「你覺得怎樣？」他說：「如果被抓包，就往右跑，車停在那。」

大會廣播：「各位先生女士，貓王上場！」全場同聲尖叫。法蘭奇穿著那件金外套和黑襯衫，頸子掛著吉他，吊帶拉很高，貓王都這樣掛。我做好準備，等著有人噓我或是丟東西過來，但是都沒有，觀眾完全相信！法蘭奇就照上校吩咐的那樣，退後跟我們站在一起。話也沒說，一句「Well, since my baby left me」（自從我的寶貝離開我），直接唱起〈傷心旅店〉（Heartbreak Hotel）。從那個時刻開始，不管是法蘭奇、我還是珀爾．貝利（Pearl Bailey）唱，都沒差了吧，場面瘋狂到根本聽不見。突然，那些小歌迷衝下觀眾席，跑到場上。法蘭奇帶著哭腔唱〈我有個女人〉（I Got a Woman）、〈順其自然〉（Rip It Up）和〈泰迪，準備好〉（Ready Teddy）。我們互看，笑得跟土匪一樣，因爲他表現很好，我們混過去了。警察把歌迷趕回看台，但是他們又跑回來。法蘭奇唱著唱著，愈來愈進入狀況，還像貓王一樣抖腿、搖屁股。有好幾次，我跟他搖頭，不要那樣啊，放鬆唱就好了，安全脫身要緊。但是唱到〈獵犬〉（Hound Dog）的時候，我想他是情不自禁，唱嗨了。他跳到台前，晃來晃去，手臂像風車一樣轉，還學貓王一樣冷笑，結果場面失控。群眾衝到場上，所有人都衝了。警察想讓他們退回去，哨聲嗶嗶，有人摔倒。一唱完〈獵犬〉，保安叫我們下台。法蘭奇臉上掛著微笑，對群眾揮手，像是在說「掰啦」。

二十二分鐘，整場表演就結束了。二十二分鐘，我們佯裝成功。到現在，人家都說那場是貓王音樂生涯數一數二誇張的演唱會，也是他在加拿大的最後一場。這件事，只有Jordanaires、上校、貓王本人（願他安息）知道是怎麼回事。

當然啦，還有法蘭奇。

隔天他就離團了。我覺得他應該不想見到貓王吧，可能貓王也不想看到他。反正他走了，之後我再也沒看過他。幾年以後，他請我跟他一起巡迴演出。他那時候可不一樣了，更有自信，更像明星。我覺得是那場演唱會改變了他。他嚐到演唱的滋味，也想自己來一下。

整整六十年，沒半個人提到那晚的事。我都八十二歲啦，法蘭奇也死了，所以管他的，該把這榮耀還給他了。有那麼多人模仿貓王，靠貓王吃飯，可是法蘭奇才是開山祖師，也是最像的。

如果模仿的意義是讓大家以為看到本尊，那只有法蘭奇才算模仿。

4

像這樣的故事，還會有更多，所以西班牙新聞團隊才會守候在教堂階梯上。工作人員之中，有扛著攝影機的大鬍子，旁邊站著髮型整整齊齊、拿著麥克風的年輕女性。法蘭奇這樣的名人過世，一定很有話題，但是不管誰說了什麼故事，都不會完全說實話，因為除了我之外，沒人知道全盤真相。好吧，其實還有一個人也知道，但是那個人，我跟你打包票，不會來的。

我們剛剛說到哪了？密哈勒斯河，冬天的早晨，逃跑的女人，孑然一身的棄嬰，除了灰毯和悲慘身世以外，什麼也沒有。

先說清楚啊，這些事情，他沒有一件會記得。對他來說，只有接下來那階段的記憶，他才有印象，他覺得那才是人生的開端。

然而，就連開始也有個起頭。像是序曲，那是一種固定形式的音樂。在現代，序曲可以很優美、很細膩，是歌曲的歌曲。但是追本溯源，**序曲**出現於十六世紀，義大利魯特琴樂手稱序曲為 tastar de corde，亦即「調音」。這翻譯不是很美，不過十分貼切。人生啊，得先調音，彈彈弓，把吹嘴弄溼，準備吹奏接下來的深沉音樂。

法蘭奇的序曲，由災難性的誕生揭開序幕，再以密哈勒斯河的撲通水聲作結。才一年時間，他經歷了死亡、劫難、饑餓、遺棄。那時，冰冷河水沾溼他雙眼，害他眨個不停。河流把他往下游帶，本來他很快就會下沉、溺斃，我之所以會在河邊，也是因為如果他死了，我得把他的天賦收回來。但是你們的世界真是令人費解，我只能盡量把我看到的說給你聽：那條灰毯，也就是法蘭奇生母卡門西塔躺過的那條，竟然沒有沉下去。灰毯像小船一樣，起碼撐了三分鐘，又把那小孩帶回市區方向，法蘭奇則是揉揉眼，用難以置信的音量大哭，哭到連神也法無忽視那音量。

講到這裡，我想說一件你們還沒完全搞懂的事情：有音樂性的不是只有人類，動物也有。鳥語啁啾、海豚呦呦、擱淺座頭鯨的哀鳴，眾多動物聲響，應該暗示得很明顯了吧？而且動物不只會創作音樂，也以與眾不同的方式聆聽。

法蘭奇被丟到河裡那天，他哭聲的頻率高過人耳接收範圍。突然，有一隻無毛狗衝到河岸邊。狗兒四腿精瘦，狗皮漆黑得像是漆上去似的。項圈上的牽繩在身旁劈啪飛著。法蘭奇哭聲愈發尖銳、急促，狗兒邊跑邊吠，在河彎那邊嘩啦一聲跳下水。嬰兒往聲音來源一抓，手指勾到了牽繩。狗兒咬住毛毯，倒退爬回岸上，人狗都安全了才停下來。

小孩從毛毯裡滾出來，毯子又掉回水裡，消失在下游。狗兒伸出一隻溼答答的腳，按了他頭兩邊，自己也低下頭，氣喘噓噓。

序曲演出結束。天賦沒回收到啊。

5

出於時間考量（神父致辭可能很久，車子又塞滿了窄巷），讓我們快轉一下，跳到法蘭奇的第二個家。他家是各各他（Calvario）街上一戶民宅，鋪著磚瓦，有馬蹄形拱門，門廊有兩條軌道，可卡住手推車的輪子。屋主是巴法・盧比歐（Baffa Rubio），他有一間沙丁魚小工廠、一輛義大利車，還有一隻無毛狗。

他在河岸邊發現了嬰兒。

巴法未婚，四十幾歲，固定上教堂，臥室牆上掛著十字架。因此，發現棄嬰這回事對他來說是神蹟，就像在蘆葦中發現摩西那樣。他將孩子視為己出，為他洗禮，供他吃喝，晚上哄他睡覺。很少男人會做這種事情。

我講故事，很注重稱呼的。像 allegro 是快板，adagio 是慢板，而這位巴法，他姓盧比歐，意思是「金髮」，不過他頭上布滿細軟黑短髮，由此證實，人可以改變自己的命運。

他將孩子取名為法蘭西斯可・盧比歐。

小孩則叫他爸爸。

巴法挺著啤酒肚，胸前有贅肉，下巴圓潤，額頭鬆垂，還有往下彎曲的鬍鬚，他這體型，坐下來有如一層層皺著的眉頭堆疊在椅子上。小男孩卻能讓他開心。巴法繼承家裡的沙丁魚工廠，在維市開工廠很不尋常，這裡都是種橘子、摘橘子、包橘子、送橘子的。他已經習慣獨自一人；發出魚腥味的肥胖男子，那就是他。但是突然之間，多了一個小人兒和他一起過日子：平常日，他們開義大利汽車出門，週末坐在小花園聽收音機，狗狗睡在石榴花床附近。收音機通常開著，從早播到晚，小法蘭奇只要有音樂出現就很滿足。他蹲在喇叭附近，什麼旋律都跟著唱，聲音高亢悅耳。要是巴法轉去聽新聞（那時有場可怕的戰爭席捲歐洲），法蘭奇就會放聲大哭，哭到巴法投降，轉回去聽音樂。哪種音樂都好，無論是管弦樂演奏、歌劇，還是西班牙荷他舞曲（Jota）——舞曲節奏是6/8拍，充滿無窮活力，法蘭奇好像最喜歡那種音樂。

有一天，小孩五歲生日前夕（不是真的生日，是巴法自己推測的），他看法蘭奇站在桌邊，用手指敲著複雜的佛朗明哥吉他節奏。節奏完美，儘管6/8拍的節奏之難抓，有如在毯子底下煎蛋。

巴法得意地說：「你這小傢伙，來一下。」小孩那時長出滿頭黑髮，回頭笑，走著走著就撞到椅子腳，絆倒之後狠摔在地上大哭。巴法抱住他，讓他靠在胸前安慰他，小聲說：「不痛不痛。」這時他才發現，原來小孩的眼睛還沒好。河水感染了他的藍眼，就算陽光再微弱都會讓他瞇眼、角膜發紅，有時連旁邊有什麼都看不清楚。醫生警告過他，小孩總有一天會完全失去視力。眼睛不適讓他一直揉，鄰居小孩模仿他的動作，笑他：「法蘭西斯可，你**又**在哭了喔？」久了，他們就叫他 Llorica，這是愛哭鬼的意思。他們在街道上打 taquinto 球賽時，法蘭西斯可只是唱歌給自己聽，一唱好幾個小時。

巴法是個實際的人，他擔心小孩的未來，如果他長大沒朋友怎麼辦呢？如果他視力不好，能做什麼工作呢？要怎麼養活自己？某天在花園裡，荷他舞的音樂響起時，巴法想到，音樂家嘛！要是接受適當訓練，永遠有工作，就算瞎了都行。他想起幾年前看過一場小酒館的表演，有個戴墨鏡的吉他手贏得不少掌聲。後來有個年輕漂亮女人牽他下台，偷偷親了他一下，巴法才知道原來他看不見。

巴法有了結論，音樂就是小神童的未來。把音樂當工作，搞不好還可以找到戀愛對象。巴法從不浪費時間（他向來講求效率，做沙丁魚也不例外），隔天他就帶小孩去大街上的小型音樂學校。學校理事頂著長下巴，戴著圓眼鏡。

「我要讓小孩學吉他。」巴法說道。

男人垂眼往下瞟，法蘭奇揉揉眼睛。

「先生，他太小了啊。」

「他每天都在唱歌耶。」

「太小了啦。」

「還會在桌上打拍子喔。」

男人把眼鏡往下拉

「他幾歲？」

「差不多五歲。」

「真的太小了。」

法蘭奇又揉眼睛。

「他怎麼一直那樣？」

「哪樣？」

「揉眼睛啊。」

「小孩嘛。」

「他在哭嗎？」

「是感染啦。」

「如果一直揉眼睛就不能彈啊。」

「可是他每天都在唱歌耶。」

男人搖頭。

「太小了。」

順帶一提，這也不是你們第一次想讓我的子弟打退堂鼓了。要是每次誰咂舌說「小孩太小了」、「樂器太大了」、「追求音樂只是浪費時間」，我就得到一個鐵圈的話，鐵鏈早能環繞世界了，其中有不以為然的家長、鄙夷的考官、惡意滿滿的樂評。

有時候，我覺得最厲害的天賦應該是堅持不懈吧。

不過只是有時候才會這樣想。

巴法和校長爭辯了一會兒，小法蘭奇則是給我一段特別時光。他晃到後面放樂器的房間，雙眼睜開，看著從小到大未曾見過的音樂寶庫：翼琴（spinet）、中提琴、低音號、單簧管、小鼓、吉他。吉他擺在地上，他走過去在旁邊坐下，木頭琴身樣式簡單，音孔兩旁有紅、藍玫瑰花的紋飾。一般小孩看到吉他，都會去抓琴頭、轉弦鈕，把吉他當玩具。但是法蘭奇只是看著吉他，研究形狀，歪著頭，像在等吉他說話。他那尊重的態度讓我很滿意，再想到剛才他是怎麼忍耐那個長下巴的刻薄鬼，我決定是時候該施展一點小魔法了。我們這些天賦之神，可以在你們的體內湧現，製造難以理解（對你們來說啦）的效果。你們說那是靈光乍現，我們只不過是稍微施展一下罷了。

法蘭奇伸手碰琴，用手指壓了第三弦，就在一個琴格後面。他很快就放手，發出輕柔的音符。他笑一下，移往上個琴格，再彈一次，這是吉他手所謂的「搥弦」技巧，快速用力撥弦再鬆開。又一個音出來，再一個。他很快就理解每個琴格後發出的音符。換句話說，他在自學音階。

接著，我又小小幫了他一下。

不久，從他手中傳出一段旋律。每次有新音符出現，他都瞪大眼，第一次彈奏的感動是音樂給人的偉大啟發，像發現自己走在彩虹上。他開始跟唱，如果前面兩個大人停止吵架，就算只停一下下，他們都可能聽見他的奇蹟。那時他還未滿五歲，竟用指尖撥彈出他在週六早晨廣播中聽過多次的音樂：將搖籃曲改編成爵士風。

腳步噠噠，
手提黃綠籃，
寄信給愛人看，
走到半路弄不見。

這是法蘭奇第一次彈奏吉他，

沒其他人聽見，除了我以外。

大廳裡，巴法對校長失去耐性，他喊：「法蘭西斯可！走了！」小孩起身，拍了吉他一下，像在道別。他明白自己找到了一直在尋覓的東西，再也不揉眼睛了。

但法蘭奇還是沒有老師。音樂學校顯然行不通，而且維市也只有那一間。巴法覺得很挫敗。回家路上，他停下腳步買一袋橘子，幫小孩剝了一顆，也餵狗狗吃了一片，牠呧巴呧巴吃著。兩人一狗一起走著，這是法蘭奇參加的第二個樂團，三聲部，卻有八隻腳。

「那傢伙是白癡。」巴法咕噥。

狗狗吠叫，附和他。

「白癡。」法蘭奇也跟著說。

巴法笑了，撥撥小孩頭髮，法蘭奇也很開心，雖然他不知道「白癡」是什麼意思。三聲部回家的路上，法蘭奇唱著剛才那首歌〈腳步噠噠〉，狗狗靜靜地跟他合唱。

那天晚上，巴法又去了那間失明吉他手演奏過的小酒館。酒保還記得那個樂手，但是他說他幾年前就被辭退了，因為他酒喝太多，又常遲到。酒保認為樂手住在克里斯塔塞內加爾（Crista Senegal）街，洗衣店樓上——如果還沒死的話。

「還沒死？」巴法說。

酒保聳肩。「只有不要命的人才會那樣喝。」

隔天是禮拜天，巴法去過早晨彌撒之後，帶著法蘭奇和狗狗去那條街，希望吉他手還好好的。巴法心想，就算是酒鬼，看在神的分上，禮拜天應該也會保持清醒吧。

巴法找到那間洗衣店，往上看，看到褪色的藍色百葉窗緊閉著。電鈴按鈕用長長的膠帶貼了起來，他們三個只好直接爬樓梯上去。那天很熱，巴法還穿著做彌撒的服裝，爬到樓梯平台時，汗水狂滴。他用手帕擦了汗才敲門，沒有回應。再敲，還是沒有回應。

巴法對法蘭奇聳聳肩。這時他也爬了上來，用小拳頭大力敲門，一次敲兩下，像在打康佳鼓。

「好啦，怎樣，誰啊？」傳出一陣人聲，聽起來沙啞鬆散，好像才剛睡醒。

「先生，我想跟你談收學生的事情。」

「什麼學生？」

「吉他學生。」

「走開。」

「這是大事耶。」

「走開。」

「我會繳學費。」

「學生是誰？」

「我小孩。」

「女的還是男的？」

「男的。」

「女生學得比較好。」

「但他就是男生啊……」

「幾歲？」

「七歲。」

巴法愣了一下，想起音樂學校的遭遇。

法蘭奇抬頭看他。

「太小了，而且我不收男生。」

「他很有天分。」

「不收男生。」

「他很有天分耶。」

「我也是啊。」

「我會繳學費。」

「本來就要繳。」

「那你要教囉？」

「不要。」

「先生——」

「走開。」

巴法轉過頭看著法蘭奇，低聲說：「快唱歌。」

法蘭奇搖頭。

「快**唱**啊。」巴法又說了一遍。

大部分小孩，叫他們唱歌都不會唱。年紀小，天分通常會輸給恐懼（有些人就算長大，還是會怕）。但是我明白，此刻對法蘭奇的人生藍圖有多重要，所以我又推了他一把。

「噠—噠—噠，噹……」他開口了，慢慢地。

巴法瞪大眼睛，他沒聽過這首。

「噠─噠─噠，噹……」他繼續唱。

旋律很簡單，聽起來很幼稚，但是教人難以忘記。他飆到高音，然後快速下降，就像木琴音樂那樣。「噹，噹，噹，噠─噠─噠，噠噹，噠，噠……」

法蘭奇不唱了。

「那是什麼歌啊？」巴法問道。

門突然開了，出現一個戴墨鏡的高瘦男子，鬍碴茂密，一頭亂髮，穿著無袖汗衫，腹部染上一大片咖啡漬，像門神一樣站在門邊。

「〈淚〉。塔瑞加寫的。」他說道。

他往小孩的方向低頭。

「他聽起來不像七歲。」

歌手達妮的話

達妮·洛芙（Darlene Love），歌手，個人表演者，曾參加開花合唱團（The Blossoms）、水晶合唱團（The Crystals），獲選進入搖滾名人堂

你看到這張照片了嗎？這是我跟法蘭奇在好萊塢露天劇場照的。這些年來，我把這張照片收得好好的，是不是很傻？但是年紀那麼小，又一頭栽進戀情的時候，什麼小東西都想收藏，每一張票根、每一片花瓣、遊樂場贏來的醜娃娃，只要是能勾起回憶的東西……你懂那種感覺嗎？

我那時才十八歲，還在念高中，在音樂這行還是新手。我和教會合唱團的女孩子合唱，贏了一場比賽。納京高（Nat King Cole）去露天劇場表演時，我們可以在後面伴唱。我們第一次在那種場合唱歌，光是開車經過那些漂漂亮亮的地方，就讓我們大開眼界。我們都不知道有人住那麼大的房子！

我們在後台等著，遇到法蘭奇。其他女生和我都只會傻笑，每個都好緊張。我們發出噓聲，要彼此安靜，結果又笑出來，然後再噓。突然間，隔壁化妝間也傳來一個男子的笑聲和噓聲，他在學我們。結果我們笑得更厲害。法蘭奇的聲音聽起來很年輕，但也很低沉，連笑

聲都很性感。我大喊：「這是誰啊？」他回答：「是法蘭奇啊。」我們嗤嗤笑成一團，我朋友又說：「法蘭奇，你姓什麼啊？」他打開門，走進來，就在那個時間點，他說：「Presto。」

我無法呼吸了。

我沒看過像他這樣的男人，我們誰也沒見過。住家附近沒有這樣的人——那雙濃眉、淺藍色眼睛，那頭亂蓬蓬的頭髮是我看過最黑的頭髮。

我朋友笑說：「Presto？變魔術要喊的 Presto？」

「沒錯，就像變魔術要喊的。」他說道。我的朋友不笑了。說眞的，他會突然讓你愣住。他穿著亮黃色獵裝及黑襯衫、黑褲子。他說他負責暖場，唱一首歌，因爲唱片公司臨時把他加進來。那間公司應該是 Capitol，跟納京高同一間。我說他長得很像貓王，他低下頭說：「世界上只有一個貓王。」某個人附和，貓王去當兵眞是太可惜了。

攝影師過來幫我們照相。法蘭奇原本要走，但我們都說不要走嘛，一起照啊，我跟他獨照了一張，就是這張。過了這麼多年，我還收得好好的。那時候也不知道他以後會變成大明星，只是感覺他會成爲特別的人。有時候就是感覺得出來。

表演結束後，我們沿著好萊塢大道往回開，我朋友指著車窗外喊：「是他耶！那個夢幻歌手！」沒錯，就是他，他獨自走著，一隻手提吉他，一隻手拎著黃色外套。我們把車窗搖下，吼著問他：「你要去哪裡啊？」

「去海邊。」他說道。

「用走的？」

「對啊。」

我們又笑了，因爲海邊還很遠啊。我們問同行的學校負責人：「可以載他一程嗎？我們認識他。」得到允許後，他就上車了。

那是個週六夜晚，天氣很好，我們開到聖塔莫尼卡（Santa Monica）碼頭，答應負責人半小時之後回車上。後來當然超過半小時。海灘上有人開趴，那裡總是這樣。還生了小小的營火，有青少年放廣播、跳舞、摸來摸去。我們遇到一些認識的人，其他女孩子跑去找他們，於是我和法蘭奇落單，一起走在沙灘上。我的眼睛離不開他。我們都脱了鞋，他把褲管捲起來。每次海浪打過來我都往後跳，但他只會呆呆站著。

「海好大喔。」我說了類似的蠢話。他說：「我以前有坐船過海喔。」我說：「過這個海嗎？」他說：「是別的海。」我問他是從哪裡來的，他說：「從很多地方來的。」再問到他爸媽住哪裡，他說：「都走了。」

我們講話的時候，他一直拎著吉他，不願意放下。剛才在露天劇場，他沒彈吉他，只搭配樂團唱歌。我笑他：「你拿著吉他只是想把妹吧？」他笑了（天哪，他那牙齒！）說：「才不是。」

然後，我成了他個人演唱會的專屬嘉賓，聖塔莫尼卡的沙灘就是會場。

到現在，我還是忘不了那一晚。他把吉他放在腿上，耳朵轉向海邊，說：「妳聽。」我看見遠方船隻的燈光，在很遠的地方，但是他閉著眼睛，開始打節拍，眞的很輕柔，拍一下、兩下。我才發現他想拍出海浪的節奏。

他彈了一首歌。我原本以爲他會彈搖滾樂，那時候的人要是有吉他都會彈搖滾，但是他彈了古典樂，調子緩慢細緻，一路彈到高音。彈完之後，我哭了。我從來沒聽過那麼美麗的旋律，我問他那是什麼曲子。他說：「〈夢幻曲〉。」再問他是誰寫的呢？他說：「舒曼。」他看到我哭（我知道其實沒什麼好哭的），便說：「不要哭。妳歌唱得很好啊。」我哈哈大笑。

「你怎麼知道我唱得很好？」我問他。

「我有聽到啊。」

「我們是合唱團耶。」

可是他說，他能從許多聲音之中，聽出特定的一種。他聽出我的歌聲很美，我總有一天會成爲知名歌手。

欸，那時我正在想，以後要做什麼工作？是要繼續追求音樂，還是把高中念完、找個工作就好了？他的一番話正是我想聽的，讓我有自信繼續唱下去。

我們倆互看，露出呆呆傻傻的表情。你一定以爲我們後來接吻了吧，這類小時光不都是那樣嗎？然而我從未親過他。我的確有想過，也想那樣做。但他只是勾著我的手臂，我靠著他的肩頭，兩人就那樣坐著，身體有點交纏，海浪擊碎在沙灘上。老實說，那眞是個完美的夜晚。我覺得好放鬆、好有安全感，像認識他一輩子了那麼久。我爲他瘋狂，一頭栽了進去。

我也愛上了音樂。

後來，我們說好要保持聯絡，也給了他我的電話號碼。回家之後，我把房門關上，在日記上這麼寫：「今天遇見一個男生，我好想跟他結婚！」過了好幾年，這成爲我的一首暢銷歌曲，賣得很好。作詞者第一次給我看歌詞時，我在心裡偷笑，我知道這首歌是爲我而作。

當然，我沒跟法蘭奇結婚。在那之後，我有四十年沒見到他。只是一聽到他過世的消息，往事不禁湧上心頭，所以我才會來這裡吧。十八歲，光著腳走在夜晚的海邊，這樣的戀愛之後再也不會有了。

眞不敢相信他走了啊。

6

唉，愛情與法蘭奇・普瑞斯托啊。或許待會，我會跟你解釋女人總是被他迷倒（其實是被我迷倒吧？）的原因。但現在，故事進展到關鍵階段了。

藝術家的人生中，總有個誰為他們揭開創作的序幕，那是藝術家離我最近的時刻。

第一次遇見我，是你剛離開子宮的時候。那時，我是天賦虹橋上的明亮色彩，你伸手來抓自己的顏色。之後，會有個特別的人揭開布幕，這時你會覺得天賦在體內翻騰，有股熱情刺激你唱出來、畫出來、跳出來、打鼓打出來。

從此之後，你再也不是同一個人了。

法蘭奇的啟蒙老師是一位盲眼吉他手。週日下午，他在克里斯塔塞內加爾街上的小公寓廚房裡，為他揭開那道布幕。巴法和狗狗則在樓下的洗衣店等他下課。

「排兩張椅子，面對面。」盲眼人那天這樣說。汗衫鬆垮垮地垂在髒污的深色長褲上，他沒穿鞋。

法蘭奇搬來兩張椅子。「老師，接下來呢？」

「準備好上第一堂課了嗎？」

「準備好了。」

「很好，先學點菸。」

瞎子從口袋掏出壓扁的菸盒，摸索出一根菸叼住，再拿出銀色打火機，啪一聲彈開，火就點燃了。

「小朋友，有看到我怎麼點的嗎？」

「有。」

「你試試看。」

法蘭奇緊張地接下打火機。巴法跟他說過不要靠近火源，但也說過老師說什麼都要照做。

「點啊。」

法蘭奇推開打火機的蓋子。

「火出來了嗎？」

「出來了。」

「然後拿這根菸，點這頭，燒兩秒……一、二……闔上。」

法蘭奇照做，接著推上蓋子，打火機掉到地上。

「菸拿過來。」大師說道。

法蘭奇把菸遞給他。

「把打火機撿起來。」

他也照做了。

「恭喜你。第一堂課順利通過。」

「謝謝老師。」

「你叫什麼名字啊？」

「法蘭西斯可。」

「法蘭西斯可。」瞎子抓住椅子，穩住身子坐下。「你跟我們偉大的塔瑞加同名。你之前唱的就是他的歌。」

「我不知道他是誰。」

「什麼？你這個笨蛋！」

大師在廚房桌上摸了又摸，摸到一個打開的瓶子，喝一大口，重重放下。

「人都不知道，還唱什麼唱？」

「我不知道——」

「又耍笨了！難道歌會自己寫出來嗎？」

「不會啊。」

「歌會從天上掉下來嗎？」

「不會啊。」

「不會嘛，這就對了。當然不會從天上掉下來。」

瞎子把菸按熄在廚房桌上，桌面上布滿菸頭的焦痕。他伸手去拿靠在架子上的吉他，差點把吉他摔爛。法蘭奇覺得他好可憐，拿什麼都要用摸的，也奇怪他為什麼要戴墨鏡，反正也看不見啊。

他命令：「現在仔細聽。」他伏在吉他上，扶著琴頸，手指放在琴格上，「聽聽偉大的塔瑞加。」

他深呼吸，開始演奏。

當然，他彈的是〈淚〉，跟法蘭奇之前在門邊唱的一樣。瞎子彈得很熱情，也很注意細節，重點表現時會暫停，彈到某些音時則會搖頭，像在吸收音符的味道。法蘭奇看著他在琴格上迅速移動的手指。從那之中，聽見琴弦的甜美溫暖音調，也聽到高音輕輕拂掃過低音，就像兩人同時彈琴。法蘭奇微微張嘴。

瞎子演奏完畢。

「好啦，你現在說說，塔瑞加會有名，是不是很應該？」

突然，他發現有兩隻小手臂環著自己的脖子。法蘭奇將頭靠在老師的肩膀上，像從前靠著媽媽身上那樣。

聽著這首歌，不但揭開了他的未來，也揭開了他的過去。

瞎子低聲抱怨：「放開我！」但是法蘭奇抱得更緊，老師聞得到孩子頭髮上的肥皂味。

「小朋友，你聽好。對不起，我剛剛罵你。但是不知道歷史的人是無法前進的。懂嗎？」

「懂。」法蘭奇低語道。

「以後學到的音樂家，名字要記下來。」

「是的。」

「塔－瑞－加，念一遍。」

「塔－瑞－加。」

「他也叫法蘭西斯可，跟你一樣。」

「法蘭西斯可。」

「〈淚〉是從哪聽來的？」

「就是聽過。」

「是爸爸教的嗎？」

「不是。」

「媽媽教的？」

「我沒有媽媽。」

瞎子的喉嚨動了一下，自己也有個故事梗在喉頭。

「老師，你看得見嗎？」

「看不見。」

「為什麼？」

「就看不見啊。」

「有時候，我眼睛會痛。」

「我眼睛不會痛。」

「我很常揉眼睛。」

「我眼睛不會痛啦，我就是瞎了，懂嗎？」

「那你的名字也是『法蘭西斯可』嗎？」

「並不是。」

「那你叫什麼？」

「快放開我。」

小孩往後跳，碰了一下瞎子墨鏡底下的臉龐。那裡因眼淚而溼潤。他坐回位子上，瞎子趁機把眼淚抹掉，又去摸酒瓶。

「就叫我『大師』吧。」

7

天賦是神的庇蔭。在那陰影籠罩之下，眾人的故事交織發展。

我們的法蘭西斯可和另一位同名大師的命運密不可分。一八五二年，偉大的西班牙吉他大師塔瑞加也在維市誕生。法蘭奇出生的那間教堂後面，就有一條以他命名的街道，還有兩尊紀念他的塑像。其中一尊是他坐在椅子上，膝上擱著吉他，擺出預備彈琴的手勢。維市的小孩在這雕像附近跑來跑去，順便抓一下青銅雕像的腳。

塔瑞加和法蘭奇一樣，來到人世時，從我這裡抓了一大把天分。他和法蘭奇一樣，童年時期也被虐待。虐待他的人是保母，於是他逃跑，掉到灌溉水道裡，弄傷了眼睛。和法蘭奇一樣，他會學吉他，是因為他父親認為要是將來全盲，還可以靠音樂為生。

還小的時候，塔瑞加住在教堂附近的女修道院裡，他父母在那裡工作。或許他的雙親以為兒子的人生也會和自己的類似吧。然而，塔瑞加開始陷入音樂，不可自拔，再也不想其他事情了（這是當然啦）。他跑去巴塞隆納，想在酒館彈琴，結果被送回父親那裡。那時，他才十歲。

過了幾年，他又逃跑。這回跑去瓦倫西亞，在路上跟吉普賽人搞音樂，結果又被送回維市。

過了幾年，他又蹺家了。

流浪生涯影響塔瑞加的音樂。之後他終於成名，在全歐炙手可熱，卻在旅居倫敦的時候發現自己既孤單、又沮喪。他想念故鄉的陽光；有人建議他，用音樂捕捉這股憂傷，因此他將思鄉之情譜成歌曲。

那首曲子便是〈淚〉。也是法蘭奇在教堂時，迴盪在他耳邊的動人旋律，讓他停止哭泣，更拯救了他的性命。這首歌是法蘭奇生母卡門西塔最喜愛的歌曲，為什麼呢？她和維市市民一樣，熟知維市名人塔瑞加的作品。

正因如此，大師才會知道這首歌。他穿著汗衫，彈奏許多曲子給法蘭奇聽。才華便是如此世代相承。神的庇蔭蔓延開展，將近百年之前的音樂家，其影響力開始滋養同名孩子的靈魂。

順帶一提，上課時間，大師幾乎只做一件事：彈吉他。法蘭奇坐在廚房的椅子上，宛若被催眠般吸收每個音符。他看著大師的手指，猜想墨鏡之後的雙眼，是睜開還是閉上。每彈完一首，大師就會抽菸或喝喝紅酒，有時也喝廉價白蘭地（aguardiente，又稱「燃燒之水」）。等他終於垂下頭、放下手，法蘭奇就會從椅子上跳起來。

「大師掰掰。」

「好，好，掰掰。」

接著，他走下樓梯，去樓下找巴法和狗狗，一起走路回家。沒有樂譜，沒有作業。

也沒有吉他。

「先生，」有一天，巴法開口問大師：「為什麼他不用彈琴呢？」

「你去洗衣店坐好啦。」大師吼他。

兩週後，巴法又問了一遍。

「先生啊，他現在該彈琴了吧？」

「走開啦，你的狗很臭耶。」

巴法不敢發脾氣，因為他很尊重藝術家的才華，正因如此，我才這麼喜歡這個胖胖的沙丁魚老闆。巴法雖然不敢動怒，卻很固執。兩週之後，他領著法蘭奇到大師的門前，再度提起這個問題。

「先生，我一定要——」

「不行，不准問。」

「但是我都繳了那麼多學費了。」

「哼，你是想要他成為藝術家，還是猴子？」

法蘭奇偷笑，**猴子啊**。

「先生，我當然想要藝術家，但——」

「那你就閉嘴，我頭痛死了。」大師抓抓腋下，問：「我的錢帶來了嗎？」

巴法歎氣：「帶了。」

法蘭奇看他拿出一些鈔票交給老師，大師把錢塞到褲子口袋跟香菸擠在一起。

「沒讀書，就不會寫；吃飯不嚼，吞不下去；要彈琴——」大師捉住孩子的手，「要先聽。」

大師一把將孩子拉進門，砰的一聲關上。

8

大師解釋之後，又過了整整一年，才讓法蘭奇碰琴。他如此堅持：「先用耳朵聽，再用手彈。」同時，他也**講解**音樂。講解時不但用西班牙文，也用英文。他在幾年前自學英文，他認為語言的節奏、文法、音調可以幫助了解樂理。一週一週過去，大師用不同的語言解釋何謂和弦、音階、發音，他不斷彈奏，有如上好的銀質餐具鏗鏗鏘鏘，一直教到法蘭奇光聽就能分辨。他還要法蘭奇牢記每位作曲家和曲名。有時，他們會在廚房聽小台的收音機，大師捏捏他的手，說：「有沒有聽到？那邊啊！那個小調，那是三連音……」

據法蘭奇觀察，大師沒有其他學生。他過來的時候，大師通常都在沙發上睡覺，門也不鎖。法蘭奇推推他的肩膀，直到他發出咕嚕聲、翻個身，這樣法蘭奇就知道他清醒了。

幾個月過去，大師愈來愈少生他的氣，也不再罵他笨了。法蘭奇很開心。同時，巴法也放棄跟大師爭吵吉他的事。他帶著該洗的衣服，利用法蘭奇上課的時間清洗。每週下課，他都帶著乾乾淨淨、用繩子裹好的襪子、內衣回家。

重要時刻來臨時，法蘭奇好興奮，根本坐不住。大師叫他坐穩，才能把吉他擺好。但是大師挑選的吉他太大，擺好之後頂到法蘭奇下巴。

「都八歲了，還這麼小隻？」大師說道，捏捏法蘭奇骨架，「你爸沒餵你吃飯啊？」

「有啊，他有餵我吃飯。」

「左手過來。」

法蘭奇伸出左手。

「指甲太長了，要剪。」

「要剪？」

「剪左手就好，每天都要剪。」

「是的，大師。」

「沒剪指甲，不能彈琴。」

「是，大師。」

「你知道為什麼嗎？」

「不知道。」

「哼，當然不知道，一般人也不知道啦。他們以為剪指甲是因為指甲會妨礙按弦，其實還有別的理由。」

「是什麼？」

「指甲會保護指尖，那裡很敏感。只有把指甲修短，才能真正碰觸音樂。」

「懂了，大師。」

「那樣你才能感覺到每個音符的痛楚。」

「是的，大師。」

「不能有保護。」

「是的，大師。」

「學音樂本來就很痛苦，懂嗎？」

「懂了，大師。」

「你現在帶我走到櫥子那邊。」

法蘭奇起身，踩著小碎步帶大師走到公寓另一頭。

「走快一點啦，我又不是瘸子。」

法蘭奇加快腳步。

「大師，走到櫥子了。」

「打開。」

法蘭奇拉開門把，裡面有一堆堆的鞋盒，吊著一些衣服，還有四把吉他，一把比一把小。

「拿最小把的給我。」大師說道。

法蘭奇雙手捧起吉他，拿給大師。他低下頭，看到一雙鞋，是女人的，而且吊桿上還有一些洋裝、手提包。

「大師，你有太太喔？」

「回去坐好。」大師說道。

法蘭奇關上衣櫥的門。

那把小吉他，帶領法蘭奇迎接自己的命運。那其實是一把braguinha，類似烏克麗麗，只有四根弦。琴頸可以好好卡在法蘭奇小小的左手上，琴身弧度也很貼合他細瘦的左膝；大熱天他穿短褲，露出一節凸凸的膝蓋。琴身尺寸完美，彷彿為他量身打造。

他走到哪裡都帶著琴。

「右手臂彎起來，右手放鬆，」大師這樣教他，「不要用捏的，是想把誰捏窒息啊？也不要往下壓，要把誰淹死啊？右手是要跟琴弦講話，你跟人講話的時候，會想把對方捏死或淹死嗎？」

「不會啊，大師。」

「哼，當然不會。」

「那左手怎麼辦？」

「左手要去找『美』，她會負責彈出音符和和弦。右手要怎麼愛現都可以，但是沒有左手，什麼都彈不出來，知道嗎？」

「知道了，大師。」

「要尊重左手，每次開始彈之前，要先這樣擺。」大師把法蘭奇的手掌攤開，「像是要跟人拿東西那樣。」

法蘭奇想起教堂裡的人，他們跪在長條木椅上，手攤開擺在面前。

「像是跟神禱告那樣攤開嗎？」

啪的一聲，大師往手心打下去。

「笨蛋，神才不會給你什麼，只會拿走而已。」

那個時候，法蘭奇對神的認識，就是祂住在大房子裡，常常在睡覺。為什麼住大房子呢？因為巴法說，他媽媽跟神住在一起，其他過世的好人也住在那裡，所以神的家一定很大吧？為什麼神常常在睡覺呢？巴法帶他去看維市那間被壞人焚毀破壞的大教堂。法蘭奇心想，神要不是在睡覺沒發現，才不會讓這種事情發生呢。有時候，法蘭奇睡覺沒注意，狗狗一直在門邊低聲叫，起床之後果然發現門口有一大攤尿。於是法蘭奇推論，睡覺時可能會發生壞事，還有，如果讓壞人知道神閉上了眼睛，他們就能逃過報應。

或許，神有時就跟大師一樣，只是戴上墨鏡吧。

有一天，法蘭奇這樣問大師：「你有用眼睛看過什麼東西嗎？」

「難道我回答了，你吉他就會彈得更好嗎？」

「不會，大師。」

「那你問什麼問？」

「對不起，大師。」

「如果我看得見，你會是什麼樣子？」

法蘭奇聽到他這樣問，笑了。

「你會看見一個小男孩呀。」

「是看見沒在練琴的小男孩吧。」

法蘭奇的笑容消失了。他已經練習了好幾個月，每天都在花園裡練琴，狗狗偎在他腳邊。他想彈大師彈的曲子，但現階段他只能彈練習曲。

「大師，我手指好痛。」

「音樂就是痛苦啊。」

「手指形狀也變得好怪。」

「那是繭。」

「什麼是繭？」

「剛開始彈琴的時候，按弦按不習慣，指腹會一條一條的，對吧？」

「對，大師。」

「感覺還腫腫的？」

「對，大師。」

「可能還有流血？」

法蘭奇喉嚨梗了一下，他不想告訴老師這件事。然而一開始練琴時，他非常投入，有時還得用襯衫把血擦掉。

「是的，大師，有時也會流血。」

他聲音顫抖著。

「法蘭西斯可，你在哭喔？」

「沒有啊，大師。」

「失血不用哭，尤其是為了你熱愛的東西。」

他摸索水槽旁的櫃子，從裡面取出小瓶子和碗。

「真正的吉他手要感謝繭呢。皮變厚，才不會痛。但是厚皮底下，都是累積下來的痛。」

他把小瓶子倒進碗裡，放在桌上。

「把手泡進去，會比較舒服。」

法蘭奇照做，臭味瀰漫。

「這是什麼？」

「要你管？我說有用就有用，還要多問嗎？」

「Lo siento（對不起），大師。」

「說英文，I am sorry。」

「I am sorry。」

大師又在桌上摸來摸去，找廉價烈酒來喝。「外面打仗打得凶啊，以後不是說英文，就是德文了。其實我本人比較喜歡英文，德文聽起來像在吵架。」

大師喝了一大口，臉皺了起來，「而且德國人是殺人犯，西班牙竟然也不想辦法阻止他們。」

法蘭奇聽過**打仗**這個詞，巴法之前和工廠的人說過，聽起來不太妙，而且法蘭奇也不想學聽起來像在罵人的語言。光是長繭已經夠難受了，他決定聽老師的話，除了音樂之外什麼也不想。不過他也在想，要不要告訴老師，其實他才六歲呢？

音樂經紀人「敲敲」的話

連納．費雪曼（Leonard Fisherman），綽號「敲敲」（Tappy），音樂經紀人，唱片公司老闆

看哪邊？攝影機，還是你？好，好，當然。我是連納．費雪曼，來自紐約布魯克林，八十六歲。這趟眞是累死我了，又搭飛機、又坐長途巴士，但我還是想來。老實說，聽到消息我眞是難過得要命，可憐的法蘭奇。我是他的第一個經紀人，那是五、六〇年代的事情，後來我們不歡而散。沒錯。他變得有點瘋瘋顚顚，誰知道爲什麼？人家亂寫的垃圾我半點也不信。你也不該信，尤其他們怎樣寫我那部分。他結婚的事？拍電影慘敗？有人想推到我頭上。他們懂什麼啊？

你想知道眞相？是我挖到他的。有人說不是這樣，但我挖到他的時候，他還只是個pisher 而已。你知道那是什麼意思嗎？意第緒語「小孩」的意思，年紀又小又天眞啊。

天眞。哈！我笑出來了，因爲法蘭奇．普瑞斯托從沒**那麼**天眞。

欸？……當然，我舉個例子給你聽，我喜歡這個故事。那時我們在加州，是一九五九年二月，待會告訴你，爲什麼我馬上想起這個故事。一九五八年，我簽下法蘭奇。當時，他來我辦公室，說之前待過貓王的團。我手下有很多藝人，但提到貓王，就算踏進門檻了。

法蘭奇眞的很會唱，他站在我桌旁，開始唱〈妳是我的特別天使〉（You Are My Special Angel），雙手交叉在胸前，我聽了簡直被迷倒，而且他長得很好看，一看就知道那張臉可以幫我賺進大把鈔票。每次法蘭奇來，我的祕書都快昏倒了。後來他就跟她勾搭上，然後傷了她的心，他常常那樣。

多年來，我看他跟很多女人重蹈覆轍，祕書、女侍、飯店櫃員。老實說，他根本像把妹機器人，眞希望我也有那樣的能力啊。在他事業正要起飛前，他交往很久的女友離開他了。我都說：「少年仔，要是你想報復她，你已經贏了。」

他會說：「唉，連納，算了吧。」

法蘭奇就是這樣，他叫我連納，其他人都叫我「敲敲」，因爲我總愛用指尖或腳尖拍打，緊張就會這樣，現在也是，你看。可是法蘭奇跟其他人不一樣，瘋瘋的，簡直是瘋子，但是我很愛他。他那麼有心，世界卻把他給忘了，多可惜。就這樣死掉了，悲劇一場……

講到哪兒？……喔，對，反正那時候的加州，鄉下地方有移動遊樂園，有娛樂設施可以坐，還有動物可看，山羊啊、馬啊，那些鬼東西。到了晚上，爲了吸引青少年，馬戲團會舉辦搖滾表演。我幫法蘭奇安排一場表演，同台的好像有漂流者（Drifters）、艾佛利兄弟二重唱（Everly Brothers）、艾迪·科克蘭（Eddie Cochran）、巴迪·那克斯（Buddy Knox）、胖子多明諾（Fats Domino），每人唱兩首，場面挺大的。

馬戲團主辦人是羅馬尼亞人，是個毛茸茸的大塊頭，留了八字鬍。所有事情都由他經手，動物、設施也是他在弄，**包括**音樂。錢都交給他，每天晚上，工作人員都在他的帳篷排隊領錢，等他結清收據。他把錢放在灰色錢箱裡，總是這樣開頭：「先付正職。」他嘴裡叼著粗粗的雪茄，從箱子裡數出一張張鈔票。可是他會把帳篷搞得超熱，甚至開暖爐，排隊的人也很熱，往往心浮氣躁，一走了之。但是法蘭奇沒有走，他跟艾佛利兄弟菲爾和唐諾（大家叫他唐）一起等。第一晚，他們站在那裡，流汗流到全身溼透，終於輪到他們的時候，那個羅馬尼亞人早就把箱子裡的錢發完了。

「明天再給。」他說。

他們就這樣忍著，一連忍了四晚，都是那一套：「明天再給。」終於輪到馬戲團最後一場表演了，法蘭奇和艾佛利兩兄弟都快瘋了。法蘭奇喜歡他們，說他們限制了自己，不然可以更好，其實他自己也是這樣。老實說，我聽到他唱他們的歌〈做夢就好〉（All I Have to Do Is Dream），聽了眞的會哭。他那嗓音啊，還有那首歌！我說：「法蘭奇，我來幫你錄這首歌吧。」但是他拒絕了，爲什麼呢？接下來我說的，你可要聽好喔。寫這首歌的是一對夫妻檔，法蘭奇說那個妻子告訴他，她八歲時做夢夢見未來丈夫的臉。十九歲時，她去一個地方，看到他就在房間的另一頭，從此兩人一直在一起。這是眞人眞事。所以歌名才叫〈做夢就好〉。

反正法蘭奇說，那樣的歌，就像那對夫妻只屬於彼此，只能屬於一個歌手，既然兩兄弟已經錄了那首歌，他就不能錄。可是在他之前，不知多少人也錄過了啊。他就是有心，但是沒腦。你又能拿他怎麼辦呢？

欸？……對了，羅馬尼亞人發錢的事。最後一晚他們上台表演，法蘭奇風靡全場，我也在場。他唱〈想要愛妳〉，那首歌還沒錄，但是光看那些女孩子跳上跳下，就知道那首歌會大紅。後來表演結束，藝人又去帳篷排隊，我也過去。拿錢的最後機會嘛。那裡熱得跟地獄一樣，法蘭奇人不知上哪兒去了，大家都在等大塊頭羅馬尼亞人。突然有人大喊大叫，大家一哄而散，聽好喔——**大象逃跑了**。

這種瘋狂的事，你聽過嗎？大家跑來跑去，誰也不想被大象踩到，對吧？警車來了，警鈴大聲作響，好瘋狂啊。突然有車子停在我們旁邊，是法蘭奇，副駕駛座還坐著一個女孩子。他跟我和兩兄弟大喊：「上車！」便疾馳而去。大家都有點嚇到，除了法蘭奇以外，他看起來相當冷靜，還把我們載到飯店。

「車是哪來的啊？」我問他，但他只是笑笑。你知道他笑起來的模樣嗎？他那口白牙？唉，眞希望我也有那種牙齒，我的幾乎掉光了，都是假牙……

看他那樣笑，我就知道不要再問了。艾佛利兄弟下車進飯店，法蘭奇追在後面，說：「欸，等一下。」給了他們一個信封，看得出來裡面裝了錢。法蘭奇在他們耳邊說悄悄話，他們一把環住他的脖子，給他一個熊抱。等他們走了，我跟他說：「你自己的錢應該也有著落吧？」「算了吧，連納。」接著，他想起車上那個女孩子。那晚是我最後一次見到他。

現在，我要來說爲什麼一開始要註明日期是一九五九年二月了。大象事件隔天早晨，我人在辦公室，電話響了。打來的是法蘭奇，他說：「帕可伊馬（Pacoima）這地方在哪裡啊？」

嗯，那是聖弗南多谷（San Fernando Valley）的小鎮。他說他想去那兒，馬上就去。我說，好啊，怎樣，要我載你去嗎？他說他沒有車。我說，昨晚那輛呢？他說反正就是沒了，不要問。

過了幾小時，我開車去接他，開收音機才聽到那則新聞。巴狄．荷利（Buddy Holly）、李奇．瓦倫斯（Ritchie Valens）、大波普（Big Bopper）都墜機了。你知道那次意外嗎？在愛荷華，沒錯，因爲暴風雪。

法蘭奇要我載他去帕可伊馬，那是李奇的故鄉。他過世時還很年輕，才十八、九歲。他在巡迴演出時認識了法蘭奇。李奇是墨西哥人，法蘭奇是西班牙人，兩人一見如故。他有一首很紅的西班牙文歌曲〈La Bamba〉，法蘭奇很喜歡，他覺得那是最棒的作品。

我們開車去帕可伊馬，在加油站稍微停下，法蘭奇進去，拿了個地址出來，是李奇媽媽的住家。我們開去那裡，外頭已經停了一堆車，還有一些記者。法蘭奇叫我們等一等。我們把車停在路上，坐在車裡等人散去，大概等了四小時。後來天黑了，他說：「好，我進去一下。」他從後座拿出他的手提箱，打開來。你猜猜看裡面是什麼？

是那個灰色錢箱。

對，就是那個羅馬尼亞人的錢箱，他偷過來了。我可以對神發誓。

他走到門廊，把箱子留在那邊，很靠近門邊，但是他連門都沒敲，就又走回來了，說：

「可以走了。」

我問他：「法蘭奇，你到底做了什麼？」他從來沒有正面回答我，只說失去孩子一定很難過，他媽媽應該需要幫助。這太扯了吧？整件事都是他精心策畫的——大象啊等等，所以我們才能拿到錢。結果他又全數給了別人。回程路上，我一直在看後照鏡，希望羅馬尼亞瘋子沒來追我們。

9

錢啊，不得不說，真是神祕。對人類來說，錢很重要。在我看來卻是極大的負擔。我從來沒有錢，也未曾感受過錢的好處。我只知道，雖然我有些弟子後來致富，卻有更多人因為缺錢選擇放棄音樂。到底為什麼呢？財富永遠無法定義音樂。用心，在哪裡都可以演奏，用什麼樂器都可以。

法蘭奇第一次彈琴，是用那把便宜的 braguinha。後來得到大師同意，升級到六弦吉他。大師要他去衣櫃拿出一把吉他，琴身是焦糖色，琴頸用桃花心木做成。那時，法蘭奇一週要上好幾次課，上課時間巴法往往必須工作，於是巴法買了一輛青蘋果色的馬車給他。法蘭奇常常載著新吉他，駕車駛過街上。

馬車上的吉他少年形象，與當時橫掃西班牙及全世界的戰爭景象，形成強烈對比。那幾年，我忙著回收過早消逝的才華——散落在戰場上，溺斃在沉船裡，在空中被擊落。真是浪費啊。為什麼人類會互相殘殺，完全在我理解之外。不過我能證明，打從有人類以來，你們一直如此，改變的不過是殺人武器罷了。

戰爭影響到每一個人，巴法的沙丁魚工廠開始出狀況，有些員工被迫披上藍色制服，拉去打仗。其他人則是爭吵要效忠哪一邊。政府要求巴法製作一定數量的罐頭當軍用補給，我認為巴法不太願意做這種事。巴法一直到晚上才下班，一屁股坐在椅子上，拿溼毛巾蓋住額頭。狗狗蹲在他腳邊。

「去外面練琴。」巴法會這樣跟法蘭奇說。看到爸爸這樣，他很難過。帶著吉他去花園之前，他做了起司芥末三明治給他吃。每天彈琴之前，他都會剪指甲，再彈大師教的「琶音」，把和弦的音一個一個分開，用不同的順序彈奏。他把所有音階彈過一遍，也練習爬格子，手指像蜘蛛腳一樣，愈彈愈快，但是從不打結。

「你看過蜘蛛滑倒嗎？」大師問道。

「沒有。」

「哼，當然沒有。所以你的手也不能滑倒。」

「Si，大師。」

「要說『yes』。」

「Yes。」

「要說英文。」

「老師說我們只能說西班牙文。」

「跟他們說西班牙文，跟我就只能說英文。不准跟他們提起我，也不能說我們在上課。知道嗎？」

「Sí。」

「這是祕密。」

「Sí。」

「要說『yes』。」

「Yes。」

「繼續練習吧。」

「Yes。」

大師要人保密很合理。我不關心政治，但是那時的西班牙，到處都在打壓，隨著時間過去，維市有愈來愈多人因「反政府」遭逮捕，其中許多人是藝術家。得到我天賦的某個音樂家，大白天被拖出自宅，丟進牢房。有同樣遭遇的還有兩個大提琴家、一個長笛手、幾名歌手。就我了解，當時的西班牙統治者（叫佛朗哥的禿頭男）搞出這個慘虐的社會，任何偏離正常的行為都算叛國罪行。這種形態的政府我以前也看過啊，被統治的人民看起來總是一樣。他們表情疲累，前後張望，與揮之不去的凝重恐懼搏鬥著。

在這樣的情況下，西班牙的藝術飽受折磨。大家不敢表達自己，不敢用特定的方式寫作、跳舞。詩人下獄，地方音樂遭禁。各類音樂廣播節目被傳統的西班牙曲目代替。

「這個佛朗哥再這樣搞下去，」大師咕嚕抱怨：「我們就只能聽佛朗明哥了。」

然而，壞事有時也會有好的一面，就像小和弦裡能聽到大調一樣。有一天，法蘭奇駕著馬車去大師家，經過一塊新豎立的告示牌，上頭寫著：**西班牙人說西班牙話！**那時，他看到市區最大間的商店前有人在騷動。穿著灰色制服的警察把人拉出來，商品堆在地上。法蘭奇推推擠擠穿過人群，聽到有人低聲說著他不懂的話。其他人則歡呼：「佛朗哥！佛朗哥！佛朗哥！」一群眾開始推擠，叫聲愈發激烈。這時，法蘭奇的眼光落在貨物堆中的某樣物品，是唱機。他以前在櫥窗外看過，巴法解釋唱機能把唱片上的音樂播出來。法蘭奇問可不可以買一台，巴法說：「太貴了。」

可是現在，唱機就擺在人行道上，底下還堆著許多唱片，都是美國、英國、法國進口，或來自西班牙較外圍的地區。法蘭奇那時太小，還不懂當時的政府認為這些東西具有「顛覆性」。他以為東西擺在路上，就是不要了。

灰衣警察開始打人驅趕時，他速速把唱機和唱片裝進蘋果綠馬車裡，再用毯子蓋好，把音樂從那場混亂救了出來。

完全不知道有人看著他。

10

我應該講一講法蘭奇消失的母親，以及她如何為他的童年蒙上陰影。

當然，法蘭奇完全不記得卡門西塔，不記得那個虔誠、髮色如黑葡萄的母親。巴法當然也不知道她是誰，但他沒有告訴法蘭奇實話，沒說他是狗狗從河邊撿回來的。哪個小孩想知道自己是棄嬰呢？

於是，新故事誕生了。你們人類就是這樣重塑歷史的吧。巴法跟法蘭奇說，他媽媽是個聖潔的女性，是他唯一的摯愛，在法蘭奇出生不久、他們出遠門時，不幸過世，也順便解釋為何他們從來沒去維市墓園幫她掃墓。

這個謊可扯得真爛。不幸的是，法蘭奇的好奇心就跟音樂天分一樣旺盛。

「爸爸，你們那個時候去哪裡？」

「去美國。」

「美國在哪裡？」

「在很遠的地方。」

「媽媽怎麼死的？」

「車禍。」

「她在開車喔？」

「當然不是她開啊。」

「所以是你在開？」

「對啊。」

「那你沒有受傷？」

「沒有。欸，有啦，但不嚴重。」

「你有想辦法救媽媽嗎？」

「當然有啊。」

「真的有努力救嗎？」

巴法歎了一口氣。說謊時絕不能根據孩子的問題打草稿，那就像用敲鑼的節奏來譜曲一般。

「有啊，我想盡辦法了。」

「那我當時在哪裡？」

「你在家裡。」

「你們放我一個人在家？」

「託朋友照顧啦。」

「誰啊？」

「你又不認識。」

「為什麼我不認識？」

「他死了。」

「怎麼死的？」

「車禍。」

「是他開車嗎？」

巴法抓亂頭髮。他很實際，心腸也好，但我很確定他出世時，一定沒抓到說故事的天分吧。

「我忘了啦，好久以前的事了。」

「那媽媽怎麼了？」

「什麼時候？」

「她死掉之後怎麼了？」

「埋起來啦。」

「什麼意思？」

「人死了就要埋起來啊。」

「那要怎麼跟神住在一起呢？」

「埋了以後，**就會**跟神住在一起了。」

「媽媽埋在哪裡？」

「墓園裡。」

「哪裡的墓園？」

「美國的。」

「美國哪裡？」

巴法根本不熟美國，但是他有個姐姐丹薩，幾年前搬到墨西哥，後來和底特律人結婚。

「底特律的墓園。」

「底特律是什麼？」

「是一座城市。」

「在哪裡？」

「在美國啊。」

「你為什麼要去美國？」

「去買車。」

「我們這輛嗎？」

「另外一輛。」

「就是車禍那輛？」

「就是那輛。」

「媽媽漂亮嗎？」

「非常漂亮。」

「她愛不愛我？」

「非常愛。」

雖然巴法不知道詳情，這點倒是實話。他開始頭痛了，想結束話題。

「法蘭西斯可，不要再問了。」

「她長什麼樣子？」

「求求你……」

「這個人是她嗎？」

法蘭奇拿出一張照片，上面是年輕的巴法環抱著丹薩，她體型圓滾滾的，髮色明亮，塗著深色口紅。這張照片是多年前拍攝的，那是他們最後一次見面，後來她搬去墨西哥。

「你從哪裡找出來的啊？」

「櫃子裡。」

「你幹嘛翻櫃子？」

「這是媽媽嗎？」

巴法歎氣。「對，就是她啦。不要再問了，好嗎？」

法蘭奇盯著那張照片。終於。那個圓滾滾、抱著爸爸的女人就是他的媽媽。她是聖潔的，在遙遠的國度死於車禍中，為了跟神同住，還被埋在土裡。

他終於有了自己的歷史。多年後，他從這段故事汲取靈感，寫了第一首吉他曲〈Lágrimas por Mi Madre〉，意思是「獻給母親的眼淚」。

真相是光，謊言是影；音樂是光，也是影。

11

關於我，人類創作了許多詞彙，描述如何演奏。在古典音樂裡，大部分的專業術語都是義大利文，像是adagio、moderato。這些詞彙的起源要回溯到文藝復興時期。那時的義大利是創意重鎮，去到那兒的音樂家發明了數百條表示音樂速度的詞彙，如vivace（活潑、生動）、andantino（小行板）、prestissimo（最急板）。法蘭奇的故事講到現在，已經用到了largo（廣板），起碼是larghissimo（極廣板），盡量慢，但是不能失去意義。不過葬禮總會開始，我們得採用accelerando（漸快板），或許還得用上adagietto（稍慢板）或allegro（快板）。

接下來三年（從法蘭奇偷了唱機，到躲在船艙底部離開西班牙為止），發生了以下事件：身高抽長九吋，掉了六顆乳牙，在學校打了四場架，第一次領聖體，學會足球射門，塗髮油，被女孩子偷親耳朵（她笑著跑了），學會騎腳踏車，用拉丁文祈禱，用臘腸和橄欖油做三明治，第一次穿泳衣，第一次看到坦克車，並且時常要巴法指出美國在地球儀上的位置，每晚睡覺都要把那明亮髮色女子的照片壓在枕頭底下。他相信她就是他的母親。

他每天也在花園練起碼三小時的吉他，學了超過一百首曲子，用琶音和弦和指法練習對狗狗傾訴愛意。

至於他和大師的吉他課，我可以保證他有卓越的進步，有時法蘭奇在彈奏時，大師臉龐露出了微笑，從這一點就看得出來。大師甚至戒了菸，但那可能是因為有一次法蘭奇用打火機時不小心燒到桌布，大師還來不及警告他這會讓整個房子燒起來，法蘭奇就拿紅酒澆了下去（當時沒釀成火災，但是大師被這麼一嚇，竟戒掉長年癮頭）。

法蘭奇在那間洗衣店樓上的公寓中待得愈來愈久，學會了正規古典吉他技巧，也不把吉他頸部靠在左肩上了，他把琴稍微往上抬，腳踩在凳子上。大師要他用右手握橘子，一握好幾個小時，模擬正確的撥弦手勢。他也常常突然抓住法蘭奇的手，告訴他怎樣用大拇指腹和指甲的角度，彈出最純粹的音色。大師教導他吉他每一吋部位，教他在琴頸最高處彈出尖銳的聲響，教他響孔附近發出的音色、音調，教他每條琴弦如何振動，如何撥弦、點弦、指彈、刷弦。

法蘭奇也開始用那台從路邊偷來的唱機。大師一開始很生氣，但是法蘭奇堅稱那台唱機是人家不要的（大師說：「警察都把店抄了，你以為他們會放過我們嗎？笨蛋！」），但是法蘭奇將唱針放在艾靈頓公爵（Duke Ellington）樂團的唱片上，播出〈別再奔波了〉（Don’t Get Around Much Anymore）時，大師張大嘴巴跌坐在椅子上，叫法蘭奇連播十三次。

最後，那堆唱片中，每一張他們都聽遍了，而且反覆聆聽。大師最喜歡的，是一張吉普賽吉他手萊恩哈特的七十八轉唱片，還說他「根本不是地球人」。法蘭奇則是偏愛路易斯·阿姆斯壯，尤其是〈比爾·貝里不回家〉（Bill Bailey, Won’t You Please Come Home）這首歌，還把歌詞記起來。有一天，大師在吃法蘭奇做的臘腸三明治時，法蘭奇唱了那首歌給老師聽，模仿得惟妙惟肖。

比爾・貝里不回家，
眞不回家住？
女人整天哀怨低訴：
「我會下廚繳房租，
寶貝對不住。」

他唱完之後，大師也吃完了，然後用兩根手指搓搓下巴。
「法蘭西斯可，你麻煩大了。」
「什麼麻煩？」
「你歌唱得很好。」
「謝謝大師。」
「唱得太好了，你一定要下定決心，要當偉大的歌手，還是吉他手？」
「可不可以兩個都當？」
大師歎氣。「兩個都當，等於兩個都當不了。」
法蘭奇看著老師，看著那副墨鏡，沒刮乾淨的鬍碴，他不想因為歌唱而讓老師失望。
「大師，對不起。」
大師「嘖」了一下。「不要再模仿路易斯了，會傷到喉嚨。」

12

之前才說過，剩下的西班牙時光要加快進度，我就把重點放在兩天吧：一天是法蘭奇戀愛，另一天是他離開西班牙。

戀愛的那一天，發生在一九四四年早秋，那是個無雲的午後，巴法載法蘭奇去維市附近的沙丁魚工廠。到了工廠才沒多久，巴法又被扯進工人之間的爭執，他要法蘭奇帶狗狗去散步。法蘭奇知道爸爸不希望他聽到接下來的話，這樣也好，因為法蘭奇也想學完大師最近教他的歌。

法蘭奇背上吉他，帶著狗狗走上長長小路，邊走邊吹口哨，哼歌給自己聽，把棍子丟出去，再讓狗狗撿回來。

走沒多久，他已經遠離民宅，深入濃密林子裡。他想要坐在樹墩上練習，於是四處穿梭，最後找到了一個好地點，坐下來幫吉他調音，像大師教導的那樣伸出左手，開始彈音階。

「噓！」

他抬頭往上看。

「噓！」

法蘭奇看不到究竟是誰在噓他，眼珠子在樹林間搜尋，終於在樹間看到一個人影，跨坐在粗樹幹上。原來是個男孩子，體型跟他差不多，穿著咖啡色長褲，黃色襯衫，帽簷拉下緊緊蓋住前額。

法蘭奇問：「¿Quién anda ahí?（誰在那裡呀？）」

「噓！」

「¿Quién anda ahí?」

「我不會說西班牙文啦。安靜。」

「我會說英文喔。」法蘭奇說。

小孩往下看。

「想不想看屍體啊？」

法蘭奇握緊琴頸。

「我要練琴。」

「你是怕了吧。」

「才沒有。」

「沒關係啦，大部分人都沒有我勇敢。」

那個男孩的英文聽起來很怪（其實是法蘭奇第一次聽到英國腔）。

「我才不怕咧。」

「證明給我看啊。」

「怎麼證明？」

「你爬上來。」

法蘭奇有點想逃跑。他不想看屍體，但是他從沒看過哪個小孩說英文，自己也沒什麼朋友，學校小朋友還在笑他愛揉眼睛。他心想，不知道這小孩聽過的歌多不多？

「好，我爬上去。」法蘭奇說道。

他抱住樹幹，努力想爬上去，但才爬了幾呎高就摔下來。

「有夠笨。」男孩笑道。

法蘭奇拍掉短褲上的泥巴，狗狗舔著自己的禿腿。

「欸，接住。」

男孩垂下綁在枝幹上的繩子，法蘭奇抓住之後一蹬，踩著樹幹往上走。爬到枝幹上，已經累壞了。

「喔，不錯嘛。」男孩說道。

那時候，氣喘噓噓的法蘭奇才發現那孩子根本不是男孩，而是一個把金髮藏在帽子裡的女孩。她的牙齒在唇下形成漂亮的弧形，法蘭奇沒見過比她皮膚更白、臉頰更粉紅的人了。她的眼睛是湖水色，就算她直視著他，也很夢幻。

「你證明自己很勇敢，」她一副宣讀公文的口吻，「所以可以當我朋友。」

有股暖意在法蘭奇體內流竄，他覺得自己就像她說的一樣勇敢。

她說：「幫我把繩子拉起來。」

「妳為什麼在樹上啊？」

「我在當間諜。」

「什麼意思？」

「你不知道間諜是什麼意思嗎？」

法蘭奇聳聳肩。

「我在看一些不該看的祕密啊。」

「為什麼要看啊？」

「這樣就可以跟爸爸說啊。告訴你，他是個大人物。」

法蘭奇又聳了聳肩。

「只有勇敢的人才能當間諜，比如說我爸。」

「他在哪裡？」

「不知道，出祕密任務去了，但是等他回來，我就要跟他說我看到的東西。」

「妳看到什麼了？」

「屍體啊，你看。」

法蘭奇幾乎忘了還有屍體。他望向她指的地方，看到林間有一處大空地，那裡的土和周遭非常不同，被人挖過、攪過、換過。空地遠方有個深而空蕩的洞穴，長方形，洞旁邊還有一堆土。

「是今天早上挖的。」女孩低聲說道：「他們把那些埋在那裡。」

「哪些？」

「新的屍體啊。」

她還想進一步解釋時，一輛軍用卡車轟隆開過林間，一路壓扁雜草樹枝。女孩僵直不動，抓住法蘭奇前臂。他看著她白白的小手，指甲薄而纖細。法蘭奇盯著看了良久，彈吉他的人都會這樣，他絕不會忘記第一次看到她指甲的情形。

她低聲說：「不要說話。」

卡車停了下來，引擎沒關，一群男人跳下車，口鼻蒙著圍巾。他們動作很快，鬆開了什麼東西，接著他們把屍體從後面拖了出來——一共有六具，沒穿鞋，但還穿著衣服，潮溼、黏著黑黑的污漬。在法蘭奇看來，那些屍體像是熟睡似的，睡得太熟，搬運時甚至彎折了起來，像長長的米袋。他想要那些人起身說：「欸，放我下來，我醒過來了。」但是他們一動也不動。

引擎轟隆聲蓋過所有聲音，士兵默默地把屍體扔進洞裡，一具疊著一具，臉上沒有表情，就像碼頭工人卸貨那樣。軍人回到車上，拿出長長的金屬圓鍬。

幾分鐘過後，倒在屍體上的土，多到讓那兩個孩子看不見屍體了。軍人沒有說話，只用圓鍬背面把土拍平，用腳踩實。工作一結束，他們速速回到車上，關上門，轟隆離開。

四周突然安靜得可怕，彷彿連土地也害怕到不敢呼吸。我知道這種聲音；沉默也是音樂的一部分。不過即使是沉默，也不代表其中沒有聲音可聽。

法蘭奇看那女孩，一顆淚珠滑過她臉頰，她看著才剛蓋上的墳墓，將雙手放在胸前，以柔軟、沉著的聲音開始唱歌。歌詞是天主教的〈聖彌撒〉（Sancta Missa）：「速速前來，協助他們，聖人啊／速速前來，迎接他們，天使啊／擁抱這些靈魂，將重荷負於至高青天。」

她轉向法蘭奇。

「要有人幫他們唱歌才行，不然他們上不了天堂。」

她用指關節擦掉眼淚。

「現在我們可以下去了，彈你的吉他給我聽吧。」

我所知道的愛情是這樣的：愛會改變你彈奏音樂的方式，我能感受到愛在你的手中、你的指尖、你的曲中。你突然爆出一陣急促樂句，你用大七和弦，你的旋律聲線聽起來利落甜美，像塞在信封中的情人節卡片。新的情感會讓人類感到頭暈目眩，年輕的法蘭奇和眼前這位神祕女孩爬下樹時，也開始發暈了。

他們走著，沒有說話。她帶他走到棄屍場邊緣。

她說：「不要太靠近我。」那時法蘭奇正緊跟著她，緩緩靠近。

「對不起。」

她笑了。

「你還在怕嘛。」

「我才沒有。」

「士兵不會回來了。」

「妳怎麼知道？」

「他們從來不會折返。」

「那些人都死了嗎？」

「死了。」

「怎麼死的？」

「可能是被槍斃了。」

「為什麼？」

「因為在打仗啊。我爸說將軍想殺誰就殺誰。」

法蘭奇聽過「將軍」這個人。一聽到就讓他發抖。

「我不喜歡打仗。」他說道。

「我恨死了。」女孩說道。

「我也是。」

「你講話好好笑喔。」

「我哪有。」

「你的英文在哪裡學的啊？」

「跟老師學的。」

「學校老師嗎？」

「吉他老師。」

法蘭奇喉嚨一陣緊縮，發現自己違反了和大師的約定。

「妳不要跟其他人說喔。」

「我不會說的。」

「這是祕密。」

「我會保密。」

她看著吉他，狗狗看她盯著吉他的樣子。

「你真的會彈嗎？」

「會啊。」

她轉向那個新掘的棄屍場。

「那你彈點什麼吧。」

「彈給你聽嗎？」

「彈給他們聽。」

「要彈什麼呢？」

「不知道，彈一些表示『我們不會忘記你們』的歌吧。」

法蘭奇很想討她歡心，他回想所有學過的歌，想起那疊偷來的唱片中有一首菲律賓歌曲，老師說那首歌「悲傷到連唱針都會融化」，還教他彈，歌名是〈你會記得嗎〉（Maalaala Mo Kaya），是菲律賓作曲家康士坦奇歐・德・古茲曼（Constancio de Guzman）寫的。（大師沉思說道：「好個優雅的名字啊。」）歌曲內容是兩個不同社會階級的人，保證不會忘記對彼此的愛。唱片封套上翻譯的歌名是〈你會記得嗎？〉。

法蘭奇坐在石頭上，將吉他擱在膝蓋上。他完全知道這位新朋友正在注視他，努力想彈得完美。我可以感受到他的心情反應在碰弦力道上，還有他灑落每個音符時的溫柔態度。

你看過這樣的情景嗎？從遠方看來或許有點奇怪，兩個孩子待在集體棄屍場旁邊，一個彈吉他，一個注意聽，炙熱的太陽掛在空中，西班牙陸軍卡車的車痕，還鮮明地留在地上。

但是我還看到了其他景象：我看到一個男孩子努力撥動琴弦，就為了一個女孩子。那是法蘭奇第一次想把自己的音樂獻給某個人。

所以我知道他戀愛了。

「你怎麼這麼會彈呢？」法蘭奇彈完後，她這樣問他。

「我也不知道。」

「真的彈得很好。」

「真的嗎？」

「真的。」

「妳覺得他們聽得見嗎？」

她看看掩埋場，「不知道，這不是正式的墓園。」

「**正式**是什麼意思？」

「就是正確做事情的方式。」

「要怎樣才正確呢？」

「你說墳墓嗎？要做很棒的墳墓。先把遺體放到盒子裡，家人過來說再見，然後放花在上面。」

「為什麼要放花？」

「這樣死去的人上天堂的路上，才有漂亮東西可以看啊。」

「喔！」

「你有沒有看過墳墓？」

「我媽有墳墓。」

「你媽死了？」

「是啊。」

「她人好不好？」

「我沒看過她。」

「她的墳墓在哪裡？」

「在美國。」

「所以你從來沒看過囉？」

「沒有。」

法蘭奇心想，不知道媽媽的墳墓看起來是什麼模樣，不知道有沒有人放花。他希望可以問問巴法這件事，突然開始非常想念他。

「我們應該放一些花在這墳墓上。」女孩說道。

「好啊。」

「你有看到什麼花嗎？」

「那些怎麼樣？」

「那是雜草！」

「不能放草嗎？」

「不可以，草很醜耶。」

他們沉默站著，法蘭奇看著吉他。

「一共有六個人嘛，對不對？」

「對啊。」

「我知道該怎麼辦。」

他放下吉他，開始扭轉弦鈕，從琴橋上取下琴弦。他手裡拿著弦蹲下，女孩也和他蹲下。他把琴弦繞了幾圈，然後摺了九十度再綁好，就變成棒棒糖那樣的形狀。他以前趁著大師睡在沙發上時，拿他的舊琴弦這樣玩過，但是從來沒有拆過自己的琴弦。

他將尖端插到土裡，再用兩顆小石頭疊著，讓弦豎起來。

「變成花了！」女孩驚呼。

「這樣就可以上天堂囉。」法蘭奇說道。

「但這樣你就不能彈琴了。」

法蘭奇知道她說得沒錯，但還是再拆一根弦下來，然後一根接著一根。

「可以給我試試看嗎？」她問道。

他們一起蹲著，這次她沒跟他說「不要太靠近我」。他們又做了五朵花，撒在蓋著屍體的泥土上。接著他們起身，把土拍掉。太陽在空中稍微下沉了一些，女孩低聲念著短禱文，法蘭奇跟著念，根本不知道內容是什麼。

他們看著墳墓，她用指頭勾住法蘭奇的手，他也捏了幾下回應。有的時候，神也會因為意料之外的甜蜜而微笑，那就是現在了。

「你叫什麼名字啊？」

「法蘭西斯可。」

「姓什麼呢？」

「盧比歐。」

「法蘭西斯可這名字有什麼意思嗎？」

「跟一個很有名的吉他大師同名。」

「那不錯啊。」

「那妳叫什麼名字？」

「歐若拉。」

「姓什麼呢？」

「約克。」

「歐若拉是什麼意思？」

「破曉。」

「破曉又是什麼意思？」

「就是日出啊，笨蛋，每個人都知道吧。」

法蘭奇把頭轉開，他以後要叫大師教他更多英文。

「法蘭西斯可，你彈得很好耶。」

他臉紅了。

「我覺得，全世界就你吉他彈得最好。」

「真的嗎？」

「我不會騙你啊。」

狗狗突然唉了一聲。

「你有沒有被女生親過啊？」

「親過一次。」

「哪裡？」

「學校。」

「耳朵。」

她哈哈大笑。「不是問地點啦。**是問親哪裡**，臉頰嗎？」

「哪一邊？」

他指著自己的耳朵。

「那我就親另一邊囉。」她說道。

於是她親了下去，動作又柔又快。接著，她好像很開心做了這件事，靠了過來，拍拍狗狗的頭。

法蘭奇眨眨眼睛。

「歐若拉。」他念著她的名字，像在練習似的：「歐－若－拉。」

他念她名字的時候她笑了，他也笑了。在完全不知情的情況下，他又加入了一個樂團。從那一刻開始，歐若拉・約克開始存在於法蘭奇的音樂中，存在於那一天、那一晚，直到永遠。

13

你要知道，在音樂的世界，從大調轉到小調是非常迅速的。只不過是個和弦變化，手指一動，就不一樣了。法蘭奇那天離開林子的時候，呈現恍惚的狀態，狗狗走在他身旁。但是等他回到工廠，馬上察覺事情不對勁。外面停著警察卡車，穿著灰制服的男人靠在前門牆邊，狗狗「噢嗚」了一聲。

「弟弟，你要幹嘛？」警察問道。

法蘭奇喉嚨緊縮。

「要找爸爸。」

「你爸爸在哪啊？」

「在裡面。」

「是喔？在裡面？真的嗎？」警察站直，又一輛卡車開過來。法蘭奇看出那是之前林子裡的那輛。剛才埋屍的軍人剛好下車點菸，法蘭奇心跳加快。

「你爸是誰？」警察問道。

狗狗開始吠叫。

「閉嘴，你這畜生。」他拔槍了。

「不可以！」法蘭奇大叫。

他開火，但沒打中。子彈激起地上一陣煙塵，狗狗跑走了，法蘭奇再也看不到牠。

「好，」警察繼續問話：「你爸是誰？」

就在那個時候，工廠大門轟的一聲開了，巴法的一名員工手腕被綁著，踉踉蹌蹌地走出來，兩個警察夾著他走。

「路易斯！」法蘭奇喊叫：「路易斯！爸爸在——」

路易斯狠狠地瞪著他，猛搖頭。法蘭奇立刻閉上嘴。

「這人是你爸嗎？」警察問。

「他爸爸不在這裡！」路易斯喊道：「他爸爸今天請病假！」

「閉嘴！」抓住他的警察吼道，用警棍打他肋骨，把他拉上車，推到車棚裡。法蘭奇看到後座還有兩名工廠員工，一臉驚恐的模樣。

「是嗎？玩音樂的小弟？」

法蘭奇感覺眼淚流過臉龐。

「說話啊！他說的是真的嗎？你爸爸是不是生病在家？」

最後他終於小聲說：「是。」

「那你剛才幹嘛說他在裡面？」

法蘭奇直視前方。「我想……喝水。」

「要喝水去其他地方喝。吉他給我！我教你西班牙人都怎麼彈。」

不等法蘭奇動手，警察硬是把吉他抽了過去，翻到正面——。

「搞什麼，怎麼沒有弦？」

他吐了一口口水。

「弟弟啊，要有弦才能彈啊，你爸沒教你嗎？」

他把吉他隨手一扔，吉他掉在土裡，其他人都笑了。

路易斯從卡車裡叫：「法蘭西斯可，快回家。」

那些警察又笑了。

「對啊，你趕快回家，告訴你爸明天不用工作了，後天大概也不用了。」

法蘭奇轉身就跑，衝回家的路上，腳步在碎石路激起嚓嚓聲響。他跑了九步、十步之後，便停下腳步，跑回來，抄起吉他。警察又笑了。

有人喊：「趕快把弦裝上吧。」但法蘭奇早就跑遠了，他肺中充滿空氣，好像把全西班牙的空氣都吸乾了。

他跑了好遠好遠，雙腿累壞了，便改用走的，接著又開始跑。一輛坐滿吉普賽人的卡車在他身旁停下，只要他交出口袋中所有的銅板，還有吉他，就能載他一程。他不甘願地交了出去，縮在後座窩著。吉普賽人瞅著他，把他擠到馬鈴薯袋子和披著黑披肩的打呼女子之間。

卡車往西邊開去，與一輛軍用卡車錯身而過。後來那輛卡車停在沙丁魚工廠前，一名軍官下車，聽到法蘭奇來過又跑了，搧了手下一巴掌，大吼：「就是要抓那個混帳啊，他是盧比歐的小孩！」

但是那時，法蘭奇早就在平板車後面顛簸著，被擠到打呼女人身旁，忍著不哭。從此，他再也沒看過巴法了，儘管這麼說很殘酷，卻是事實。同一天裡，法蘭奇找到真愛，卻也丟了家人。

像是大調轉小調那樣。

作曲家艾比的話

艾比·克魯茲（Abby Cruz），作曲家、製作人

我是在辦公室隔間遇見法蘭奇的。

是眞的。那時候我二十歲，才剛開始在紐約市的艾爾東音樂（Aldon Music）工作。公司在百老匯大道上的商業大樓裡。他們竟然把作曲家放進一格一格的工作隔間，一個挨著一個，有尼爾·沙達卡（Neil Sedaka）、卡洛·金（Carole King）、她前夫葛瑞·高芬（Gerry Goffin）、辛西亞·威爾（Cynthia Weill）、貝瑞·曼（Barry Mann）。我們的工作就是要寫出暢銷歌曲。隔間裡擺著鋼琴、小桌子、菸灰缸——那個年代每個人都會抽菸，然後砰砰砰敲著鍵盤。這樣說有點怪，我們都聽得見其他人在敲打的聲音，但是那反而給我們帶來靈感，像在競賽一樣。這個世界上，有太多太多音樂都是從那種隔間生產出來的，像是〈百老匯大道上〉（On Broadway）、〈分手太難〉（Breaking Up Is Hard to Do）、〈明天你是否依然愛我？〉（Will You Still Love Me Tomorrow），眞的**很多**都是。

我沒寫過像前面這幾首大賣的歌曲。我當時戰戰兢兢，希望不要被炒魷魚。週薪五十美金，付週薪是因爲要是一週內沒給他們回報，就會被開除。

我是公司裡唯一的拉丁裔員工，平時沒有說西班牙文的必要。但是有一天，是一九六一年的事情了，我懷第一胎，好希望他們不要開除我。當時大家都去吃午餐了，只有我還在座位上，急著想寫出什麼名曲。我在彈鋼琴，想出一段很棒的旋律，突然之間，聽到了一陣吉他聲。我會注意到是因爲，一來我們這裡沒什麼吉他手，二來是那個人**用我的曲段**在獨奏。

我停下來，吉他聲也停了。

我開始彈琴，吉他也開始彈，這次快了一點。於是我彈一首不太一樣的曲子〈馬拉圭亞那〉（La Malagueña），是我那來自哥倫比亞的祖母教的。結果我聽到那陣吉他聲如魚得水般彈奏著，像瘋了一般。

我停下來，用西班牙文問：「夠了喔，是誰啊？」結果隔壁間跳出一個我看過最帥的人，黑髮、藍眼，穿著粉紅色襯衫、黑長褲。他用西班牙文說：「妳好，我是法蘭奇。」那就是法蘭奇．普瑞斯托，我馬上認出來，他上過「蘇利文秀」（The Ed Sullivan Show），還上了兩次，也上過「美國舞台」（American Bandstand）。那時候，他的專輯《想要愛妳》全美銷量第一，音樂圈子的每個人都認識他。但我完全不知道他會說西班牙文，我們都以爲他是加州人。

反正那時候我就是那樣，挺著大肚子，開口說：「嗨，我是艾比。」他說：「妳怎麼知道那首歌的？」我卻說：「你在這邊幹嘛啊？」他說：「我在躲人啊。」他指著窗户，我走到窗邊往下看，一群年輕女孩拿著他的專輯，一窩蜂聚在前門。

原來他來這裡是要和經紀人「敲敲」見面，敲敲來我們公司討論下一張專輯的曲目。想到自己可能會爲他寫歌，我心情激動起來。但是他說他不想錄別人寫好的歌，他跟經紀人過來只是出於禮貌。

「好可惜喔。」我說道。

「我覺得創作者應該要唱自己寫的歌。」他說道。

「〈想要愛妳〉是你自己寫的。對吧？」

「對啊。」

「是寫給女孩子的嗎？」

「嘿呀。」

「她喜歡嗎？」

「不知道，她人不在這裡。」他說。

我們聊了一會兒，眞不敢相信我可以和他獨處。我問他成名的感覺是怎樣，那時候他上了《生活》雜誌，跟法蘭克．辛納屈（Frank Sinatra）、巴比．達林（Bobby Darin）之類的大人物成了朋友。他聽完問題笑出來，說成名之後通常滿好玩的，但是跟著保安衝過尖叫的女孩堆就不好玩了。有一次他表演完，從逃生門跳出去，還眞的傷了腳踝。

到了要離開的時候，他才問我：「妳的小孩什麼時候生啊？」我很欣賞他這一點，因爲大部分男人一看到孕婦就問預產期，煩死了。我說還要六個禮拜，希望公司不要在那之前炒我魷魚。他說：「不會啦，妳的曲段很棒啊，」又說道：「我以後也想要教自己的小孩音樂。」

過了幾個月，我女兒出生了。再過幾個月，我回到公司，發現辦公桌上有一籃玩具和一張卡片，寫著「恭喜」，署名「隔壁的吉他手」。籃子裡有一份樂譜，歌名是〈不要，寶貝〉（No, No, Honey）標題底下寫著「由法蘭奇．普瑞斯托和艾比．克魯茲共同創作」。

喔，我盯著那樂譜大概盯了一輩子吧。然後啪的一聲，我把樂譜放到鋼琴上開始彈，副歌就是遇見他那天我在彈的曲段，不知道他怎麼記下來的！但是他給我共同創作者的頭銜。你大概知道，後來那首歌成了十大金曲，也是我第一張金唱片獎。我告訴你，就是因爲得獎，我才沒被辭退。卡洛和前夫葛瑞幫雪莉爾合唱團（Shirelles）、漂流者寫了很多名曲，尼爾．沙達卡幫康妮．法蘭西斯（Connie Francis）寫歌，貝瑞和辛西亞也替水晶合唱團創作，但是我幫法蘭奇．普瑞斯托寫了暢銷曲耶！這才厲害吧！

之後幾年，他會送小卡片到辦公室給我，恭喜我又寫了什麼歌曲，而他總是會在卡片上多加一句「唱自己的歌！」，也總是署名「隔壁的吉他手」。後來，小卡片突然停了，我也好幾年沒有他的消息。我知道他經歷了很多事，好長一段時間都沒再創作。

但是我聽到他過世，還是十分震驚，我想過來一趟，跟他致意。他以前那麼照顧我，沒有他，我可能早就不吃音樂這行飯了。〈不要，寶貝〉的版稅讓我有能力供女兒上大學。他葬在西班牙，我覺得很奇怪，我記得他激烈批評過自己的國家啊。

一九六四年在紐約，可能是我最後一次見到他吧。那是辦在大飯店的公事聚會。那時候他已經出了名曲，像〈搖搖〉（Shake, Shake）、〈我們的祕密〉（Our Secret）。但是他看起來並沒有走運的喜悅。他穿著黃色西裝，戴墨鏡，跟經紀人、未婚妻站在一塊。我帶著年幼的女兒，不想打擾他。但是他一看到我們就衝過來，一副看到我們很高興的樣子。

「那時候妳肚子裡的就是她嗎？」他問道。

「對啊，就是她。喔，你未婚妻很美。」我說道。

「喔，謝謝。」

「那首〈想要愛妳〉的歌就是寫給她的嗎？」

「不是耶。」

他彎腰跟我女兒說話，那時她才三歲，他給她唱了〈Do Re Mi〉。唱完後，她給他一個擁抱。他就是有吸引人的能力吧。

「你要在哪裡結婚啊？」我問道。

「夏威夷。」

「夏威夷？」

「對啊，事情都由敲敲打點。」

「你在夏威夷有親人嗎？」

「沒有啊，我是西班牙人耶，妳忘啦？」

「那你怎麼不在西班牙結婚呢？」

他的臉瞬間緊繃起來，說：「我再也不要回去了！」

14

之前答應要說的第二個日子的故事，發生在法蘭奇永遠離開西班牙、再也沒回去的那一天。那是巴法坐牢之後第十一個月又九天的事。巴法被心生不滿的員工誣告；我真的無法理解這種行為。人類總是想把彼此鎖住，關在牢房裡、地窖裡。早期有些監牢其實是下水道，囚犯泡在自己的排泄物裡。從來沒有其他動物如此傲慢，竟敢囚禁自己的同類。你能想像一隻鳥把另外一隻鳥關起來嗎？或者，馬限制另一隻馬的行動？音樂是一種表達自由的形式，所以我永遠無法想像那種情況。我只能說，在監獄裡，我聽過最悲慘的聲音。籠裡的歌聲絕對不是歌唱，而是哀鳴。

工廠被抄的那一晚，法蘭奇回到各各他街上的舊家，希望找到巴法。但是回到家裡，空無一人。醒來時，依舊如此。他發現前門的門鎖被撬開了，家具也被推離原來的位置。他胃部一陣緊縮，好希望爸爸幫自己做早餐啊。他從窗戶看出去，路人來來去去。但在路易斯故意撒謊好保護他時，他已經明白誰也不能信了。他待在黑暗中，替爸爸祈禱。他去洗臉，也洗了耳後，希望表現乖乖的能讓爸爸早點回家。他的吉他沒了，不能彈奏音樂，也怕到不敢打開收音機，怕被誰聽見。沉默愈來愈大聲，他摀住自己的耳朵。

我好想安慰他，用療癒的旋律包圍他。但是我知道，那個時候他又被監視了，我不敢干預他的命運。

他就那樣躲了兩天，吃罐子裡的存糧，喝水槽裡的剩水。他每眨一次眼，就看見巴法的臉，看見他在那輛義大利汽車的座位上哼歌，看見他讀報紙，還有法蘭奇練琴時、他腳尖打節拍的樣子，也看見巴法睡前親吻他一下的樣子。

第三天早上，法蘭奇聽到大門那裡傳來刮嚓聲，他擔心又是軍人，於是跑到花園，躲在那張他以前打節拍的桌子底下。他等啊等，以為會有人踹門進來，反而聽到一陣嗚咽。他溜出桌下，看到狗狗悄悄往他這邊過來。牠呼吸急促，粉紅色舌頭垂下來，溼答答的。

我也不知道狗狗怎麼長途跋涉回來，但是法蘭奇這輩子從來沒這麼開心過。他摟住狗狗的脖子，抱住牠，把臉埋在狗狗毛裡，哭了好久好久。他們一起躺在花園裡，三聲部缺了一人，只剩下兩個成員。

每個人活著都會加入樂團，

但是無論如何，樂團總會解散。

當天下午，法蘭奇換了襯衫，繫上鞋帶，戴上巴法的粗花呢帽子，帶著狗狗從後門走了。再過一小時，警車就會開來，兩個警察會再度搜索房屋。雖然看來像是偶然，但要是有某種更強大的力量想為你鋪路，就能時常逃過一劫。

法蘭奇壓低帽子，低頭走路，走到克里斯塔塞內加爾街上的洗衣店。他爬上階梯，敲敲大師的門，沒有人回應。他又敲了一遍。

「誰啊？」終於有人回應，聲音又刺又細。

「大師，是我。」

「你的課在昨天。」

「對，大師。」

「今天是昨天嗎？」

「大師，對不起。」

「走開。」

「拜託讓我進去，大師。」

「今天不是輪到你。」

「大師，我可不可以進去？」

「回家找你爸啦。」

「大師，我不能回家。」

「為什麼？」

法蘭奇沒有回答。

「為什麼**不能**咧？」

他無法呼吸。

「法蘭西斯可，我要回去睡——」

「我爸爸不見了。」

說完「不見」之後，法蘭奇哭了，心裡壓抑的一切一湧而出，他膝蓋發軟，跪倒在地。他嚎啕大哭時，吸進的空氣比吐出的多，狗狗用鼻子推他的臉，和他一起哀嚎，讓這一片悲慘添加和音。

最後，門終於開了，法蘭奇抱住大師的腿，用力把臉湊上去。老師站著，戴著墨鏡，下巴抬起。

「你進來吃飯。」他柔聲說道：「再跟我說到底怎麼了。」他搖頭。「這個國家已經變成地獄了。」

直到法蘭奇偷渡離開，他和狗狗都跟大師住在一起，其他不用多說了。接下來，我會省略很多細節（等一下葬禮就要開始了），但是我想說，那對師生對彼此都有深遠的影響，一同經歷生離死別的人往往如此。法蘭奇在廚房桌子下鋪墊子睡覺。早上，他打掃公寓，擦拭吉他上的灰塵，去市場採買食物，後來大師抽屜裡的錢用光了，他就從麵包店和水果攤偷東西。他緊跟在人群後面，悄悄把東西塞到外套口袋裡。後來大師發現法蘭奇這樣做之後，狠狠罵了他一頓。

「你已經失去很多了，不要連靈魂都沒了！」

「不然要吃什麼？」

「你又餓了嗎？」

「對啊，大師。」

瞎子摸著找紅酒喝。他從來沒養過孩子，根本不知道他們該吃多少。他聽到法蘭奇在桌下鋪好床躺下，呼嚕說道：「晚安，大師。」他也聽到狗狗嗚咽，像在附和法蘭奇。他一直坐在原位，直到最後一滴紅酒喝乾，接著起身，上床睡覺。

隔天他早早起床，洗澡、刮鬍子、拿出皮鞋、換上乾淨襯衫。他問法蘭奇自己看起來如何，法蘭奇說：「看起來像要去上班呢。」老師跟他說，他們要出門。

「大師，我們要去哪裡啊？」

「叫你帶路就帶路。」他停頓一下，「狗狗也帶過來。」

過了一會兒，法蘭奇牽著一人一狗穿過維市的街道，沿著大街走，穿過店家與遮陽布篷。他們要回到舊的那間小酒館，也就是巴法第一次看到瞎子表演的地方。進了酒館，老師抬起鼻子，左右轉頭，像回憶被氣味喚起似的。接著他大聲宣告：「我要找老闆！」老闆走過來，還沒開口大師就察覺到了，立刻伸出手：「又見面了。」大師說。

老闆小心翼翼回答：「是啊。」

「今天來跟你談件事情：我可以讓你重新主辦我的表演。」

「我幹嘛要主辦？」

「因為我很棒。」

「喝醉就不棒了。」

「不用再擔心了。」

「一言為定？」

「沒錯。」

「那你的表演計畫是？」

「每晚兩場表演，當然，薪水要高。」

「我們現在彈的音樂和以前不一樣了。」

「這我知道。」

「只有將軍認同的音樂才行。」

「這我也知道。」

「但你還是想工作？」

「不然我站在這裡幹嘛？」

「那麼酒的問題呢？」

「再也不喝了。這個小孩可以作證，對吧？」

大師拍拍法蘭奇的肩膀，他硬擠出笑臉。

「這是我姪子。」大師說道：「我們還有一隻可愛狗狗。」

狗狗嗚了一聲。

老闆嘛嘴。

「你的生活改變了很多嘛。」

「就是啊。」

「還刮了鬍子。」

「沒錯。」

「好吧，在這裡演奏的人之中，你**是**最棒的。」

「我也這樣覺得。」

「不可以讓客人失望喔。」

「當然。」

「一定要準時。」

「我甚至可以提早到。」

「一喝酒就沒工作了，懂嗎？」

「懂。」

老闆看著新成立的三聲部，男人、男孩、狗狗。

「明天開始上班。」

「遵命。」大師說道。

回到家之後，法蘭奇把紅酒瓶和白蘭地酒瓶撿一撿，丟到垃圾桶裡。

大師問他：「你幹嘛啊？」

「撒謊是不對的喔。」法蘭奇說道：「你跟老闆說不喝酒了。」

大師咕噥一聲，但也沒有阻止法蘭奇，只是一屁股跌坐在沙發上，像屈服於改變了的命運。他摀住臉，跌跌撞撞往前走，摸到吉他。再也沒有酒了，法蘭奇偷偷感到開心，他喜歡不喝酒的大師。大師開始彈塞戈維亞的曲子時，法蘭奇將酒瓶拿到樓下，交給洗衣服的女人，換到好幾個月的免錢洗衣，那天晚上她還答應幫他們煮飯。

法蘭奇．普瑞斯托就這樣加入了新樂團，影響了那位瞎子團長。雖然他之前發誓再也不表演了，現在卻再度登台，彈奏美妙的樂音。

15

或許你還在想巴法的事情，那個可憐又單純的巴法怎麼了？法蘭奇也還在想他。一開始，每天早上他都問大師巴法爸爸的事情，但沒有絲毫回應。前面我說過對暴政的恐懼使人類三緘其口；在那些年頭，就算只是問起「消失的人」，下一個消失的可能就是自己。那時全世界都在打仗，西班牙正值戒嚴，任何人抵觸了將軍的政治、宗教理念，都會被關，甚至被處死。大師告訴法蘭奇，出了家門還提起巴法的事太危險了。後來，法蘭奇乾脆不問了。

然而，沉默並不代表遺忘，孩子從來沒忘記爸爸。每晚，在他爬到廚房桌子底下之前，會打開那台偷來的唱機，悄悄聽著艾拉．費茲傑羅的〈腳步噠噠〉，歌詞說的是有人弄丟褐黃雙色籃子的事情。

艾拉唱道：「**唉，不知道籃子在哪裡。**」樂團合音：「**我們也想知道。**」對於巴法，法蘭奇也有同樣的感覺。「**我也想知道，爸爸到底在哪裡？**」那首歌安慰了他，因此人才會聽音樂，對吧？為了不讓自己感到孤單。

這段時間，白天的時候，法蘭奇向改過自新的大師密集學習，那是他收穫最豐富的音樂栽培期。他再也不去上學了（為此，他一點也不擔心），師生倆吉他一彈就是幾小時。法蘭奇還沒九歲，就能彈奏各種形式的樂曲，從爵士到佛朗明哥，指甲向內彎、表現連續彈指（rasgueo）的技巧。彈古典吉他時，可以快速用指甲刷過困難的琶音和弦，聽起來就像是一隻手在彈低音，另一隻手刷出另一道音瀑。雖然大師看不見，還是極度不厭其煩地教導法蘭奇看譜，教法是聽寫、聽，再聽寫、再聽。即使一片嘈雜，大師總能聽出彈錯的音符，規定法蘭奇檢查樂譜，念出每個附點、底線、升調、降調。

雖然法蘭奇的臉頰還柔柔嫩嫩，頭髮也閃耀著年輕的光澤，他的音樂卻呈現超齡的敏感。你們有時會說這是「老靈魂」，但是才華是與生俱來的（和年齡無關），藝術家的老，是才氣帶來的成熟。

法蘭奇甚至學會令人生畏的海托爾．維拉－羅伯斯（Heitor Villa-Lobos）的十二練習曲，要一直張大左手，異常辛苦。如果法蘭奇抱怨學起來有多困難，大師會這麼說：「羅伯斯在巴西叢林裡跟食人族學音樂，**那**才叫作困難吧，你現在這樣一點都不難。」

「大師，你說的是真的嗎？」

「什麼真的假的？」

「你剛才說的故事啊。」

「當然是真的。」

「食人族也是嗎？」

大師歎氣。

「法蘭西斯可，人為了藝術而受苦，你絕對要記住這點。有時候是食人族，有時候還有更可怕的呢。」

雖然法蘭奇懇求過許多次，大師就是不准他跟去小酒館。他說：「你一定要睡覺。」因此，一個叫亞伯托（Alberto）的小鬍子康佳舞者每晚過來，帶大師去上班。

亞伯托常常說：「你叔叔是偉大的藝術家。」法蘭奇會說：「我知道。」

有時候，法蘭奇早上起床會聞到淡淡的香水餘味。他想起衣櫃裡的洋裝，不知道是不是有哪位女士在他睡著時來過家裡。他想起歐若拉的粉紅臉頰、細白手指，還有風雲變色前他們一起度過的下午。

「大師，」有一天他們吃早餐時，法蘭奇開口問：「幾歲才能結婚？」

「法蘭西斯可，你是不是有事瞞著我？」

「沒有。」

「你遇到什麼女孩子了吧？」

「只見過一面而已。」

「然後你就想結婚啦？」

「可能吧。」

「在哪裡遇見的？」

「林子裡。」

「喔，所以是小精靈嗎？」

「應該不是啦。」

「她眼睛顏色是不是不太一樣？」

「對。」

「而且人又好，又體貼？」

「對。」

「那你之後有再看到她嗎？」

「沒有。」

「那她就是小精靈了。不可以跟小精靈談戀愛，她們是假的。」

「她不假。」

「可是聽起來很像啊。」

「不是小精靈啦！」

「好啦，不是啦。」大師嚼嚼食物然後吞下，接著摸索桌子找咖啡杯。「如果她不是小精靈，你們還會再見面的。」

「什麼時候？」

「適合的時候。」

大師啜飲咖啡，法蘭奇蹙額，一副失望的模樣。

「衣櫃裡的洋裝是誰的？」

他其實不是故意要問，只是因為生氣，不小心說溜嘴。大師放下咖啡杯。

「吃你的飯。」

每次失去什麼，都會在心上留下缺口。如你所推測的，大師早些年失去了非常重要的東西，讓他陷入絕望酒癮。他的妻子過世了。就是那位牽他下台、輕輕給他一吻的美麗女子。她太早離開這個世界，她一消失，全世界的東西他都不要了。他讓自己沉淪，沉浸在悲傷中、在酒精中、在噩夢纏身而無法安眠的睡夢裡。如果他能讓自己的心臟停止跳動，關上記憶的燈光，他早就動手了。

然而這幾個月來，帶著多出來的新姪子，他的傷口療癒不少。他走路走得更穩，肚子消下去，頭痛減輕，皮膚也不再蒼白。沒有酒精迷霧的環繞，他漸漸找回目標。他起床，聞到法蘭西斯可烤吐司的香味時，有點開心。也喜歡那孩子對他的敬意，幫他拉椅子，幫他拿吉他。也喜歡聽法蘭奇在公寓裡邊走邊唱，唱著那堆祕密唱片裡的歌曲。他甚至心不甘情不願地接受了狗狗。有時候，狗狗會把頭靠在大師腿上，他會幫牠搔搔耳朵。

「狗狗喜歡你喔。」法蘭奇說道。

「狗狗聞起來像水溝。」大師說道。

在內心深處，瞎子知道法蘭奇還在為爸爸的事情難過。他自己照顧法蘭奇之後，才能體會被抓走的巴法心裡有多難過。某天晚上，大師在小酒館冒了個險，問老闆觀眾之中有沒有軍人。

有喔，老闆說，前排附近有一群軍人。

「把我介紹過去。」大師說道。

那天一整晚，他彈了許多佛朗明哥名曲，也是將軍准許的那種音樂，還說那些曲子是獻給「服務領袖的勇敢男人」。大家鼓掌，老闆微笑，軍人表示讚賞。後來，他們邀大師過去一起坐。他請他們喝酒，說故事，請更多酒，還用以往罕見的方式大笑。其實在內心深處，大師感到苦痛。戰爭留給他醜陋的過去，讓他無法為軍人或將軍效力。然而，就像練習音階那樣，忍耐總是有原因的。軍人愈喝愈多，他鼓起勇氣問了幾個問題。

那晚結束時，他知道了沙丁魚老闆的命運。

一九四五年八月三日，再過兩天，法蘭奇就會永遠離開西班牙了。三號那天，大師去了距離維市好幾哩的監獄。路途辛苦，他撒了許多謊、賄賂了許多人、拜託吉普賽人騎車載他，才到達目的地。其他細節就不再贅述了。重點是，那天下午在紅磚監獄後頭的放風場上，在河中撈到嬰孩的單身男子、教那孩子面對命運的盲眼吉他手，在場上進行最後一場對話。

他們交談了二十四分鐘，低語，活躍跳動，7/4拍，節奏急促，時而中斷。巴法膚色蒼白，身上帶著瘀青，從來沒看他那麼瘦過。他一看到戴著墨鏡的大師，便開始發抖。等警衛離開，他低聲迸出的第一句話便是：「我兒子呢？」

「在我這——」

「感謝上帝。」

哭泣。吸氣。沉寂。

「他還好嗎？」

「很好。」

「他有沒有問起我？」

「當然有。」

哭泣。吸氣。沉寂。

「我這爸爸當得多糟啊，從來都沒設想過要是自己發生什麼事……」

「盧比歐先生，我把你兒子看得好好的。」

「你絕對不能說我是他爸爸。」

「為什麼？」

「都是工廠那邊的事。有三個工人恨死我了，跟警察說我是社會主義分子，還說其他工人是工會來的。我否認，他們就說我撒謊。還說我帶著法蘭奇就是證據，因為善良天主教徒才不會收養私生子呢，還說他媽媽是左派——」

「等一下，法蘭奇不是你親生的？」

哭泣。吸氣。沉寂。

「我沒有做錯事。」

「當然沒有。」

「我拯救了一條性命。」

「沒錯。」

「這些豬玀——」

「小心一點，盧比歐先生。」

「這佛朗——」

「不要提到他。」

「我沒有做錯事。」

「我懂。」

哭泣。吸氣。沉寂。

「你還在教他吉他嗎？」

「每天都教。」

「他彈得好嗎？」

「沒有人比他好。」

「真希望我也能聽到。」

「盧比歐先生，你會被關幾年？」

「十二年又一天。」

「十二年？」

「『刑期』就是這樣囉，怎麼能這樣對我？等我出獄，法蘭西斯可都已成人了！」

「我也很難過。」

「大師，有件事我一定要拜託你，你會答應嗎？」

「為了法蘭西斯可嗎？」

「對。」

「那我答應。」

「送他走。」

大師的胃揪了起來。

「把他送走？」

「對。」

「送去哪？」

「美國。我姐姐在那裡，他去不會有事的。」

「美國？」

「我有姐姐在那裡。」

「路程很辛苦啊。」

「留在這裡沒有未來。」

「但是我會顧著他呀——」

「那樣太冒險了。」

「他可以跟著——」

「大師，拜託你，別人會說出去的。而且我聽說這裡有監獄，專門關叛國者的小孩，他們會被揍，還沒飯吃。」

「但你又不是叛國者。」

「還不是被關進來了。」

大師揉揉臉，開始冒汗。

「該怎麼動手？」

「我有錢，藏起來了。我再告訴你怎麼拿，然後買通碼頭的人。」

「買通誰啊？哪一個碼頭？」

「有了錢，哪個碼頭哪個人都可以買通。」

「但要怎麼——」

「先聽我說，時間不多了，你拿著——」

巴法抓起大師的手，塞入從襯衫上撕下的布條，上面寫了字。

「這是美國的地址，他一定要去那裡。」

「好。」

「幫他取個新名字，我的名字會害死他。」

「好。」

「跟他說，總有一天我會找到他的。」

「好。」

「再跟他說不要忘記我。」

「好。」

「也要說我愛他。」

「我會說的，盧比歐先生。」

流淚。哽咽。

「大師，我明明什麼也沒做啊，你一定要相信我。」

「我相信你。」

「我就只有他了。」

「我很遺憾。」

「我說的一定要做喔。」

「一定會做到。」

「錢要是有剩，你就留著。」

「盧比歐先生，我不需要你的錢。」

「我不是故意的。你一定不懂拋下小孩的感受。」

在那墨鏡後面，眼淚湧了出來。

「對啊，」大師說道：「我當然不懂。」

16

當天晚上，小酒館的表演結束後，大師和亞伯托溜進各各他街上法蘭奇的舊家，裡面已遭洗劫一空，但是他們在地板下找到一個錫盒，就和巴法說的一樣。盒子裡有個絲絨袋，裝著六十萬披索，那是沙丁魚工廠的獲利，那筆錢都夠組織小軍隊了。兩人速速從後花園離開，回到洗衣店樓上大師的家中。坐下之後，亞伯托藉著燭光將錢分成一萬元一堆，每一堆再用橡皮筋綁好，方便大師拿錢時搞清楚數量。

「你也拿三堆。」大師跟亞伯托說。

「大師，我不行——」

「你可以，拜託請拿。然後拿紙來，把我說的話寫下來。」

大師交代他，講了八分鐘。講完之後，亞伯托歎氣，看著那紙片，抓住大師手臂。

「大師，這麼短的時間，要做這麼重要的事……」

「他處境很危急。」

「我會照辦。」

「謝謝你，亞伯托。」

亞伯托舉起絲絨袋。大師當然看不到他的表情，但是我看到了。那種表情我看多了，那是突然致富的神情，眼睛會變小，嘴唇緊繃。

亞伯托說：「大師，不要擔心，神站在我們這邊。」他手放開袋子，眼神卻沒有離開。

那晚，大師沒睡好。早上，法蘭奇還在打瞌睡時，他便穿上浴室架上的衣服（法蘭奇每天晚上都先幫他放好），走向衣櫃。他亂摸一通，摸到掛在衣架上的手提包，他解開袋口繩子，拿出裡面的東西。那是一組新弦，六條捲成一圈。他站在衣櫃前幾分鐘，靜止如雕像，最後他走出衣櫃，關上門，走進廚房。

他說：「起床了，法蘭西斯可。」

男孩睜開眼睛，狗狗也抬起頭。

「大師，我是不是睡太久了？」

「不是，」大師握著琴弦說道：「可是今天有很多事情要做。」

一九四五年八月五日這天剩下的時間，充滿各種事件，像小號手吹著八分音符三連奏，要填滿每個小節一般。大師要法蘭奇把牙刷、梳子、肥皂打包好，還要帶上所有能穿的衣服，內衣尤其要帶。

「我們要去哪裡啊？」

「要去冒險。」

「**你**怎麼不打包？」

「我等一下就會打包。你動作快。」

他們離開公寓，大師給法蘭奇牽著，要他帶路去聖米圭爾（San Miguel）街的一間商店，店內牆上掛著吉他、小提琴，法蘭奇從沒看過這種地方，那裡充滿木頭和琴油的味道。大師要法蘭奇在櫃台附近等他，接著開口說要找後面的什麼人。一個大鬍子從店鋪後方走出來，笑著擁抱大師。兩人悄聲交談，對話音量小到連法蘭奇也聽不見。

「是你呀，大師。」

「我知道我有一陣子沒來了。」

「有什麼事嗎？」

「我要來買你最好的吉他，還要很堅硬，旅行也不會壞。」

「我有一把 Estruch 的吉他，雲杉木和花梨木做的，琴頸是黑檀木。」

「很棒。」

「但是那把琴很貴。」

「我現在就要，還要最堅固的琴箱。」

「大師，您又開始彈琴了嗎？」

「是要給他的。」

「給那小孩的？」

「對，還要蓋住製造者的印記。」

「但是那樣就會降低吉他的價值。」

「他不需要知道價值，以後他遇到的人也不需要知道。」

「琴弦呢？」

「不裝弦。」

「就照你吩咐，老友。」

「謝謝你。」

「我可以問個問題嗎？」

「請問。」

「這麼好的吉他，給這麼小的小孩，會不會浪費了？」

「給這小孩一點也不浪費。這把琴要跟他一輩子。」

「大師，為什麼？」

「因為我不能陪他一輩子。」

大師從外套內袋中取出一捲鈔票交給他，大鬍子消失了一陣子。法蘭奇走到大師身旁，碰了碰他手肘。

「大師，那些黑色箱子是什麼啊？」他邊問邊仔細看著一排小型擴大器。

「箱子有把手嗎？」

「有。」

「還有導線？」

「有。」

「沒用的東西。」

「那是要做什麼的？」

「讓吉他音量變大，這樣從很遠的地方就能聽到了。」

「這樣不好嗎，大師？」

瞎子往下摸，探到法蘭奇肩頭。

「法蘭西斯可，你要記住，音樂的奧祕不在於讓音量變大，而是讓這個世界變得更安靜。」

大鬍子帶著琴盒回來，喊著要大師過去，他們再度小聲說話，又擁抱了一下。大師轉身，拿著新買的琴，伸出左手，法蘭奇領他到門邊。

「大師，你買了新吉他喔？」

「對。」

「你什麼時候要彈啊？」

「走右邊！」

他們又多去了三個地方。每到一處，法蘭奇就看到有人出來歡迎大師，讓他很訝異，他很少聽到老師跟誰說話。其實，大師直呼其名的人只有伊莎貝爾（Isabel），就是樓下洗衣店的老闆。有時候，她會做裹著焦糖的杏仁給他們吃。

大師吃點心時會說：「伊莎貝爾，這甜到我牙齒都要爛了。」

但是出門那天，那些人擁抱大師的樣子，像在歡迎他回家。法蘭奇當然不知道，早些年還沒打仗時，大師其實是知名吉他手，也是夜總會人氣表演者。他結識一些喜歡在深夜聽音樂、喝酒、跟女人周旋的傢伙。留到表演最後的人，音樂家通常會和他們混熟。在除了他們、全世界都睡著的時刻，他們培養出特殊的關係。他們之中，有些人的長相讓法蘭奇嚇到，有些臉上滿是皺紋，有些挺著肥大的啤酒肚。但是當大師從口袋拿出一捲鈔票交給他們，他們馬上有所動作。每段對話最後，都是竊竊私語、握手。接著大師轉身，伸手要法蘭奇扶著，兩人走出店門。

採買途中，他買了吃的給法蘭奇，在麵包店，他叫法蘭奇多買些麵包，再買一小罐蜂蜜裝進袋中。總之，那天對法蘭奇而言很刺激，但是他一直等著大師打包自己的行李，也注意到狗狗一直黏著自己，有時還會撞上自己的腿。

那天下午稍晚，大師問：「太陽走到哪裡了？」

法蘭奇回答：「快下去了。」

大師要他帶路，去附近的餐廳。法蘭奇和狗狗在餐廳外頭等著，他輕輕撫摸琴盒，希望大師會帶食物出來，他又餓了。

過了一個小時，天黑了，大師終於出現，什麼也沒拿。他開口，聲音低沉而緩慢。

「走吧，法蘭西斯可。」

「去哪，大師？」

「去小酒館。」

「我可以看你表演？」

「這一次，可以。」

一開始，法蘭奇開心得忘了饑餓，但是大師並沒有和他一樣興奮。他呼吸沉重，發出粗啞呼吸聲。他走著，手裡拿著新吉他，腳步略微不穩。法蘭奇意會過來，大師剛才在餐廳不是用餐，而是喝酒。

「小朋友，你今天褲子是什麼顏色？」

法蘭奇皺眉。

「我問你問題耶。」

「大師，是咖啡色。」

「鞋子呢？」

「也是咖啡色。」

「你的頭髮呢？」

法蘭奇不想回答，他覺得老師食言，又有壞事要發生了。

「頭髮顏色呢？」

「看起來是黑色。」

「眼睛顏色呢？我竟然連這個都不知道。」

「大師，我的眼睛是藍色的。」

「喔，藍色的啊。」

他深深吸了一口氣，下巴垂到胸口，低聲唱起歌來。

「Am I blue？……我憂鬱嗎？……」

他咳嗽。

「這是一首歌喔，總有一天你也會學到的。」

人想要藉由飲酒找到勇氣，然而只是暫時撇開恐懼。喝醉的人敢跳懸崖，並不是勇敢，只是健忘罷了。

那天晚上在小酒館的舞台上，酒精讓大師忘了西班牙對藝術家設下的限制，做了他演出生涯中最無懼的表演。歌曲之間，大師幾乎不曾暫停，他彈了美國歌曲，像是〈聖路易藍調〉（St.

Louis Blues）、〈老虎散拍〉（Tiger Rag），也彈了吉普賽吉他大師萊恩哈特的〈香水〉（Parfum），還彈了餘音繞梁的法國經典歌曲〈跟我說愛我〉（Parlez-Moi d'Amour），以及舒曼、韋瓦第、費迪南多・卡盧利（Ferdinando Carulli）。他的吉他彈奏聽起來有力而熱情，不過我必須坦白說，那晚我在他體內聚集的力量，像源源不絕的噴泉。他前後搖動，感到每個音符的振動。人群中的每個人變得沉默，有一陣子簡直像沒人在場。這樣的音樂，是被政府禁止的。但是彈奏得如此悅耳，我可以使全場觀眾如催眠般入迷。接下來兩小時，沒人提出抗議。連後排那個穿著厚重衣服的人都沒說話。

到了表演結束，大師才伸手揉著墨鏡後方的眼睛。接著他開口了，那是當晚他頭一次說話。

「最後一首歌，要獻給我最傑出的學生。」

他轉頭望向剛才安排給法蘭奇的座位，在廚房附近。

「過來，我們一起彈。」

他開始刷起〈亞瓦崙〉（Avalon）的和弦，作曲者是艾爾・侯森（Al Jolson），法蘭奇喜歡用那台偷來的唱機聽這首歌。底下客人四處張望，有些人指著角落的一個孩子。

法蘭奇感到自己全身顫抖，滑下椅子，緊張地走上台。他摸摸老師肩膀，讓他知道自己來了。

「來吧。」大師邊刷和弦，邊低聲說道：「去拿另外一把吉他，跟著唱。」

「可是我不想唱。」

「為什麼？」

「我會怕。」

「沒錯，你會怕。而且你以後還是會怕，這輩子都會怕。你一定要克服這種恐懼，要面對，假裝底下沒人。」

「大師——」

「你做得到。記住，我說做得到，就做得到。」

法蘭奇其實嚇傻了，但是他完全相信大師。於是他拿起吉他，戴上背帶，刷起和大師練習過的和弦。最後，等到前奏過了，他開始唱歌，那是他第一次給聽眾唱歌。

我在亞瓦崙找到愛情，
就在海灣旁。

群眾又開始張望，他竟然唱英文歌。

我在亞瓦崙找到愛情，
航行離開……

坦白說，我還真愛看群眾的反應。法蘭奇的音質豐潤又真誠，大家忍不住讚歎（其實都是在讚歎我）。法蘭奇和大師的演奏達到完美的平衡：前者駕馭節奏，後者夾雜著吉他獨奏，像是餅乾上面的糖粉。在一節歌曲的時光中，群眾完全癡迷；在一節歌曲的時光中，藝術凌駕政治，美超越恐懼。

我夢見她在亞瓦崙，
從早晨到黃昏，
我想我會再度啓程，
回到亞瓦崙。

法蘭奇的聲音如同烈酒，讓底下的聽眾暫時忘卻恐懼。然而，那效力也如同酒精，並不持久。穿著卡其色制服的男人首先發難，敲打杯子以示抗議。他先敲了一下，接著又是一下，其他人也跟進。不久，整間小酒館充滿敲打玻璃杯或銀餐具的聲音，恐懼扯下了布幕。法蘭奇停止歌唱，淚水就要湧出眼眶。他快速轉向大師，他似乎也料到了，便停止彈奏。

「扶我起來。」大師說道。

他握住法蘭奇的手起身，觀眾噓聲四起時，大師彎腰跟法蘭奇說：「這時候要鞠躬，像這樣。」

他彎腰，法蘭奇也照做，嘲弄聲更響亮了，有人喊著：「叛徒啊！」

「一定要感謝聽眾。」大師悄聲說，捏捏法蘭奇的手。

「現在帶路到後台吧。」

接下來的事情對法蘭奇而言，成了一片模糊的回憶。他記得亞伯托在後巷的車邊等著，也記得在一片漆黑中坐了很久的車，而且他在路上哭了很久，回想自己怎麼會讓那些人那麼生氣。他記得大師把吉他放在兩膝之間，幾乎沒說話，直到他感到車子顛簸，才問亞伯托：「還要多久？」他回答：「再二十分鐘。」

他記得大師給他一個銀酒匣，叫他喝一口，還說前面路程很長，法蘭奇必須睡覺。他記得那液體喝起來甜而刺鼻，也記得大師將琴盒交給他。

「這個以後就是你的囉。這把吉他很高級，是花梨木和雲杉做的，製造者是有名的古老吉他家族。這點很重要，不管你彈什麼，裡面都是有歷史的。」

法蘭奇想要開心起來，畢竟得到一把新吉他了啊，但是心裡有好多情緒。

「大師，為什麼我剛剛要唱歌呢？」

「總有一天你會懂的。」

「但是他們敲杯子耶。」

「你也很勇敢啊。這輩子都要勇敢喔。」

「我們要去哪裡？」

大師把頭轉開。

「你記得第一堂課的情形嗎？」

「記得，大師。」

「你做了什麼呢？」

「只是聽而已。」

「沒錯，以後你要去的地方，也必須注意聆聽。聽，就是學習，別忘了這點。不管是學音樂，還是過日子。」

「但是，大師——」

「還有，你第一次開始彈琴的時候，你記得什麼呢？」

「很痛。」

「沒錯。」大師說道，聲音也哽咽了。「這次也會痛的。」他清清喉嚨，「但是會長繭，之後就不會那麼難受了。」

車子又跳了一下，大師揉擦自己的臉。

「法蘭西斯可啊。」

「什麼事，大師？」

「琴盒裡有弦，你要裝到吉他上。」

「謝謝你，大師。」

「那些弦對我來說非常特別。」

「為什麼？」

「是我太太給我的。」

「大師有老婆？」

「沒有了。」

「她去哪裡了？」

「上天堂了。這些弦是禮物，我從來沒用過。」

「因為她死了嗎？」

「對，還沒給我，她就死了。我在她皮包裡發現的。」

法蘭奇開始想像師母的長相。

「衣櫃裡那些衣服是她的嗎？」

「是她的衣服、鞋子，還有一瓶香水。法蘭西斯可，要記得一個人，不需要太多東西，就算只剩一樣，也不會忘記。」

他彎腰，拍拍法蘭奇的膝蓋。

「你有我送你的琴弦，就夠了。」

法蘭奇愈來愈害怕了。

「大師，我們是不是要離開家啊？」

「那裡只不過是公寓罷了。」

「你也會跟我一起走嗎？」

「只是洗衣店樓上的公寓。」

「你也會跟我一起走嗎？」

他沒有回答。

「我們到底要**去**哪裡啊？」

大師探頭過來問：「外面有什麼？」

法蘭奇靠著車窗，外面很黑。他們越過一座小山坡，亞伯托減緩車速，遠方的海平面上閃著碎鑽般的月光。

「有海啊。」法蘭奇低聲回答。

* * *

爵士小號手迪吉．葛拉斯彼說過：「我花了一輩子的時間，才學會什麼時候**不要**吹。」他也是我的特別門生，這番話說得很對，沉默讓音樂更響亮，選擇不演奏，能讓接下來的演奏更為甜美。

然而文字並非如此，沒寫出來的部分會如影隨形。大師是個藝術家（他的靈魂當然也是我賜與的），但他的直覺過於音樂性，不適合生存。如同他表演時選擇略過音符，他也省了一些話沒說。

那天晚上，他們坐在瓦倫西亞港邊，他讓法蘭奇睡著，卻沒告訴他真相。過了一小時，他們看到信號。大師抱著法蘭奇，爬上長長的斜坡走向船邊，後面跟著亞伯托，手裡拿著行李和吉他，低聲說：「直直走，大師……小心那塊板子。」大師多次扶起法蘭奇的頭，貼在自己臉上，用臉頰磨蹭他的鼻子和下巴，像是要記住他臉部的輪廓。

有很多事，大師沒告訴他，像是他們並沒有要一起旅行，像是法蘭奇之後會在船艙中醒來，身邊都是被買通要偷渡他的水手；還有，他會在琴盒中發現一捲鈔票、旅行文件、寫有美國地址的布條，以及一張寫著歪斜字體的紙條，出自大師之手：

法蘭西斯可——

你該走了，繼續待著太危險。這也是你爸爸的主意，他愛你，總有一天他會找到你。很抱歉我不能繼續教你了，但是你可以自學。要找到你在美國的姑姑。要是需要錢，就彈吉他吧。要是想念我，像我想念你那樣，就閉上眼睛，用我送的琴弦彈奏，我會永遠待在你的音樂裡。

——大師

其他事情大師都沒說，像是他去探監，像是巴法的刑期，像是法蘭奇那些問題的答案，比如：

「大師以前看得見嗎？」答案是肯定的，大師以前視力健全，在西班牙內戰初期，他為了保護與共和黨作戰的小舅子，失去視力。他跟著小舅子作戰，在猛烈突擊中，他沒讓小舅子被手榴彈炸到，卻在他附近炸開，裡頭含有芥子毒氣。過後幾天，他的皮膚變得斑駁，視力一點一點消失，像是眼前慢慢降下布幕。

小舅子為此感到愧疚，逃離西班牙。大師回家時，成了盲人。

「到囉，我的朋友。」亞伯托說道。

「聯絡人在哪？」

「就在正前方啊。」他回答，對著引擎室兩名沒刮鬍子的水手點點頭。

「他看不見喔？」其中一個水手問道。

「他是偉大的藝術家。」亞伯托說。

「你知道這孩子要去哪吧？」大師問道。

「知道，知道，先去英國，再去美國。動作快！」

「亞伯托，這些人信得過嗎？」

「可以的，大師。」

「我們做過很多次了。」水手說道。「錢咧？」

「在我口袋裡。你抱小孩，小心點。」

大師交出睡著的法蘭奇，感到手臂一輕。他倒抽一口氣，突然襲來的空虛感讓他措手不及。

「等一下。他在哪？**他在哪？**」

「天啊，就在這啊！」

「法蘭西斯可！」

「你冷靜點！他在這，你摸？」水手抓起大師的手，讓他拍拍法蘭奇的臉，「好了吧你，小聲點。」

「是的，請原諒我。」

「他不會有事啦。」

「很好。」

亞伯托插嘴：「他很難接受這件事。」

「錢！馬上拿來！」水手吐口水。「他看不到又不是我害的。」

當然，要是大師看得到，我們這故事就完全不同了：早在月光下交出孩子之前，他會看見法蘭奇黑葡萄一般的髮色、藍色眼睛、翹翹的嘴唇。他會從那孩子的臉上看出妻子卡門西塔的倒影，絕不可能弄錯。教堂裡那具焦黑的屍體，他以為是謀殺，其實他不過是猜到了一半。巴法坦承自己並非法蘭奇的親生父親時，大師也會明白過來，他才是法蘭奇的生父。他教導多年的學生，其實是他一直悼念的兒子。

然而這段故事，是命運決定刪減的音符，讓旋律變得割人心肺。上述那些都未曾發生，大師在不知情的狀況下，將自己的獨生子交給了引擎室的水手。他從口袋外套的絲絨袋中，掏出十捲披索交給他們。水手帶走了法蘭奇，以及他的袋子、吉他（裡面裝著贈送的琴弦），還有大師卡洛斯・安德烈・普瑞斯托簽署的文件，記載法蘭奇的全名並非盧比歐，而是普瑞斯托。

法蘭奇失去了生父，卻回復了真實姓名。

幾分鐘之後，小船划離港邊。大師聽到引擎低鳴，海浪拍打船身，以及船隻離開的各種聲音。他還是站在斜坡上，離水面高高的，直到那些聲響愈來愈遠，船隻也開往遠方。他拿下墨鏡，用手背揉眼睛。突然之間他無法止住淚水。

「大師，你幹嘛哭呢？」亞伯托問道。

他找不到適當的言語回應，只覺得自己像是吉他中間那樣空空的。他伸出手，摸到亞伯托的肩膀。

「朋友……謝謝你幫忙。」

他看不見對方木然的表情，也看不見對方眼睛愈瞇愈小，下巴咬緊，只感覺到對方快速將手伸入他口袋，偷走絲絨錢袋。

「不客氣，再會。」西伯托說。

亞伯托將他推下平台，讓他沉進水面下二十呎。在那裡，大師的眼淚和海水融為一片。

第二部

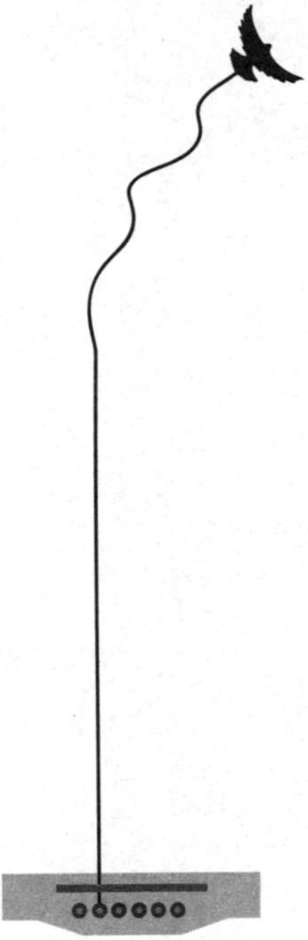

音樂史研究者奈爾斯的話

奈爾斯・史坦格（Niles Stango），音樂史研究者、作家

法蘭奇・普瑞斯托有登台恐懼症。

這事你知道嗎？沒騙你。他說會這樣，是因爲童年在西班牙表演時，觀眾噓他。之後他一直沒走出來。每次表演前，他都得跪下、深呼吸。同樣的情形也發生在許多偉大歌手身上，像芭芭拉・史翠珊（Barbra Streisand）、愛黛兒（Adele）、大衛・鮑依（David Bowie）、卡莉・賽門（Carly Simon）都會這樣。他們登台前會冒汗、嘔吐。

不過等到法蘭奇一上台，完全看不出他會緊張。他又唱又彈，還會跳舞，是認眞跳喔。早期搖滾樂手之中，我把他列在表演最好的前五名之中。你想知道這四人的排名嗎？詹姆斯・布朗（James Brown）、貓王、查克・貝瑞（Chuck Berry）、法蘭奇・普瑞斯托、小理查德（Little Richard），這就是我的前五名。我還有很多排名喔。

我第一次見到他的情形？那是在水牛城市立體育場。我那時候剛開始幫《生活》雜誌撰稿，剛畢業嘛。雜誌的人要我寫 The Twist 扭扭舞的報導，沒錯，就是恰比・卻克（Chubby Checker）發明的舞蹈。好吧，所以我去了水牛城採訪恰比。他那時候和很多同台藝人混在

一起，其中包括法蘭奇。我告訴你，法蘭奇．普瑞斯托搶盡鋒頭。他唱了四首歌，雖然只有其中一首彈到吉他，但顯然在那群人之中，只有他才是眞正的音樂家。他彈快版的〈我的女孩喬瑟芬〉（My Girl Josephine）露了一手獨奏，技巧高超。他爲了加強弱起拍，用到推弦技巧，我覺得他應該混了一些爵士樂進來。而且他邊唱邊**跳**，滑左滑右，吉他甩啊斜的，像拿著劍似的。我看台上樂團成員互相對看、搖頭。明白誰才是高手時，就會出現這種舉動，連**樂團**的人都不敢相信呢。

那晚，我在後台問他：「你爲什麼不彈吉他就好了呢？你這麼棒！」他只是笑說：「喔，我彈吉他可得小心了，吉他的魔力強大呢。」

現在想想他說的「魔力強大」，密西西比長大的人才會那樣說，西班牙人不會那樣講吧？但是我後來發現（我把這項研究寫在第二本書《搖滾側寫》裡），法蘭奇．普瑞斯托在成長過程中，待過以下這些地方：西班牙、英國、底特律、納許維爾（Nashville）、路易斯安那、加州。他以前在西班牙做過什麼，我一直沒法弄清楚。他都說：「西班牙的事，我不太記得了啦。」我一直以爲他在騙人，誰會**什麼**都不記得呢？

你想知道他有什麼暢銷金曲嗎？我也有排名喔，以下是我的前三名：

第一名當然是〈想要愛妳〉。這張專輯賣了兩百萬張，在過去是個天文數字。以前也沒有人錄音一開始只放鼓聲，但普瑞斯托偏偏那樣錄。鼓聲節奏「叭－砰－砰－」，接著爆發出短促的小喇叭聲，他開口唱：「**啊，想要愛妳……**」大家一聽都瘋了。沒錯，這是我心目中六〇年代搖滾歌曲的第一名。

我的第二名是〈不要，寶貝〉，是他和艾比．克魯茲合作的。這是一首傲嬌小情歌，男人懇求女人不要離開他，儘管他的行爲不檢點。當然也不能忘了歌曲最後簡短的女聲，歌手名字沒寫出來，她唱著：「好啦，寶貝。」然後叫他回來。到現在，大家都還在猜那名女歌手是誰，我覺得是達妮．洛芙，聽起來很像她，不過她否認了。總而言之，這首歌無疑是我的第二名，銷售成績也很好。

最後，第三名要頒給〈我們的祕密〉，這首歌聽起來很陰，像鬧鬼一樣。製作人是伯特．巴克瑞克（Burt Bacharach），他給普瑞斯托的歌聲加上回音，聽起來很詭異。這一首沒有前兩名賣得好，但還算是他好聽的抒情歌曲之一。我問他這首歌的靈感是哪裡來的，他說：「你不會懂的。」

朋友？應該不能說我們是朋友。多年以來，他對我都很好，但老實說，記者的職責在於刺探，而法蘭奇．普瑞斯托又有很多祕密，他不是太喜歡我靠近他，尤其是我開始幫《滾石》（*Rolling Stone*）寫稿以後。他說：「奈爾斯啊，我彈的你都不能寫，你寫的我也不能彈啊。」

他父母的事情、他怎麼來到美國，就連他以前就讀哪間學校（到底有沒有上學啊），我完全沒有頭緒。他就像個突然借屍還魂、成爲搖滾巨星的鬼魂。上次訪問他，可能已經是四十年前、六〇年代末的事情了，之後他消失了好久。他有吸毒，過去我們都有（畢竟是六〇年代啊）。有一次，我們在紐約的俱樂部裡，他說了奇怪的話：「奈爾斯，我還剩下三根弦。」我想，他是在說自己的壽命吧……

我幾歲？七十二囉，大致來說已經退休了，現在住巴黎，忙著寫新書。我聽到他過世的消息，還有當時的情形——「飛了起來飄過眾人頭上，又掉下來，像馬戲團表演那樣」。我馬上飛來巴塞隆納，又開車來到這裡，可能是老記者的直覺在作祟吧。我想撰稿，供給《新聞週刊》（*Newsweek*）或《時代》（*Time*）雜誌，標題就叫〈神祕流行樂巨星之生死〉。然而，跟我談過的業主都只想知道，普瑞斯托是不是被謀殺，根本不想回顧他的生涯。你們電視台也是出自同樣原因，才會來這裡吧？人死了才能賺錢啊。音樂這行就不是這樣了。

但我還想講一件事。我有個故事，有點古怪。我之前到處問人，有些人跟我說，他們在普瑞斯托過世那天早上還看到他，人在塔瑞加的雕像附近，帶著吉他，旁邊還有別人。

眞希望可以再聽他彈吉他。他好幾十年沒錄音了，除非你覺得那張「未發行」的傳奇專輯也算數的話。就是《法蘭奇的魔法琴弦》那張。誰知道那是不是眞的？太多謠言了。曾經有位作家問他，他辦過最勇敢的表演是哪一場？他說是獨自一人在船艙底部彈奏的時候。我聽了心想：「最好是啦。」船艙底部？他以爲自己是海盜嗎？他的謎團，就像《眞善美》（*The Sound of Music*）裡的那首歌——瑪麗亞這個麻煩人物要怎樣才能懂呢？法蘭奇．普瑞斯托的故事又要從何講起呢？誰知道哪些部分能信啊？

17

一九六九年

男子站在櫃台後問：「需要什麼嗎？」

法蘭奇小聲說：「蛋。」

男子舉起手指比比耳朵：「聽不見啦。」

法蘭奇沒刮鬍子，飛行員墨鏡後頭，雙眼無神，他身體往前，長長黑髮垂到凸出的顴骨上，幾乎擋住了整張臉。

「我要買……一些蛋。」

臉上掛著賊笑的青少年突然衝到櫃台，猛推法蘭奇肩膀一把，那少年戴著鬆垮垮的綠帽。

「老兄，你們有賣啤酒嗎？」

男子無視少年，說：「蛋在那邊喔。」他指著一群年輕人背後的冰箱。那群人之中，有蓄著邋遢鬍鬚、綁髮帶的男子，穿著印花洋裝或丹寧短褲的女子，大部分都沒穿鞋，地上布滿泥巴腳印。

「蛋六十分錢。」櫃台男子推推眼鏡。「客人啊，你有錢嗎？」

突然有人大叫：「好嗨喔！」其他人也吼叫附和他。頭上吊扇轉啊轉，法蘭奇伸手進口袋，腳站不大穩。背上的軟袋傳來吉他的重量，他卻看不清楚眼前的男子。他覺得身體周圍有一堆氣球往內擠壓他。

「給你。」法蘭奇低聲說，一邊從口袋掏出一疊鈔票，拿出二十美元。

少年問：「可不可以給我一張？」

法蘭奇又丟了一張下來。

少年放聲宣布：「我要買二十罐啤酒！」

法蘭奇拿了一盒蛋，蹣跚地走了。男子在他身後大喊：「找錢不拿啊？」法蘭奇早已推開紗門，走入黏膩的夏日空氣中了。

故事進展到一九六九年的美國。八月的紐約，時值為期三天的胡士托（Woodstock）音樂節，五十萬人聚集在六百畝的酪農莊上。那時法蘭奇三十三歲，又高又瘦，眼睛依舊深藍，肩膀高聳。手很大，下巴和臉頰上都有鬍碴。此時此地他的人生，以音樂術語來說，是lontano，遙遠的，或是從某種距離旁觀的。在這種詭異的時期，我無法說明到底是什麼情形。說怪異，是因為他在後台喝下或吞了什麼東西，我也不知道那是什麼，可能法蘭奇自己也不知道。

等一下，我就會跟你解釋，為什麼故事突然快轉到這個時刻，為什麼這個音樂節是法蘭奇的人生轉捩點，改變了他的音樂，以及他對歐若拉的感情。他花了許多青春時光，追求那個樹上的女孩子。

我想先說說，神智不清是怎麼一回事，那就像法蘭奇現在這樣。這種狀態並不會拉近你和音樂的距離。

只會讓音樂聽來迷惘。

好幾百年來，音樂家以為能用毒品和酒精找到我，那只不過是錯覺，通常他們的下場都很淒涼。

以我的俄羅斯弟子穆梭斯基（Modest Mussorgsky）為例。一八八一年，他醉趴在聖彼得堡的小酒館裡。他曾經譜寫眾多傑作，如《展覽會之畫》（*Pictures at an Exhibition*）、《荒山之夜》（*Night on Bald Mountain*）（後改編成迪士尼動畫電影《幻想曲》而知名）。他醉倒在酒店地上時，可沒有作出什麼曲子，還以為那樣可以讓自己成為藝術家呢，過世時不過四十二歲。

當時我在現場，回收了他的天賦。

我鍾愛的子弟比莉・哈樂黛（Billie Holiday）躺在醫院病榻上時，我也在場。她那時才四十四歲，飲酒過度，把肝弄壞了。我那才華出眾的爵士獨奏薩克斯風徒兒查理・帕克（Charlie Parker）在飯店時，我也在場，才三十五歲左右便過世了。毒品殘害他的身體，驗屍人員還以為他六十歲了。

主唱湯米・多西（Tommy Dorsey），五十一歲便死於睡眠窒息，原因是用藥過量，無法醒來。吉米・罕醉克斯（Johnny Allen Hendrix，大家叫他吉米）在睡前吞了一大把鎮靜劑，再也沒醒過來，那時他二十七歲。

濫用藥物可以提煉出更為純粹的藝術，這想法不是一天兩天的事情，可是太天真了。早在第一顆葡萄發酵釀成酒以前，我就存在了。我更早於第一滴蒸餾出的威士忌、早於第一抹鴉片煙、第一滴苦艾酒、第一捲大麻、海洛因、古柯鹼、搖頭丸，或是任何改變神智的藥物。精神或許被藥物改變了，不變的事實還是：吾乃音樂之神，音樂總是在你體內。我沒事躲在毒粉、毒蒸氣後面做什麼呢？

音樂有那麼卑賤嗎？

再回到法蘭奇的泥濘音樂節之旅吧，那時候他一手提吉他，一手拿雞蛋。山塔納（Santana）樂團正在看不見的某個舞台上表演，主唱的聲音像要穿過雲端：

你要改邪歸正……寶貝

那時，法蘭奇迷失了。他體內充滿日出前吸食的化學物質，讓他遠離了音樂家的領域，他只記得以下這些事情：

他和歐若拉一起，現在已經結婚了。她鋪著棉毯入睡，身上懷著他們的第一胎。他原本不想叫醒她，還是叫了。

「法蘭西斯可？」

他低聲叫她：「歐若拉？」

「那是破曉的意思。」

「我知道。」

「我餓了，法蘭西斯可。如果你愛我，去幫我做早餐。」

她說完瞇起眼睛笑了，法蘭奇叫她等等，他去買蛋回來，煮早餐給她吃。之後，他的記憶變得模糊。現在，他站在雜貨店前，不確定那是多久以前的事情。

「所以是小精靈嗎？」

「應該不是啦。」

「她眼睛顏色是不是不太一樣？」

「對。」

「而且人又好，又體貼？」

「對。」

「那她就是小精靈了。」

他搖頭，想甩開大師的聲音。法蘭奇想要回想他把歐若拉留在哪個舞台，但只看到觀眾人山人海，有些人移動的時候變成殘影，像是彗星尾巴。他亂踩一通，踩過睡袋和毛毯。

大會廣播傳出一名男子的聲音

「有事情要宣布，大家聽好，很酷喔，這件事。紐約州際公路關閉了，我們讓高速公路封鎖了耶，好厲害！」

周圍傳來一片轟隆掌聲，法蘭奇搖搖頭，一切聽來如此嘈雜。他站在拍手歡呼的人群之間，看著那盒蛋，直到耳邊又開始偵測到音樂。

上天知道，你應該改變……

他顛仆地走向聲音來源，想把音樂當作指南針，想要回想起現在幾點了？要和哪個樂團合奏？輪到他表演了。

一九四六年

「彈啊，Joue。」

法蘭奇抬頭，他那時十歲，衣著破爛，坐在打開的琴盒旁邊，身後是南安普敦的碼頭，位於倫敦南方，路程有兩小時。一個留著短鬍鬚、說著法語的男子晃到法蘭奇身邊。

「Joue，」他又說了，手腕抖動，「Pompe。」

「先生，我聽不懂。」

「Pompe，你的吉他，像這樣。」

他做出抽水的動作，也像在搔自己的胸口。天黑了，法蘭奇看著琴盒中的兩枚銅板，連買顆馬鈴薯都不夠。從早上到現在，他也只吃了一顆馬鈴薯。天色晚了，船都進港了，這個外國人是他最後的希望。

「拜託你，先生，我好餓，給我一先令，我彈首歌給你聽。」

他眯起眼睛，男子叼著雪茄，從口袋掏出一枚銅板。

「Joue，」他扔了銅板，「彈點開心的，好嗎？」

彈點開心的，開心這種事，法蘭奇連想都覺得稀奇啊。他坐船離開西班牙已經超過一年了。他在船艙躲了三天以後，晚上被人叫醒，吩咐躲到髒污的紅色毛毯底下。

「這是為了保護你。」水手說。

「我的老師在哪裡？」

「他快來了。」

「那我的吉他——」

「我們會幫你拿過去。這是個好玩的遊戲，懂嗎？」

「我要找大師！」

「小聲一點！這遊戲是這樣玩的：你去躲好，大師來找你。現在安靜。」

「可是——」

「安靜！你再說話，他就不來了。懂嗎？」

法蘭奇吸氣，世界變得昏沉。他被捲在毛毯裡，兩個人抬他到小船上。他聽見水花聲，木頭刮擦聲，航行時發出啪啪水聲，還有自己急促的呼吸。他被扔到硬硬的平面上，琴盒也被塞進毛毯裡。他單手拉過琴盒，像是要保命般抱住它。

「你的老師就快來啦。」一個水手低聲說：「聽到他的聲音，再出來。」

後來，老師當然沒來，誰也沒來。水手把法蘭奇丟在英國碼頭，接下來好幾個月，法蘭奇也加入了「那個漫長的行列」，排隊者都是透過音樂乞討為生、有天分的音樂家前輩。這隊伍能回溯到多久以前呢？義大利的巴洛克吉他大師，弗朗西斯科．科爾貝塔（Francesco Corbetta），十七世紀時落得在佛羅倫斯街頭彈奏的下場；三百年之後，厄文．柏林（Irving Berlin）在曼哈頓東下城區唱歌賣藝。人類竟然如此對待我的子弟，把他們當作懇求剩飯的流浪狗，真應該感到慚愧。

法蘭奇走到哪都帶著吉他，幾乎不離開港邊。要是某天康佳鼓手亞伯托扶著大師下船，他可不想和他錯過。法蘭奇曾經夢到自己衝過去牽起他的手，大師問他：「最近有沒有練琴啊？」然後一切又恢復往常那般。所以，法蘭奇還是留在那個臭烘烘的港邊，彈吉他給旅客聽。有時吃得到飯，有時吃不到。

故事拉回來，法蘭奇在骨瘦如柴的膝上架好吉他，左手指甲如狗啃。他得咬指甲，保持適合長度。**彈點開心的**。他選了一首弱起拍的歌〈Billets Doux〉，那是比利時吉普賽人金格・萊恩哈特的歌。一般公認他是歐洲最偉大的爵士吉他手，大師曾說：「**他根本不是地球人**。」

那首歌輕快活潑，像個蹦蹦跳跳的小孩。彈奏時他得全神貫注，於是彈琴時完全沒注意到那人臉上震驚的表情，也沒看見他口中的雪茄掉落。

法蘭奇彈完之後他問：「這首歌叫什麼？」

「Billets Doux。」

「誰寫的？」

「萊恩哈特。」

「誰？」

「很厲害的吉他手。」

「歌名是什麼意思？」

「不知道，只知道就是那樣。」

那人歎氣，「你彈得很好。」

「謝謝。」

「媽媽呢？」

「死了。」

「爸爸呢？」

「不知道，先生。」

那人又點了一根菸，看向水面。

「我要旅行，很遠。」

「很好啊，先生。」

「不想旅行。」

「為什麼，先生？」

「有小孩，是兒子，像你。」

「這也很好啊，先生。」

「兒子死了，兩個月前。不想旅行。」他拍拍欄杆，「不想做，什麼都不想。」

法蘭奇不知該如何回覆，水淹沒了木製三角錐。

男子突然問一句：「Parles-tu Français（你會說法文嗎）？」

「不會，只會說英文。」

「你不是英國人。」

「我是啊，先生。」

「Hablas español（你會說西班牙文嗎）？」

法蘭奇沒有回應。

「Bueno（好），」那男人自顧自地講起西班牙文，之後一直說著破破的西班牙文。「你到底是哪裡人？」

法蘭奇聳聳肩。

「西班牙，對吧？西班牙哪裡？」

最後法蘭奇才回答：「我已經不是西班牙人了。」

男人輕踢法蘭奇的琴盒。

「你聽我說啊。我要去一個地方，想找個會說英文的人，我英文很爛。」

「那又怎樣咧？」

「你英文很好啊。你來，幫我翻譯？可能會想去了。」

「不用了，謝謝。」

「我會付你錢。」

「不用了，謝謝。」

「給你床。」

「不用了，謝謝。」

「還會給你吃的喔。」

法蘭奇口中分泌唾液。自從被人蛇集團（琴盒的錢都被拿走了）丟在這裡之後，他沒有一天不餓。一開始，他吃垃圾桶的剩菜，結果吐了。他喝海水，結果吐了。其他乞丐看他可憐，分他歐防風和馬鈴薯吃，之後他學會他們的過活方式。晚上，他們一起睡在地下車站的防空洞裡。

他一整天都在彈吉他。

他彈音階、彈和弦、彈琶音。要是有旅客來，他彈歌曲，讓他們注意到，停下腳步。他彈節奏輕快又炫技的歌曲，迫使旅客丟一、兩枚銅板下來，或是丟塊巧克力。有一次，一個女人問他會不會跳舞。法蘭奇說：「那條麵包給我，我就跳。」於是突然之間，他成了舞者。如果花枝亂顫，賺得更多。所以他加強自己同時唱歌、跳舞的技巧，吉他則像指揮棒那樣甩來甩去。多年以後，他擺動臀部，台下女孩尖叫時，他也沒忘記碼頭邊那些人臉上的訕笑，也沒忘記為了從他們口袋裡擠出一枚銅板、拚命跳舞的自己。

在南安普敦的那一年，讓法蘭奇從音樂家變成表演家。只是現在他真的好累，永遠都是那麼餓。

「跟我來吧。」那人催促道。

「你為什麼要去那個地方呢？」

「做音樂。」

「你是音樂家？」

「是啊，可能沒你那麼厲害吧。」

他舉起右手，指著法蘭奇的吉他。

「我想彈。」

「不要弄壞了喔。」

男子調整肩上背帶，左手放在琴頸。那時法蘭奇才看出，他的手殘缺得厲害，斷了兩根，琴格上只放著兩根指頭。

「好吉他。」

「我知道。」

「好木頭。」

「沒錯。」

「弦是哪裡來的？」

「老師給的？」

「弦是用什麼做的？」

「不知道。」

男子像撫摸絲絨般摸著琴身，「真棒。」

「你真的會彈嗎？」法蘭奇看他只用兩根指頭，心中有些疑慮。

他說：「我彈 Billets Doux。」

他調整下巴，深呼吸，開始彈起同一首歌，但是他彈得很快，讓法蘭奇忘了呼吸。他那兩根手指快速刷過琴格，按出一個音的同時又跳出許多音符，八度音氾濫平順，有如濾過漏斗的油。

那兩根手指能創造的音樂，比五根手指還多。最後他大刷和弦作結，用了他剛剛想解釋的 pump 技巧。就是切分音符的刷弦方式，讓吉他聽起來像火車引擎。

「Billets Doux，對吧？」他遞回吉他說道：「那是情書的意思。」

「你怎麼知道？」

「我寫的啊。」

男子第一次露出笑臉，鬍髭揚起。

「我就是萊恩哈特。」

「你就是？」

「對呀，我就說是啊。」

法蘭奇接過吉他，起了雞皮疙瘩。

「你的手怎麼會那樣？」

「火災。」

「被燒傷了？」

「那是年輕時候的事了。」

「你用兩根手指彈吉他？」

「我是用這裡彈。」

他指著心臟附近。

法蘭奇不敢相信。他聽了萊恩哈特的專輯那麼多次，坐在大師身旁，待在洗衣店樓上的公寓裡，兩個人一起幻想那吉他手的模樣。他雙手應該又大又強壯，跨的音度也很寬。我的弟子法蘭奇第一次發現，原來體型和音樂全然無關。

萊恩哈特問法蘭奇：「你是吉普賽人嗎？」

「不是。」

「我是喔。你跟我走，我教你吉普賽人怎麼彈吉他。」

法蘭奇咬著下唇。他真的很餓，而且這個人是金格・萊恩哈特耶！

「好！」

「**明天**早上嗎？」

「對。」

「早上走。」

「什麼時候？」

「怎麼那麼趕？」

「我跟著樂隊呀。他們在等我。」

「什麼樂隊？」

「艾靈頓公爵的。」

「艾靈頓公爵？」法蘭奇輕聲問：「**那個**艾靈頓公爵嗎？」

「是啊。」

「去哪裡？」

「美國。」

法蘭奇發抖，美國？姑姑的家？

萊恩哈特伸出手，說：「你去，我也去？」

「好。」法蘭奇說。

他看著自己的吉他。

最粗的那根弦變藍了。

18

一九六九年

「嘿——吼——嗚～嗚～」

當胡士托音樂祭日落時，法蘭奇穿過一大群又叫又跳、隨著鼓聲瘋狂的觀眾。

「嘿——吼——嗚～嗚～」

有些人穿著斗篷，有些人穿著無袖上衣。兩個看來像兄弟的金髮男子，把綠毛巾當披肩披在身上。兩人邊唱歌，邊輪流喝啤酒。其中一人將酒瓶傳給法蘭奇，叫他喝一口。

「嘿——吼——」

法蘭奇喝了一大口，也說：「嘿——吼——」

「來嘛，彈嘛。」

他指著法蘭奇的吉他。

「快啊，rock 一下。」

「rock, rock!」群眾開始唱歌，鼓聲持續敲打。

「欸，我知道你是誰，你是法蘭奇．普瑞斯托啊。」

「哇！」

「真的嗎？」

「誰啊？」

「法蘭奇．普瑞斯托啊。天啊，你記得扭扭舞，搖咧搖咧？」

法蘭奇即使意識迷茫，還是本能地想逃。**是法蘭奇耶！**要是有人這樣說，應該馬上逃跑。快逃，快逃。

「搖咧搖咧，法蘭奇！搖咧搖咧，法蘭奇！」那兩兄弟傳酒瓶，打鼓，所有人轉過來看著他，一邊唱歌，一邊喊著：「搖咧搖咧，法蘭奇！」他轉身，腳步不穩地離開，還聽見後面傳來噓聲，有人說：「不要嘛！」「吼～」「他瘋了啊？」法蘭奇感到心跳加速，等到走出安全距離之外，他立刻倒在泥巴地裡，那裡停放著黃色巴士，每輛車都噴上許多彩色標語。他呼吸沉重，一吸一吐，想聽到空中傳來的音樂聲，現在他聽見又換了一個樂團，但是看不見歌唱者是誰。他們是「加熱罐樂團」（Canned Heat），唱著〈下鄉〉（Going Up the Country）。法蘭奇心想，有人在吹笛子嗎？嗯，是有人在吹笛子沒錯。

「欸。」是女人的聲音，「放輕鬆。」

他轉頭，看見一個誘人的黑髮女子，坐在紫色小貨車裡。她穿著無袖橘色上衣、丹寧短褲，皮膚曬黑，腳趾甲塗著不同顏色。看到她，使法蘭奇想起歐若拉。最後一次看到她，到底是在哪裡？還有蛋，他要帶雞蛋回去給她。**如果你愛我，去幫我做早餐。**

「你叫什麼名字啊？」那女子問。

「法蘭奇。」

「法蘭奇，過來……」她說。

一九四六年

「法蘭西斯可，過來。」萊恩哈特喊：「他們來了！」

法蘭奇跑回萊恩哈特身邊，那吉普賽人圍著紅領巾，穿著藍色休閒西裝，站在紐約中央車站門邊。車站上方的窗戶灑落一片陽光瀑布，法蘭奇在那光瀑之中玩耍，他從沒看過那麼高的牆壁，一格格陰影投射到地面上，他在光影間跳來跳去。九歲以前，維雅雷亞爾是法蘭奇的世界起點，也是終點。十歲時，南安普敦的碼頭成了他的世界。現在到了美國，他的世界爆炸性地擴張。視線所及之物，比以往所有事物都來得更大、更華美。車輛啊，建築啊，行人攜帶的袋子，他們頭上的帽子都是如此。

「法蘭西斯可，你看，是不是他？」

法蘭奇視線越過通勤者人潮，看到兩個不認識的人走來。其中一個是身材高大而顯眼的男子，蓄著短鬍，頭髮往後梳，是**艾靈頓公爵**。法蘭奇曾在唱片上看過他的臉，現在簡直像從紙上跳出來似的。

「您是萊恩哈特先生吧？」艾靈頓說，伸出手來。

「公爵先生您好，幸會。」

法蘭奇目瞪口呆。他想起某個晚上，大師曾叫他反覆播放艾靈頓公爵的唱片，直到他聽夠為止，之後他才決定留下唱機。

萊恩哈特拍拍法蘭奇肩頭，小聲說「Chava」（吉普賽語「小男孩」），接著說起自己西、法夾雜的語言。法蘭奇將他的話翻成英文。

「萊恩哈特先生說，能見到你們，並且跟樂團一起演奏，他很激動，也很榮幸。還有他也想聽聽迪吉．葛拉斯彼表演。」

「那你又是誰啊，小書僮？」艾靈頓公爵笑問。

「啥？」

「你是他兒子嗎？」

「不是，我……」法蘭奇不知道自己算什麼。「是他的傳聲筒。」

「很好，傳聲筒，你去跟他說再一個小時就要去克利夫蘭了。」

法蘭奇照做，雖然他並不知道克利夫蘭在哪裡，只是照念不誤。跟著公爵一起來的男子說：

「萊恩哈特先生的吉他，我來拿就好了。」

「那是我的。」法蘭奇說。

「那他的在哪？」

「他沒帶吉他啊。」

「沒帶？」

法蘭奇把對話翻譯給萊恩哈特聽。他看起來很尷尬，其實應該說是生氣，接著一口氣吐出一長串話。

「他說還以為你們會送他一把呢。」

前往克利夫蘭的火車上，法蘭奇過度興奮，無法安穩地坐著。他穿著萊恩哈特在車站商店幫他買的新外套，還跟音樂家一同旅行呢！他們擺在月台上的行李讓他好驚奇，有長號、鼓、直立低音提琴。有些人打開自己的樂器盒，吹奏幾下給法蘭奇聽聽。

法蘭奇問一群人：「**你們**奏什麼樂器？」

他們齊聲說：「薩克斯風。」

「所有人都吹薩克斯風嗎？」

「我是次中音。」

「我是中音。」

「我上低音。」

法蘭奇敬畏不已。這些音樂家還讓他拿拿看不同的樂器，有金色的、銀色的，長號上有活門讓他推來推去。法蘭奇覺得眼前像是開了一座寶庫。最好的消息是，法蘭奇拿到節目單時，看到上面寫著**底特律**。就是那裡！他一直保存在琴盒裡的布條，上面就是那樣寫的。他會在那裡找到姑姑，她會幫法蘭奇回到西班牙，去找爸爸和大師。

他又回到正軌了。

法蘭奇讓自己盡情期待。他離開維雅雷亞爾以後，從未有過期待。他的胃一陣抽動，為了明天而躁動。法蘭奇被分配到臥鋪車廂的下鋪床位，然而他站在大塊頭小號手旁邊時，不假思索問他：「我可以睡上鋪嗎？」

「天啊，當然可以啊，這樣我就不用爬上去。」大塊頭說。

法蘭奇匆匆爬上，在床墊上跳來跳去，雙手交疊枕在後腦勺躺下。火車猛往前開，喀噠喀噠地前進。他聽到音樂家的笑聲此起彼落，有人哼歌。法蘭奇喜歡這些人之間的夥伴情誼。比起西班牙男子，他們比較像孩子，名字也很幼稚，有人叫「貓咪」，或是「水果塔」、「矮子」。法蘭奇躺在床上，笑了。

他又加入了一個新樂團，但是這一次，他連彈奏都不用。

那天晚上，萊恩哈特過來看看法蘭奇住得怎樣。臥鋪的音樂家都換上了睡衣。萊恩哈特發現他們都穿四角褲，而且圖案花花綠綠。

他笑問：「¿Que están usando?」

法蘭奇說：「他想知道你們穿的那是什麼？」

大家嚇了一跳，「他沒看過好內褲嗎？」

萊恩哈特馬上回答：「一群瘋子。」
「他說你們都瘋了。」
「聽見了啦。」
「我們才不需要小翻譯呢。」
「去跟公爵告狀啊。」
法蘭奇跟著萊恩哈特，去他跟公爵合住的房間。一進房門，看到公爵也在脫衣服。萊恩哈特發現公爵內褲更**華麗**，十分驚嚇，他內褲上有愛心和花朵圖案。
公爵問：「怎麼了嗎？」
萊恩哈特回答：「沒事。」
他低頭用西班牙文小聲地跟法蘭奇說：「Chava，美國真是奇怪啊。」

一九六九年

「那些蛋，你要煮嗎？」小貨車中的女子問。她搽藍色眼影，口紅閃亮，三串項鍊垂在頸項上。
「煮蛋？」法蘭奇看著那盒蛋。「是啊。」
「在哪裡煮？」
他手指向音樂傳過來的地方，說是「想像中的」音樂可能比較貼切。

「回去那裡煮。」

「你是哪裡人？」

「我？」

「對啊，帥哥。」她微笑，「我在問你啊。」

通常法蘭奇被問起這個問題，會說自己是加州人。這次他卻說：「西班牙人。」

「好遠喔。」她輕聲細語說：「來這裡聽音樂嗎？」

「彈音樂。」

「上台彈？」

「對啊。」

「你離舞台很遠耶。」

「這些蛋——」

「你剛才說是要——」

「煮早餐。」

「你真的是西班牙人嗎？」

「Si。」

「好好笑喔你。」

法蘭奇感到膝蓋打顫。他靠在車門上，穩住自己。

「幹嘛不進來？」

「進去要坐哪？」

「坐我旁邊啊。」

他爬進車廂，告訴自己待一下下就好了。

她問：「你是怎麼來這裡的？」

「從雜貨店走過來的啊。」

「不是啦。」她笑了，「你說你是西班牙人嘛，怎麼來到**這裡**，」她伸展雙臂。「來美國的？」

法蘭奇把頭靠在刺繡大枕頭上，看著她捲菸。

他說：「跟樂團一起來的。」

一九四六年

艾靈頓公爵的樂團巡迴了幾個月。那段時間，法蘭奇生平第一次看到乳牛（從火車上的窗戶看到的），第一次吃冰淇淋滴得滿手都是，第一次進電影院。他繼續跟萊恩哈特學習吉普賽的吉他技巧，增進自己的西、法語混雜能力。後來他知道，萊恩哈特的兒子叫作吉米，生下來幾週就過世了。萊恩哈特選了巴哈、韓德爾、莫札特在葬禮彌撒上演奏。夭折的孩子葬在法國墓園裡。這是法蘭奇第二次聽到正式的葬禮（第一次是歐若拉說的）。他心想，到了底特律，他也要去看看媽媽下葬的地方。

他還知道，萊恩哈特原本想取消這趟人生中唯一的美國行，都是因為法蘭奇說要來，他才會來。兒子過世以後，有小男孩陪伴旅行，讓萊恩哈特覺得好過一點。我能預知未來，能預見我的子弟能完成什麼，又在未來拒絕了什麼（就好像我一看見琴鍵就能聽見所有旋律，包括已經彈奏的、尚未彈奏的）。我告訴你，要是法蘭奇沒來美國，萊恩哈特便不會有這番體驗，也不會對他的人生和藝術產生影響了。

所以他們見面時，法蘭奇吉他的底弦才會變色。

之後再來說這件事。先說開幕之夜吧。大夥到了克利夫蘭，萊恩哈特為了演奏會，不得不買新吉他，因此他很憤慨。「太荒唐了。」他一邊幫新吉他調音，一邊跟法蘭奇說：「為什麼不買新吉他給我？買 Selmer 啊，我喜歡。我是萊恩哈特耶，應該要給我黃金吉他啊。」

「你可以彈我的啊。」法蘭奇說。

「可以嗎？」

他放下新吉他，接過法蘭奇那把。彈了幾下，他停下來。

「完美。你已經調過音了？」

「是的，先生。」

萊恩哈特仔細端詳法蘭奇。「今晚，我要用你的吉他，讓他們看看誰才是老大。表演完，我會馬上還給你，之後千萬別讓吉他離開你身邊，懂嗎？千萬不可以賣掉，不可以弄丟，不可以拿去借人，還以為他們會還。Chava，千萬別讓自己的音樂離開，不然就是讓自己離開了。」

那晚，法蘭奇待在克利夫蘭音樂廳的舞台邊，體驗到將永遠跟隨他的滋味。樂團炸開的第一聲響，吹奏部的切分音樂轟炸，小號與薩克斯風的優雅纏綿，長號與低音提琴的沉重吸引力。光是樂團的模樣——團員的整體和諧、瀟灑，身著黑色燕尾服——都讓法蘭奇難以忘懷。還有台下觀眾，將近兩千人！他們一片叫好，法蘭奇從來沒想過這麼多人一起叫喊會是怎樣的情形。叫好聲進入他體內，隨著血流遊走全身。雖然他並不了解掌聲到底是個怎樣的東西，然而站在舞台邊的他已然明白，從那一刻開始，他希望總有一天也要聽到為他而起的掌聲。

壓軸時，萊恩哈特才出場。伴奏的只有彈鋼琴的艾靈頓公爵和想辦法努力跟上的低音提琴手。他們之前幾乎沒排演過。然而不知是誰說的：「萊恩哈特本身就是音樂。」這番讚美，我欣然接受。他可是我的寶貝。那晚他用法蘭奇閱歷豐富的吉他，表演得異常獨特，連樂團成員也忍不住大喊：「好啊，大師，好啊。」他彈了四首歌，每一首都比前一首更讓人難以忘懷。

隔天早上，在飯店中的萊恩哈特要法蘭奇找出報上所有相關新聞，念給他聽。法蘭奇翻閱報紙，看到一條標題：**法國吉他手搶盡公爵鋒頭**。

「哼，」萊恩哈特喝了一口咖啡。「就是要搶。」

他們在一起的時光多采多姿，卻也飛快消逝。多年以後，法蘭奇回想起來，覺得那段時間像在做夢，而不是真實存在的回憶。巡迴到芝加哥的某個晚上，法蘭奇看著樂團準備，發現低音鼓手拿著RCA的唱片商標，圖片上是狗狗看著唱機。

法蘭奇看到圖片，胃揪了一下。他想起無毛狗，想起大師公寓中的唱機，也想起所有拋下的人生片段。他突然感到深沉的哀傷。雖然這趟旅程很刺激，但法蘭奇不過是個孩子，所有孩子到了最後，都只想要回家。

當巡迴來到底特律，他決定動身返鄉。

19

一九六九年

貨車中的女子用舌頭舔過牙齒。

她說：「真的是很驚人耶，你還小的時候就到處旅行了？還是跟艾靈頓公爵？」

「對呀。」

「太酷了。」她捲好菸，遞給法蘭奇，靠在他腿上。

「我想看那把吉他。」

她擅自打開扣子，掀開蓋子。

法蘭奇咕噥：「小心。」

「幹嘛要小心？」

「那吉他怪怪的。」

「怎樣怪？」

「有魔力之類的。」

她咧嘴而笑。

「你真的很有趣。」

「我沒有。」

「你就有。」

法蘭奇看著自己的手，怎麼好像很大？捲菸煙霧讓他眨眼。那女子靠近了一點。

「吃這個。」

「這什麼？」

「安眠酮啊，你不喜歡安眠酮嗎？」

她丟了顆綠色小藥丸到法蘭奇口中，自己也吞了一顆，蜷伏在他身旁。

「蛋是要幹嘛的？」

「我老婆，給我老婆的。我結婚了，小孩也要出生了。」

「她在哪？」

「不知道……」

「不知道？」

「舞台邊吧。」

她笑了。

「那她就不在這裡囉，對吧？」

她將臉轉向法蘭奇。

「接下來呢？」
「接下來？」
「故事啊，你離開樂團之後怎麼了？」
「不記得了。」
「想一下嘛。」
法蘭奇閉上眼睛。
「那時候天氣很冷。」

一九四六年

天氣很冷，下著雪。法蘭奇拉緊萊恩哈特買給他的羊毛外套，挪動坐在水泥台階上的屁股。這時候，他已經來美國將近三個月，十月、十一月、十二月。他不知道竟然有人可以在這麼冷的天氣中生活。他再度打開琴盒（已經是第一千次了），拿出巴法寫的布條，上頭姑姑的地址是「密西根，底特律，紅酒街四六七號」。

法蘭奇已經敲過門，而且敲過很多次了，但是沒人應門。整個下午，他都在台階上等著。萊恩哈特之前說要陪他過來，但法蘭奇此時已經獨立而大膽，他跟萊恩哈特說，姑姑可能想知道巴法近況，所以他會待上好一陣子，而且在想到辦法送他回家之前，她可能想要他住在她家。

「Chava，要真是這樣的話，記得一定要回來道別。我們明天要離開了，知道了嗎？」他說。

法蘭奇說：「知道了。」

他拉緊外套。這條街上的小磚房長得都很像：每棟房子都有又短又直的車道，一排排像琴頸上的琴格。車道上停著積了雪的車輛。有大車、長長的車，法蘭奇發現在美國，人人都有代步工具，不像在維雅雷亞爾，那裡的人還用推車或是馬車。

法蘭奇閉上眼，想像還在各各他街上的巴法家，想像自己坐在花園裡，聽收音機，狗狗躺在腳邊。他想起在那裡的日子，總是溫暖甜蜜。

「小朋友，你迷路了嗎？」

法蘭奇睜開眼，穿著藍色制服、帶著大大皮製郵袋的郵差站在面前，雪花點點落在帽簷。

「沒有，先生。」

「那你在做什麼？」

「在等人。」

「下雪還等人？」

「是啊。」

「等誰？」

「我姑姑。」

法蘭奇遞出布條。

「嗯，地址沒錯。你說她是你姑姑？」

「對，先生。」

「你是怎麼來這裡的？」

「萊恩哈特先生付錢請人開車。」

「所以是坐計程車？」

「應該就是吧。」

「姑姑知道你要來嗎？」

「其實我遲到了。」

「你原本應該早上來嗎？」

法蘭奇移動自己在台階上的位置。「再晚一點。」

郵差咬咬雙唇，仔細看著面前這位男孩，遞給他幾封信件。

「要不要幫他們收信啊？」

法蘭奇點點頭，接過信件。

「不要著涼了，他們應該很快就下班回家了。」郵差說。

法蘭奇心想，「他們」是在說誰呢？他看著郵差繼續送信，挨家挨戶停下，最後再也看不到身影。天愈來愈黑了，法蘭奇心想不知道該不該睡在這裡。

就在那時，一輛淡綠色雪佛蘭亮著大燈轉過街角，車速減緩，法蘭奇心跳快了起來。

停車！他默默吶喊，**停車！停車！**

車停了。法蘭奇起身，其實他不明白「姑姑」是什麼，因為他之前沒有姑姑。然而，自從在船艙裡看了大師的紙條之後，法蘭奇一直等著見她，希望她可以讓事情回到軌道上，讓他回西班牙，讓他跟原來的樂團夥伴重逢。

接下來他看到的景象，完全改變了他的想法。

他看到兩扇車門打開，一邊走出男人，一邊走出髮色明亮的圓滾滾女人。法蘭奇看過她，看過無數次，看她在照片中手搭著巴法，照片還壓在法蘭奇枕頭底下。戰慄流竄過他的小小身軀，腦袋裡像是有鈸哐啷了一聲。法蘭奇丟下信件，跳下台階，那女人張開嘴巴一頭霧水，法蘭奇衝過積雪的草坪，高舉雙手大喊：「媽媽！」

西洋音樂中，收尾要收得漂亮：掛留四和弦會回到三和弦，減和弦降回主音，不諧和和弦漸趨和諧。音樂就是這樣，讓人平靜。

然而，人沒有這樣的規矩。那晚在紅酒街上，步出淡綠色雪佛蘭的丹薩，被衝向她面前的小男孩嚇了一大跳。她多年沒和哥哥聯絡，認為眼前迸出的小孩十分可疑。法蘭奇抱住她時，她只是立在原地。法蘭奇大喊：「我是妳兒子！」跟她說了巴法編出來的故事（結婚、買車、在美國出車禍）。丹薩大怒，當街戳破謊言，有如連續敲打鼓緣。

唰唰唰唰——咚！

她並不是他媽媽。

唰唰唰唰——咚！

更不是巴法老婆。

唰唰唰唰——咚！

巴法沒有結過婚。

唰唰唰唰——咚！

他才結不了婚呢。

唰唰唰唰——咚！

他沒有來過美國。

唰唰唰唰——咚！

也沒有什麼車禍。

唰唰唰唰——咚！

根本沒什麼墳墓。

唰唰唰唰——咚！

巴法是個大騙子。

唰唰唰唰——咚！

兄妹多年沒聯絡。

唰唰唰唰——咚！

她還以為他死了。

以上這些說完不花三分鐘，每一句話都大大打擊法蘭奇，讓他更為沉默。最後，丹薩的丈夫略帶不悅地插嘴：「欸，小朋友，如果你以為我們會給你錢，那是不可能的。」發昏的法蘭奇下巴緊收，費盡全身力氣抄起吉他跑了。丹薩在後面喊他，他也沒回頭，身影消失在飄著雪花的路燈光芒下，淚珠沿著臉頰滾落。

之前說過，音樂可以迅速轉變。不過只要一段對話，人類就能摧毀一切。相較之下，音樂的變化根本不算什麼。

歌手伯特的話

伯特．巴克瑞克，歌手、作曲家、填詞人、表演家、製作人

法蘭奇好喜歡待在錄音室，如果錄音室有床，他一定會住在那兒。喔……好……我叫作伯特．巴克瑞克……來自美國洛杉磯。但我是在紐約遇見法蘭奇的。那時是一九六四年，我幫他錄了〈我們的祕密〉那首歌，很棒的民歌，我把他的歌聲加上回音，刻意弄得很怪。弦樂的部分是我們晚上十二點左右想出來的。凌晨三、四點，我打電話找了幾個小提琴手過來。法蘭奇和我出身背景很不一樣，但我們有個共同點：不錄到完美，不離開錄音室。有些樂手不喜歡這樣，我會叫他們重錄二十次、三十次，但是做藝術沒做到好，那還算什麼藝術？

你知道嗎？法蘭奇是那種心地美好的人——如果我知道他還在彈吉他，一定會飛過半個地球來看他。我眞的不知道他跑到哪兒去了，也不知道他是不是還活著。前幾天我才知道他死了。眞的是死在台上嗎？天啊，好糟喔……

我第一次聽他彈吉他？……喔，我聽過呀。我們相遇，就是在那種場合。那時，我在紐約的鐘聲錄音室（Bell Sound Studio），準備幫狄昂．華薇克（Dionne Warwick）錄音。我比

較早到，大錄音室空空如也，只有一個人背對著我們。那人戴著耳機，彎腰彈電吉他。我們已經預定很長一個時段，也請來很多樂手，所以我當時不知道那人究竟是我們的人，還是閒雜人等。我叫錄音師開始準備，但還沒請他出來，我就被嚇到僵住。他彈得眞是驚人地好，從古典即興跳到爵士〈全心全意〉（Body and Soul）。我問錄音師：「裡面那傢伙是誰啊？」他回答：「說了你一定不信，那是法蘭奇．普瑞斯托。」我說：「唱歌的那個法蘭奇嗎？」他說：「不只唱歌，吉他也彈得超棒！」

我想，應該是之前剛錄完音，大家都走了，剩他在裡面多留了兩個小時，到處摸摸樂器，打打鼓，彈彈鋼琴，玩玩吉他。我們的人開始進場，鼓、鋼琴、吉他都來了，所以我打開室內麥克風，說：「哈囉！天才，抱歉打擾了，換我們囉。」

他拿下耳機揮手，像在道歉。我透過喇叭說：「眞的很威耶，你剛剛應該放出來轟炸全場。」他彎腰湊著麥克風說：「我只是亂彈啦。」

法蘭奇走出來。我向他自我介紹，他馬上認出我是誰，讓我嚇了一跳。因爲那時我還沒開始錄音，只有寫歌而已。但是法蘭奇說他眞的很喜歡我寫的一些歌，像是雪莉爾合唱團的〈寶貝，是你〉（Baby It's You），還有金．披特尼（Gene Pitney）的〈只有愛會傷人〉（Only Love Can Break a Heart）。他還談論小號和富魯格號，搖滾樂手會說這種事情，眞的很少見。我問他：「銅管樂器的知識，你從哪學來的啊？」他說：「我和艾靈頓公爵巡迴過呀。」我大笑問他：「那你當時負責什麼？送茶水嗎？」老實說，要和艾靈頓公爵合作，他年紀也太小了吧。

法蘭奇比我想像中還要高大，而且顯眼。樂團成員開始進場，就連那些酷酷的傢伙都在看他。他就是有那種氣場，你懂嗎？他穿著亮紅色休閒西裝外套，卻不顯得俗氣。我跟他說，我們要跟華薇克錄音。他說他很愛她的聲音，可不可以留下來聽？通常我工作時不喜歡有外人打擾，但是法蘭奇可以引發良性共振。他本身就是音樂，誰都感受得到。於是我說：「要是願意的話，你可以留在錄音室裡。」他說好。

我們那時幫一部電影《有房無家》（*A House Is not a Home*）錄主題曲。歌詞由哈爾．大衛（Hal David）撰寫，由我譜曲。老實說，雖然原唱是布魯克．班頓（Brook Benton），但我想要華薇克翻唱看看。我們錄過很多種版本，像是請一整團交響樂團啦，用弦樂配樂啦，或是請伴唱，之前我說過我的工作方式就是這樣。錄著錄著，我忘了法蘭奇也坐在後面。重聽錄音時，華薇克唱到這段：

> 住房未必有房，
> 有房未必有家，
> 我倆距離遙遠，
> 其中有誰心碎。

那時我剛好轉頭，看到法蘭奇在哭。

我問他：「你還好嗎？」

他說：「嗯。」

看得出來，他深陷其中，連眼淚都不擦。直到最近，我才知道原來他是孤兒。沒有媽媽，沒有爸爸。「有房無家」，難怪他會那樣，對不對？還有什麼比這更讓人難過呢？

20

一九五〇年

「聽到了嗎？」修女大吼：「我，說，排，隊！」

小孩子排排站好。

「走！」

孩子列隊前往食堂，一個高大男孩撞了法蘭奇的背。

「不要這樣。」法蘭奇低聲抗議。

「咬我啊。」高大的男孩說。

故事進行到這裡，法蘭奇到底是十三歲還是十四歲，自己也不確定。發現巴法不是自己親生父親之後，法蘭奇再也不相信自己的生日了，他認為那應該也是謊話。

「念！」修女喊。

孩子站在餐桌旁，大聲背誦禱文。念完後，大家坐下，修女幫大家倒柳橙汁，又倒了幾湯匙魚肝油。

「我不想喝啦。」有小孩抱怨：「喝起來好噁心。」

「喝！有得喝就該感激了。」

法蘭奇將柳橙汁湊到嘴邊，果汁的味道帶回了維雅雷亞爾的記憶，裝著柳橙的推車走過街道。但是那樣的記憶只會讓他憤怒。巴法根本不是他爸爸，照片中的女人不是他媽媽。唯一一張身分證件上，又說他姓「普瑞斯托」，他根本不知道那是誰的姓。一切都是謊言。他喝下柳橙汁和魚肝油，用舌頭把魚肝油的味道帶到整個口腔，毀掉所有的柳橙甜味。柳橙再也不甜了。

法蘭奇的人生走到這裡，進入了嚴峻曲風時期，節奏為4/4終止式，最能形容此節奏的字眼為mosso，速度加快，緊張焦慮。到目前為止，他在大底特律天主教孤兒之家（Greater Detroit Catholic Home）待了三年，和九個男孩同住一房，同時起床，同時吃飯，同時就寢。警察發現他睡在餐廳後巷中，把他帶來這裡之前，他已經自力更生好幾個禮拜了，只因他錯過艾靈頓公爵和萊恩哈特前往下一站的火車。（早在他知道怎麼回火車站之前，他們就走了。法蘭奇坐下來痛哭，手肘撐在琴盒上。後來有個穿制服的男人跟他說，不能再坐在那邊，他應該「回家找媽媽」。）

他又開始乞討，翻垃圾桶找剩飯。餐廳後面的垃圾桶有最好吃的廚餘。其實被警察發現時，法蘭奇很訝異（因為那時他已經很會閃躲這類人士了），但是修女說孤兒院有一天三餐和他自己的床時，他很開心。法蘭奇甘願地穿上孤兒院的藍長褲、白上衣、黑皮鞋，也不介意讓他們把自己的舊衣服丟掉，邊丟還邊說，靈魂還有救，衣服已經沒救了。

法蘭奇剛到孤兒院時又瘦又小，三年後，他變成手長腳長的青少年，牙齒白亮，雙手變大（大幅提升吉他演奏功力），藍色雙眼變得深沉，吸引班上女孩露出緊張的微笑。

男孩就不是這樣了。孤兒院的孩子，即使是最細微的偏愛都能察覺。其他男孩討厭法蘭奇吉他彈得那麼好，修女竟然讓他在聖誕節、復活節的活動上伴奏，還討厭他每晚都能在圖書館享有自己的練琴時間。法蘭奇跟別人不一樣，所以那些男孩子總是想辦法嘲弄他，比如他殘留在英文中的一絲絲西班牙口音。

「嗨，縮話啊，」他們這樣起頭：「不縮話啦？」

「嗨，椰子你好。你是白色還是咖啡色啊？」

「嗨小吉，跟我們說一下吉普賽朋友的故事嘛。」

有一天，拉法爾（Rafael，之前撞他的高大男孩）過完慶生會後，分發杯子蛋糕，故意不給法蘭奇。

「你之前住的那條巷子裡，沒人在吃東西吧？」拉法爾小聲刺激他。

「我才不想吃你的蛋糕，吃了變得跟你一樣笨。」法蘭奇說。

講完，兩人馬上在地上扭打起來，其他男孩歡呼叫好。法蘭奇痛毆拉法爾的眼睛。他大叫，壓制法蘭奇之後，立刻衝到床邊拉出吉他。繞到床後抓起琴弦把吉他提起來。法蘭奇跳到拉法爾背上，兩人繼續纏鬥，吉他在兩人身旁摔得砰砰響。兩人被分開時，法蘭奇看到最粗的那根弦已經被扯斷了，就是之前在南安普敦港邊發藍的那根。

法蘭奇看到弦斷了，立刻爆哭，大吼：「我要殺了你！殺死你！」他再度把拉法爾撲倒在地，得動用餐廳廚工阿姨才能壓制法蘭奇。最後兩人都被處罰，當晚必須睡在地板上，拉法爾睡在食堂裡，法蘭奇則睡在廚房裡。他心中升起從未有過的空虛感，理由不是因為打架，而是因為——

在那之前，他的琴弦從未斷過。

這件事對他來說非比尋常。吉他弦要彈好幾個月才會斷掉，而且那是因為他總是小心翼翼，可以說是溫柔地彈琴，像大師教導的那樣。

「法蘭西斯可，不要『攻擊』琴弦。」

「是的，大師。」

「要用哄的。」

「是的，大師。」

「讓弦急著想聽到下一個音符，就跟人生一樣。」

「跟人生一樣？」

「如果你想讓誰聽自己說話，會攻擊他們嗎？」

「不會啊，大師。」

「對啊，當然不會。你會讓他們聽見自己能發出多美妙的聲音，他們接下來就會想聽了。」

法蘭奇想念吉他課，甚至連幫大師點菸或是清理打翻的紅酒都很懷念。他很寶貝自己的吉他，如同萊恩哈特所述，吉他是法蘭奇最珍貴的物品。大師留給他的也只有琴弦了，可現在有人把弦弄斷了。

當晚，法蘭奇睡不著覺，感到前所未有的孤單。他想起大師，想起歐若拉，那個樹上的女孩子。法蘭奇心想難道大師說得沒錯，她真是小精靈嗎？這些像是好久以前的事情了。法蘭奇不常獨自禱告，因為修女總是在各種地方帶著大家禱告。然而當下他閉上雙眼，問神可不可以讓他回到西班牙老家，他已經厭倦了美國。他爬到長桌底下側躺，唱起讚美詩〈祢真偉大〉（How Great Thou Art）。

過了幾分鐘，法蘭奇睜開眼睛，聽到屋外傳來刮擦聲。他拉了椅子靠牆架好，爬到水槽上的窗前。他看到窗外的巷子之後，臉色一變，立刻推開窗戶鑽了出去，摔在地上。

接下來發生的事情聽起來像是奇蹟，我只能說這確是事實。

法蘭奇張開眼睛，感受狗狗舔臉的溼溼觸感。

21

現在該來談談琴弦了。

你知道琴弦是卡門西塔送的，她是法蘭奇的漂亮黑髮媽媽。

你知道她原本想送給丈夫，也就是大師，法蘭奇的生父。

你知道琴弦一放就是九年，放在大師衣櫃中的皮包裡，最後大師才在法蘭奇離開西班牙之前給他。

你不知道，卡門西塔怎麼會有那些琴弦，也不知道是誰給的。

事情發生在卡門西塔生命中最後一個早晨。那天她睡得很不安穩，未出世的孩子在腹中翻滾。卡門西塔和太陽一起醒來，安靜著裝，不想吵醒丈夫。她披上披肩，走向密哈勒斯河。地面罩著一層迷霧，把所有顏色洗成白濛濛一片。霧很濃，她差點沒看見河邊坐著一家吉普賽人。其中一名男子耳朵很大，頭髮很少。他身旁的女子看起來年紀比他大。兩人身後有個綁著長長黑辮的小女孩，在替馬匹理毛。

男子說：「願神保佑妳，太太。」

戰爭時提到神是很危險的，不過卡門西塔回他：「願神也保佑你。」

女子說：「寶寶快出生了呢。」

卡門西塔摸摸自己的肚子。

「我給妳一條圍巾好嗎？」女子伸手要拿裝貨物的木盒。

卡門西塔說：「我沒帶錢出門。」

男子回：「不是要賣，要送。」

「我老公總是替別人著想——」

「這些東西我們用不著了——」

「他這個人是神的信徒——」

「我只是賣馬的——」

「太太，他們想殺了我老公！」女子音量爆開，「求求妳幫幫我們。」

女子哭了起來。卡門西塔移開放在肚子上的手。在西班牙，有許多人像這個家庭一樣，從這裡逃到那裡。多年以前，卡門西塔的丈夫因為這場內戰失去視力，自己的弟弟也因此失蹤。神職人員遭到追捕，眼前這樣的家庭也得逃亡。不知道小孩出生，要面對什麼樣的世界呢？

卡門西塔說：「願意的話，可以跟我們一起住啊。」

吉普賽夫妻互看。

「住在哪裡呢？」

「住我們家啊。雖然空間不大，但很歡迎你們來住。」

「但我們是陌生人啊。」

「讓我知道你們的名字，你們就不是陌生人了。」

男子笑了。「只不過是個名字，有這樣的差別嗎？」

「當然沒有。」而且卡門西塔知道，打仗時，有時候不知道名字反而比較好。

「謝謝妳，好心的太太，但是我們不能拖妳下水。」

他牽起太太的手，呼喚女兒過來，她放下馬刷。

「妳這麼慷慨，我們沒什麼可以回報，唱首歌給妳怎麼樣？」

女孩開始唱歌，唱了輕柔的吉普賽歌曲。

卡門西塔說：「聲音真美。」

男子問：「妳喜歡音樂嗎？」

「我先生就是吉他手喔。」

「我也是，以前是啦。我會彈奏給神聽。可惜吉他不見了。」

「是被搶走了。」太太補充。

「真是遺憾。」卡門西塔說。

「妳先生會教小孩彈琴吧？」

「他一直這樣說呢。」

「那這個妳一定要收下。」

他探進箱子，拿出一組琴弦，捲成一圈用黃色帶子綁在一起。琴弦看起來全新，閃閃發亮。

她推辭：「不行啦。」

「回報妳的好心啊。」

「也不需——」

「拜託妳了。這是特別的琴弦，可以連結父子。」男子壓低音量。「弦裡面有生命呢！」

太太啪的打了他手臂。「他意思是說，琴弦是蠶絲做的，蠶是生物，所以有生命啦。」

太太狠狠瞪了先生一眼。「講話像在打啞謎。」

男子笑了，前後搖晃起來。太太轉身回去照顧馬匹，男子彎腰靠向卡門西塔，低聲說：「我才不是在說蠶。」

男子從口袋中拿出念珠，串著樸素黑珠和黑色十字架。卡門西塔知道這串念珠的穿繩，和他剛才送的弦一樣。他拉著念珠兩端露出穿繩，繩子開始發出藍光，和火焰中央一樣藍。

「Le duy vas xalaven pe.」他說的是吉普賽文，直譯為「手互相清洗」，也就是人與人互相連結的意思。

等太太走回來，男子將念珠塞回口袋，看著白色的天空。

「太太，妳還是趕快動身吧。」

「你們確定不來我家嗎？」

「神會保佑我們。我也會祈求祂保佑妳。」

「我會在教堂為你們一家人點蠟燭。」

「聖巴斯加教堂嗎？」

「你知道那裡？」

男子望向遠方。

「以前去過。在修道院那邊。妳要小心，有時候禱告也很危險的。」

卡門西塔看著琴弦，問：

「可以請問你的名字嗎？雖然你說名字不重要。」

「大家叫他艾爾皮雷（El Pelé）。」太太回答。

卡門西塔走進霧中。過了一下子她回頭，那家人已經不見了。

在回家路上，卡門西塔把琴弦放到小錢包裡，打算等到小孩出生時再拿給大師。暴風雨那晚，她帶著錢包去教堂，在那裡替小孩點蠟燭，也替當天早上遇見的吉普賽家族點了一根。卡門西塔念了禱文，因疼痛而倒下，錢包因此掉下，從此再也沒看到。她也沒看到蠟燭架被亂民打翻，沒看見她點燃的燭火被更大的火焰吞噬，火舌所經之處皆被燒盡。

隔天，維雅雷亞爾警方搜索火場，發現她燒得焦黑、難以辨認的屍體。亂民以為她是修女（她身上蓋著修女袍），因此搗毀屍身。由於認屍過程實在太可怕，她的屍骨草草下葬，墓碑也沒標示姓名。

兩天後，有少年前往火場廢墟探險，發現一個小錢包，不知為何逃過火舌。錢包裡有張身分證，少年按照上面的地址送回，將錢包拿給前來應門的人。

那人身材高大，失明，叫作卡洛斯．安德烈．普瑞斯托。

若稱他為「大師」，比較有人知道吧。

他一把抓住錢包，跌坐在椅子上。這才明白過來——為什麼太太三天沒回家？他把錢包裡的東西倒在木桌上，摸到捲起來的東西。

「這是什麼？」他問少年。

「看起來像弦。」

「吉他弦嗎？」

「對。」

大師緊咬嘴唇。

「馬上離開，馬上！」

少年迅速離開了。

大師握著沒能送成的禮物，卡門西塔最後的心意。他崩潰了，一直哭到傍晚，完全沒有離開椅子。接著，大師把所有東西塞回錢包，藏進櫃子裡。有生命的弦多年不曾使用，一如陌生人的善意不為人知。

幾週後，艾爾皮雷急著解救被共和政府軍圍毆的神父，因此被捕，還被要求交出念珠。艾爾皮雷拒絕，行刑隊把他槍決，他們看到他的身體扭曲倒下，卻沒看到在他死亡的那一刻，念珠變成火焰般的藍。

過了好幾十年，天主教會追封他為第一個吉普賽聖人，他的勇氣、謙遜，還有那串念珠，依舊為人稱道。

但是沒人提到他送出去的琴弦。

反正，琴弦會唱出自己的故事。

22

一九六九年

卡車裡的女人一路往上親到法蘭奇的脖子。他覺得身體沉重，無法動彈。他往下看著她的身體曲線，看著橘色棉上衣、牛仔短褲、曬黑的腿、塗著指甲油的腳趾甲，有紅色、黑色、紫色。

「沒有藍色。」法蘭奇低聲說。

「啥？」

「妳沒有藍色。」

「沒有藍色腳趾甲嗎？你真的很好笑。」

「Am I blue...」法蘭奇半哼唱著。

「我知道你是誰。」

「啥？」

她又多親了他幾下。

「你是那個唱歌的——」

「我太太還在等我——」

「法蘭奇・普瑞斯托。」

「早餐——」

「你真的要登台演奏嗎？」

「我要煎蛋。」

「你故事還沒說完，逃跑之後呢？」

「我就彈吉他啊。」

「你那時候還是小孩啊。」

「我彈得很好。」

「多好？」

「好到救她一命。」

「救誰？」

「歐若拉。」

「誰是歐若拉？」

法蘭奇的雙眼變得呆滯。

「再唱歌給我聽……」女人說。

但是法蘭奇凌亂的思緒停在藍色琴弦、歐若拉，還有他把她扔下、懷著身孕睡在毯子上的模樣。他知道自己該回去了，他不想讓她失望，也不想不負責任。之前，如此行徑已經持續了許多夜晚。

他突然說：「我要走了。」

法蘭奇迅速一推，女人從他身上滑開，跌到地上。法蘭奇東西拿一拿，跌跌撞撞走出車門，拉開時門發出像是獅吼的聲音。

女人在他身後大喊：「欸，搞屁啊！」

一九五二年

男子打開後車廂，大叫：「**搞屁啊！**」說話的是漢普頓・貝爾葛瑞福（Hampton Belgrave）。在他眼前是縮成一團的少年法蘭奇和狗狗，躲在後車廂裡。

「田納西到了嗎？」法蘭奇詢問。

「你要把我嚇到心臟病發作啊！你怎麼會在車廂裡？」

「田納西到了嗎？」

「這是我的車嗎？」

「是的，先生。」

「好的，先生。」

「那就讓我問問題**！**」

「你他媽的是誰啊？」

「法蘭奇，先生。」

「姓什麼？」

「普瑞斯托，先生。」

「那又是誰的狗？」

「我的，先生。」

「你幹嘛待在我的後車廂？」

「馬可士·貝爾葛瑞福，先生。」

「我表哥？」

「是的，先生。」

「搞音樂的馬可士？」

「是的，先生。」

「他把你放到車廂裡？」

「不是他，先生。」

「那你怎麼會進來？」

「因為要去田納西嘛，先生。」

「幹嘛不搭火車？」

「買不起車票，先生。」

「那就搭巴士啊。」

「也買不起啊。」

「所以就躲在我的車廂裡？」

「是的，先生。」

「而且還帶一條臭狗。」

「對不起，先生。」

「躲在裡面多久了？」

「從底特律開始躲的，先生。」

「我離開底特律是昨天耶！」

「是的，先生。」

「你從那時候開始就沒吃東西嗎？」

「沒有，先生。」

「也沒喝東西？」

「沒有，先生。」

「也沒尿尿？」

「沒有，先生。」

「你以為我會在意這些嗎？」

「不會吧，先生。」

「沒錯，我才不在意。你這個偷渡客——」

「不是這樣的，先生——」

「——想搭順風車到田納西。」

「是的，先生——」

「你最好沒在我車上尿尿，臭小子。」

「沒有，先生。」

「沒有，先生——」

「最好那隻狗也沒有！」

「你怎麼知道我要去哪裡？」

「我們到了嗎，先生？」

「我才不告訴你現在在哪裡咧。我副駕的置物櫃裡可是有槍——」

「是馬可士說的，先生！」

「馬可士怎麼知道？」

「你是他表弟！你叫漢普頓！你之前跟他說要開車回田納西！」

「馬可士跟你說這種事情幹嘛？」

「我替他工作。」

「小白人會替馬可士工作？拜託，你能幹嘛？」

「我會彈音樂。」

「說實話喔。」

「我跟他的團合作啊。」

「你跟馬可士合奏？」

「是的，先生。」

「你只是小孩耶！」

「我已經十五歲了，大概，先生。」

「大概？」

「不是很確定，先生。」

「你彈什麼？」

「吉他。就在這裡，先生。」

「慢著……」

「看到了嗎？」

「帽子脫掉！」

「為什麼——」

「你就是那個小孩，彈很快的小孩！」

「是的，先生。」

「我也在場！我看到了！那個拿刀的人被你催眠了。」

「是的，先生。」

「你是惡魔！」

「我不是，先生！」

「還躲在我車廂裡！」

「拜託你——」

「惡魔躲在我車廂裡啊！」

「不是啦——」

「還帶著地獄犬！」

「我只是彈——」

「哪個普通人可以彈成那樣啊？」

「她有危險嘛，先生——」

「惡魔，你要幹嘛？」

「我不是惡魔啦！」

「你發誓啊！」

「我發誓。」

「以耶穌之名發誓！」

「我以耶穌之名發誓，我不是惡魔！」

「那你幹嘛來這裡呢？」

「這裡是哪裡？」

「田納西。」

「所以已經到囉？」

「媽的，你要我？」

「那個女孩啊，先生。」

「哪個女孩？」

「帶刀男帶來的女孩。」

「差點被割喉的？」

「是的，先生。」

「她怎麼了嗎？」

「她住在田納西。」

「誰說的？」

「那傢伙說的。」

「帶刀男？」

「對啊，先生。」

「所以咧？」

「我認識她。」

「昨晚那個女孩？」

「是的，先生。」

「她的名字是歐若拉。」

「你真的認識**那個**女孩？」

「歐若拉。」

「應該是啦。」

「應該是？」

「有一陣子沒見面了。」

「多久？」

「上次見面，我們只是小孩。」

「天啊——」

「而且不是在美國——」

「你出來。」

「真的可以嗎，先生？」

「你不是惡魔。」

「不是啊，先生。」

「是笨蛋。」

「不是啦，先生——」

「而且還是最笨的笨蛋——」

「我不是，先生——」

「陷入愛河的笨蛋。」

「我不是，先生——」

「去樹林裡尿尿，臭狗也帶去。尿完回來坐前面，我要開車進城，再給你找點東西吃。」

「謝謝你，先生，真的很謝謝你。」

「謝個屁啊，躲在車廂裡兩天不吃不喝——就為了一個**女孩**。說你是惡魔，還好過笨蛋！」

23

一九五二年

順風車事件之後半年，法蘭奇首度有了獨奏工作：在納許維爾汽車經銷商前面唱歌。

車、車、車，
這裡有好車、好車、好車……

經銷商老闆路特蘭・范恩斯（Rutland Vines），開了一間同名公司販賣凱迪拉克。他是個禿頭雙下巴肥厚的商人，喜歡用手指勾住褲子吊帶。老闆請法蘭奇來唱歌，希望吸引顧客，其實是因為手下技工漢普頓（不知情載到法蘭奇的那名男子）的一再請求。

「其實我這裡的凱迪拉克和其他家也沒有什麼不同，」老闆說：「但要說有什麼不同嘛，是我提供給人客的體驗，泥懂嗎？」

法蘭奇不是很懂，但是漢普頓說老闆會付錢給他，這部分他倒是明白。

「唱些好聽的教堂歌、福音歌啦，像是瑞德・福里（Red Foley），但也要唱些田納西・厄尼・

福特（Tennessee Ernie Ford）之類的鄉村音樂，再唱一些honky-tonk（小酒館鄉村音樂），」老闆這樣教他：「讓人客開開心心，泥懂嗎？」

法蘭奇點頭。

「衣服要恰當。去買領帶，抹點髮油，你一堆頭髮都豎起來了。聽有嗎？」

那天晚上，法蘭奇回到漢普頓家中，老先生煮豬肉、玉米、洋蔥大雜燴時，法蘭奇釘在收音機旁。他們已經一起住了幾個月。在此之前，漢普頓打了通電話給馬可士，確認法蘭奇不是惡魔，絕對不是。

漢普頓身材粗壯，脖子短，手肘結實，喜歡吃甜滋滋的蛋糕，戴黑禮帽，聽藍調。他總是夢想能搞音樂——雖然為了生計，他當了修車工人。漢普頓會吹一點口琴（他出生時，從我這裡抓了一小把天賦）。晚上他會放唱片，法蘭奇聽了就跟著彈。

「你的音感很準耶，聽聽就會彈了。」他告訴法蘭奇。

那晚，法蘭奇把電台轉過一輪，快速自學鄉村音樂。電台主持人說的honky-tonk或hillbilly（山野音樂）都很簡單，有三到四組和弦，跟上貝斯，刷弦，這樣就好。但是這類歌手不好模仿，他們都帶著南方口音，講話呼嚕呼嚕。不過，法蘭奇還是很喜歡這種音樂，因為歌詞內容都是談戀愛、心碎、喝醉酒。還有，這種音樂也比大師逼他練完的海托爾．維拉－羅伯斯十二練習曲簡單多了。

「呦得雷咿吼～」法蘭奇想要模仿艾爾頓．布萊特（Elton Britt）的真假嗓互換歌曲〈風鈴〉

（Chime Bells），「呦得雷咿吼～」

漢普頓拿著大湯匙衝進來，把收音機啪地關掉。

「不准唱了，快把我搞瘋了！」漢普頓搖頭，「你去換衣服，我帶你去聽真正的音樂。」

狗狗聽了站起來。

「泥不准企。」

狗狗又坐下。

「呦得雷咿咧！」漢普頓聽起來很惱怒，「神啊啾啾這個世界吧。」

當天稍晚，漢普頓帶著法蘭奇走過納許維爾的街道，經過紅磚蓋的萊曼音樂廳（Ryman Auditorium）。「他們之前錄大奧普里（Grand Ole Opry）秀就是在這裡喔，全國都能收聽。在這裡唱過，之後想多有名就多有名。」

「我也可以嗎？」

「我覺得你可以，只要讓人知道你彈多快就好啦。」

漢普頓仔細看著法蘭奇，摸摸下巴。

「你真的想登台？」

「當然想。」

「好吧，搞不好做得到。」

漢普頓帶法蘭奇走到普林特巷（Printer's Alley），那裡是鄉村音樂主題俱樂部的集散地。門一打開，小提琴、吉他、低音提琴的聲響便流瀉出來。

「你聽到了嗎？」漢普頓問。

「可以進去嗎？」

「你可以，但是有色人種能去的都在前面。」

漢普頓時常掛在嘴邊的「有色人種」規定，法蘭奇並不完全了解，但是他知道這種規定不公平：明明自己不是美國人，卻能進入漢普頓進不去的地方。

法蘭奇說：「就去那些俱樂部吧，」

漢普頓笑了：「好哇，但是那邊聽到的音樂，不可以在賣車那裡彈喔，不然老闆會把你踢出去，一屁股坐地上。」

當晚，漢普頓帶著法蘭奇在傑佛遜街（Jefferson Street）上來來回回，去了男爵俱樂部（Club Baron）、戴爾（the Del）、馬塞歐糖丘（Maceo's Sugar Hill）、皮威（Pee Wee's）。法蘭奇聽到那些音樂，雙眼瞪大，還聽到轟轟作響的吉他、貝斯、嘶吼唱腔。琴師彈琴又疾又徐，手指像是同時又走又跑。眾人笑啊喊的，從座位上站起來，搖著屁股或是叫著：「耶，耶，耶！」法蘭奇喜歡這裡，感覺音樂和群眾在同一個舞台上。就連戴禮帽的漢普頓都下場跳了一會兒，他回來時滿身大汗，把手當扇子搧風。

「欸，漢普頓，這小孩是誰啊？」有人端著飲料晃過來，「收養了白人小孩嗎？」

漢普頓笑了，「派蒂（Petey）啊，這個小孩可以打趴田納西一堆樂手呢。我現在在訓練他，要讓他上奧普里。」

「訓練他？」

「沒錯。」

「你是修車的耶。」

「以後就不用修囉。」

「你懂音樂？」

「懂得夠多了。」

「你什麼時候要開始訓練他？」

「等他找到在找的東西之後。」

「那他在找什麼？」

「這年紀的男生還能找什麼呢？」

兩人爆笑，法蘭奇感覺自己臉都紅了。

當然，法蘭奇並未忘記自己為何前來納許維爾：他要找到歐若拉。他確定在底特律的女孩就是她，帶刀男說她是從納許維爾來的，他們才剛認識（「當然也玩完了啦！」）。法蘭奇的目標是找到她。他搭便車來田納西，但是他完全不知道這裡竟然這麼大。對他而言，這個世界變得愈來愈大，人也愈來愈難找了。

每個平常日早上，法蘭奇都會在納許維爾商業區的街道上來來回回，詢問店家有沒有一個女孩叫作歐若拉。許多人反問他，有沒有她的照片。

「沒有，但是她講話很怪，有英國腔。」法蘭奇這樣說。

「哎呀，你講話也怪怪的啊。」店家會這樣回他。然而，還是沒人記得歐若拉是誰。法蘭奇很快就把商業區問完了，開始敲起一般民宅家門，詢問主婦或者老太太，有沒有看過跟他差不多年紀的金髮女孩。他也接下凱迪拉克那邊的工作，告訴那裡的所有人，自己是西班牙人，希望這樣的舉動能傳到歐若拉那裡。「來自西班牙的吉他手」，她知道了自然會感到好奇。

天氣變熱了。法蘭奇看到其他青少年開敞篷車前往主題樂園、湖邊。他感到寂寞帶來的陣陣刺痛。雖然漢普頓人很好，但是他年紀大了，小孩又四散各地，太太過世。工作場合又沒人可跟法蘭奇深入談話，只有狗狗能讓他期待日子過得快樂一點。法蘭奇常常跟狗狗玩，在地上滾來滾去，抓抓狗耳朵後面。

當然，法蘭奇真心難過時，終究會去彈吉他，一彈好幾小時、好幾天。他練琴、彈琴，再多練習一點。他從傑佛遜街上的俱樂部聽到藍調和弦進行曲，也增進了那種曲子的技巧。對我的子弟來說，練習的途徑並不複雜，所有寂寞的道路都會帶你回到音樂身邊。我會擁抱你，原諒你。

我永遠不會離開你。

這一點，人類做得到嗎？

有一天，法蘭奇站在經銷商前面刷著吉他，唱老闆特別喜歡的福音歌曲〈逐漸明白〉（By and By）：

誘惑動人，陷阱勾人，
落入掌握毫不留神，
人心肉做，流血受傷，
只因無心之言、無心之過。
全力以赴，考驗爲何而來？
我們將會逐漸明白。

有車停了下來，穿著牛仔裝的男人從副駕下車，用酒匣喝酒，再用手背擦嘴。法蘭奇注意到他的耳朵是招風耳，嘴唇薄得很奇怪，像是一條直線橫過兩頰。

男子將手撐在車頂上，跟著法蘭奇的歌聲點頭。

「泥要一起來嗎？」駕駛座上的人問。

男子說：「泥進去就好，看看他們有什麼車，我要聽他唱歌。」

男子的朋友進去跟老闆說話了。法蘭奇唱完，身材高大的男子拍手。

「在停車場唱歌，好爛的工作。」

「對啊，先生。」

「泥接受點歌嗎？」

法蘭奇張望，附近沒有其他客人。

「可以啊，先生，如果我會唱就可以。」

「給我唱首最難過的歌。」

法蘭奇猶豫了，因為天氣很熱，可以感覺汗水流過太陽穴。

「你為什麼想聽難過的歌呢？」

男子又喝了一口酒。「那種歌比開心的歌還要真誠啊，泥不覺得嗎？」

「開心的歌也有可能真誠啊，如果開心的話啦。」

男子哼笑了一下，問：「你是哪裡人啊？」

「西班牙人。」法蘭奇這樣回答，心中想起歐若拉。他確認老闆沒有在看他，說：「這一首是西班牙的悲傷歌曲。」

接著他彈了〈淚〉，作曲者是和他同名的塔瑞加。法蘭奇母親唱過這首歌，他自己也聽過塞戈維亞彈奏的版本。塔瑞加當初因為思鄉，創作了這首曲子。

高大男子仔細聽歌，盯著柏油路面，好像那裡有個洞能讓他看穿。

法蘭奇彈完之後，男子抓抓眼睛上方。

「嗯，很好，真的很好。」他抬頭，「你應該知道自己唱得那麼好，在這裡工作太可惜了吧？」

「請不要告訴老闆我彈了那首歌。」法蘭奇懇求：「他要我彈這裡的歌就好。」

男子賊笑，「我會好好保密。」他靠近法蘭奇，「我可以彈看看嗎？」

男子比比吉他。法蘭奇往店裡瞥了一眼，老闆忙著跟其他人說話。

男子說：「沒關係啦，老闆不會介意。」

法蘭奇交出吉他。

「這把吉他很扎實。」男子仔細看著吉他。

「是的，先生。」

「木料很好，琴頸牢固，但是商標遮住了。為什麼？」

「不知道，我拿到的時候就這樣了。」

男子聳聳肩。「好吧。那我現在要彈我覺得最悲傷的歌了。」

他唱了一首〈我孤單得想哭〉（I'm So Lonesome I Could Cry），內容有火車汽笛、漫漫長夜、鳥類哀鳴、躲在雲朵後面的月亮，每段歌詞結尾都是歌手自述有多孤單，唱到後來，法蘭奇覺得自己也要哭了。

「怎樣啊？」彈完最後一個和弦，男子問。

「這是你自己寫的嗎？」

「當然囉。」

「很悲傷耶。」

「就跟泥說了嘛。」

「是寫給誰的？」

「寫給我老婆的，但是她現在已經不是我老婆了。」他咳了一下，「你有女朋友嗎？」

「我在等她呢。」

「在這裡等？」

「對啊。」

「可能要等一陣子喔。」

「你真的唱得很好。」

男子笑得很樂，「泥是不是不知道我是誰啊？」

「我不知道，先生，你是哪位？」

男子往店裡看，跟朋友揮手，接著回頭看法蘭奇，露出微笑。

「我是路克，」他伸手，「藝名是漂流者路克（Luke the Drifter）。」

「你灌唱片嗎？」

「有時候啦。」

法蘭奇跟他握手。「我叫法蘭奇．普瑞斯托。」

「法蘭奇，要不要來幫我選車啊？」

突然之間，老闆衝到店外，臉上掛著法蘭奇從未見過的超大微笑。法蘭奇心想，他看起來真像個孩子。老闆邁著兩條肥肥短腿，蹦蹦跳跳往法蘭奇這裡過來。

「耶耶！」老闆大叫，搶過男子的手要握，「真不敢相信，是威廉斯先生，多榮幸啊！我……我是你的歌迷，忠實歌迷喔，你是這時代最偉大的歌手。是啊，哎唷，天呀，哎唷，漢克．威廉斯耶！」

男子轉頭看法蘭奇，眨眨眼。

「我要被嚇死啦。好榮幸，我剛剛說過這句了嗎？但是真的很榮幸啊。」老闆胡言亂語：「先生，賣車給你真的很榮幸。當然要買凱迪拉克啦，這輛是我們最好的車！」

男子調整自己的帽子，「泥有沒有藍色的車子？」

接著，他們很快地走過一排排的車子。老闆話一直沒停下，東問西問這首那首，像是〈嘿，美人〉（Hey, Good Lookin'）、〈擠過去〉（Move it On Over）、〈冷冷的心〉（Cold, Cold Heart）。還有一首〈我看見光〉（I Saw the Light），老闆說最近他們教堂合唱團在練習那首歌。

「漢克，那首真好聽，充滿精神！」

戴著帽子的男人經過每輛車，都摸一下車頂，最後他看到一輛粉藍色的，停下腳步。

他說：「哇，這台真可愛。」

朋友說：「可能就這輛囉？」

老闆馬上附和：「漢克，就這輛最好了。」

男子問：「法蘭奇，你覺得怎麼樣？」

法蘭奇感到所有人都在看他。他把吉他甩到背上，把手放在車頂，卻覺得有股冷意傳來，令他害怕，臉垮了下來。法蘭奇把手抽回，像被電到那樣。

路克（或是漢克）問他：「孩子，怎麼啦？」

「這輛車不能買。」法蘭奇低聲說。

「又怎麼啦？」

「不能買，不吉利。」

「哎呦！天啊，他懂什麼？只不過是個小屁孩。」老闆惡狠狠瞪他，「反正今天是他最後一天上班了。你回去工作。」老闆硬擠出笑臉，「抱歉啊漢克，我們會給你個好價錢。這輛車很棒的，凱迪拉克是最好的車。」

戴著牛仔帽的男子朝法蘭奇聳聳肩。法蘭奇慢慢走開，吉他還掛在背上。

過了一個小時，買車文件簽完。那兩人從辦公室走出來，回到自己車上。法蘭奇單獨站在陽光下，刷著和弦，盡量不要哭出來。他不想失業，不然歐若拉怎麼找得到他？

「法蘭奇，我們要走囉。」男子說。

「你買了那輛車嗎？」

「嘿呀。」

法蘭奇低頭。

「只是輛車子嘛，而且你老闆開的價錢很漂亮，那很難得耶。我可能不缺錢，但是我的債主一定缺錢啊。」

男子講完自己笑了，法蘭奇沒有回話。男子從口袋掏出小藥瓶，吃了一顆藥，從酒匣喝了些什麼。接著，他坐到客座關門，從車窗伸出手臂。

「先生啊。」法蘭奇開口。

「怎樣？」

「你到底是誰呢？」

男子揉揉鼻子，「要是想靠音樂吃飯，你要扮成很多人啊。有些角色扮演起來，你會比較喜歡……」

他歪頭朝向經銷商那邊。「老闆沒給你信封之前，不准走喔。」

車子開走了，車尾排放出一小團廢氣。突然之間變得很安靜，陽光燒烤大地，沒有雲朵緩和熱度。法蘭奇又彈了一會兒，到了六點，他走進辦公室。老闆在裡面，顯然在生法蘭奇的氣。他遞給法蘭奇一個信封，叫他不用再來了。

「根本連這個都不該給啦，差點害我做不了生意。要是以後還想做什麼工作，最好學會放尊重一點。」

法蘭奇走回漢普頓家的路上，停下腳步坐在路旁，覺得一陣噁心。他很害怕，不知道漢普頓看到他被炒魷魚會說些什麼。一開始，他根本不該跟那個漢克還是路克說話的。

法蘭奇撕開信封，嚇傻了，嘴巴大開。裡面有一百零七元，是賣車的佣金。漢克·威廉斯堅持把錢付給法蘭奇，其他什麼人也不給。這是他這輩子看過最大筆的數目，比他在經銷商唱歌半年還多。

信封裡面，還有一段寫在紙上的潦草歌詞：

向日葵盼著陽光。
紫羅蘭盼著露珠。
小蜜蜂盼著甜心，
甜心，我只盼著妳！

歌詞底下寫著：「祝你等到你女朋友。」署名是「漢克·威廉斯」。

過了六個月，一九五三年的元旦凌晨，血液中充滿嗎啡的漢克·威廉斯，靜靜死在粉藍色凱迪拉克後座。駕駛當時要送漢克去表演，開進一間加油站時，發現蓋著毯子的漢克全身冰冷、毫無反應，死時二十九歲。

法蘭奇手碰到車頂時，看見的是我的預言，是我想傳達的訊息：死亡在前方守候，漢克必須修正生活方式，慢下腳步，戒酒戒毒。你是不是覺得我很愛管閒事？為什麼？我已經說過我愛自己的徒弟。也說過最令人難過的，莫過於當個過早的訪客。我也說過我能預見所有未來。難道時不時展現預言能力，超過了我的本分？難道我應該袖手旁觀，讓音樂死去嗎？

24

一九六九年

天黑了，法蘭奇跌跌撞撞穿過人群，直到再也看不見那女人的紫色卡車。天空下著雨，害他步伐不穩。他調整背上的吉他，**舞台，要走到舞台**。舞台到底在哪啊？為什麼迷路迷成這樣呢？他聽到嘶吼般的笑聲，轉身看到一群年輕人溜進泥水池塘裡，濺起水花時尖聲大笑。

一名年輕男子大叫：「我是泥巴王！」

法蘭奇繼續踉蹌前進，經過一名發放波隆那三明治的男人，還有一群傳著水罐的人。蚊蟲在他頭上盤旋，他用蛋盒打蟲，偏離路線，像是行經怪異而顛簸的星球。他經過臨時帳篷、一排排睡袋，有個沒穿衣服的女人在池塘裡洗兩個小孩。

法蘭奇看到一排很長的隊伍，腦中還一片混沌的他排在隊尾，想著或許前面的人可以給他指路。

「你要打電話給誰啊，兄弟？」

「啥？」

有個雀斑臉男人對他咧嘴笑。他沒穿上衣，胸毛很濃，牛仔褲皮帶把他腰間的肥肉擠到兩旁。

「這裡是打電話的隊伍啊。你要打給誰？」

「打電話的隊伍？」

「對啊，他們開放電話給我們免費打。我要打給媽媽，本來該**昨天**回家的。」

法蘭奇感到汗水流過臉龐，他抬起下巴亂擦，不管剛才那女人給他吃的綠色藥丸到底是什麼，都是那藥丸在作怪。他感覺骨頭快散了。

「你也要回家啊，兄弟？」

「不是，是要登台。」

「要表演喔？」

「嗯。」

「那很遠**很遠**喔。」

男子瞇眼，法蘭奇也瞇回去。

「欸，兄弟！」

「怎樣？」

男子指著法蘭奇背後。

「舞台在那邊。」

一九五三年

「這扇門後面就是舞台。」漢普頓小聲說。

法蘭奇點頭。

「你進去之後，彈自己的音樂就好。他們不可能拒絕你，你彈得那麼快。」

那天天氣熱，調號是清新的2/4拍，速度是vivace，有活力，但又是sostenuto，延長的。漢普頓和法蘭奇站在大奧普里音樂廳外面等著試演開始。法蘭奇那時已經十七歲，自從踏上納許維爾之後，學習了大量鄉村音樂。他還抽高兩吋，看起來比較像年輕人了。漢普頓跟他說：「我認為你已經準備好登上最大的舞台了！」

他幫法蘭奇張羅試演服裝，一頂灰色牛仔帽和鑲著流蘇邊的白色休閒外套。這服裝花了漢普頓一週的薪水。我忘記說，他還要求要當法蘭奇的經紀人。其實法蘭奇不太了解經紀人要做什麼，不過很快就答應了。他喜歡漢普頓，而且他供給吃住，又讓法蘭奇聽自己的收音機，法蘭奇無法真心拒絕。

「就像你在底特律那樣彈。沒人會拒絕你啦。」

「嗯。」

「你是我看過彈得最快的人。」

「嗯。」

漢普頓看起來很緊張。他們等著，又過了一個鐘頭，法蘭奇想要敲門，但是被漢普頓制止。

「不要一副急躁的樣子。他們會來找我們啊。」

最後，太陽都要下山了，一個西裝男從前門走出來。法蘭奇跑過去說：「不好意思。」接著問是不是要輪到他們了。

男子說：「試演在南大門耶，在轉角那邊。但現在人都走光囉。下禮拜再來吧。」

法蘭奇看著漢普頓，他嘴巴張得大大的。法蘭奇轉身看著西裝男。

「先生……有沒有辦法跟他們說，我們在這裡等很久了，下次或許能排第一個？」

男子上下打量他，笑了。他伸手進口袋，掏出名片。

「少年仔，只能幫到這裡啦。」

男子離開，漢普頓罵了幾句又搖頭。**等錯門了？**

「漢普頓，沒關係啦。下禮拜再試試看啊。」法蘭奇說。

但是老先生還是一路抱怨，因為自己犯錯而感到失落。他流了一大堆汗，開車回家的路上，他用力打方向盤打了很多次。後來轉彎過紅綠燈後，他抓住自己的手臂，倒向車門。車子駛向人行道。

「漢普頓！」法蘭奇大喊，抓住方向盤瘋狂轉動。「你怎麼了！漢普頓！欸！」法蘭奇跨過他的腿踩煞車，車子嘰的一聲停住了。

法蘭奇哀求著：「啊，不要啊，不要啊。」他拉開漢普頓的衣領。老先生翻白眼呻吟著，法蘭奇對著車窗外大喊：「救命啊！哪裡有醫院？」

過了一會兒，法蘭奇拉著漢普頓穿過醫院的對開門，手臂環繞在病人胸口，一直對他說：「沒事，沒事。」但是一進到院內，他又開始大喊：「救命啊！」護理師過來要幫他，但是理平頭、胸膛鼓鼓的醫生舉起雙手示意。

「慢著，泥要去有色人種醫院。」

法蘭奇大吼：「拜託！」

醫生揮手，「那邊的醫院會收他。」

「可是他現在都這樣了！」

「那你最好趕快去。」

法蘭奇呼吸加快，緊閉雙眼，像是體內有什麼啪的一聲折斷了。或許是因為失去巴法，失去大師，或是因為永遠找不到母親，還是生命中已有太多珍貴事物被奪走了。他感到有一股力量凝聚，耳邊傳來聲響，如同滑過一排琴鍵的憤怒滑音。

他不要連漢普頓都失去。

「你給我聽好。」他逼近醫生，距離只有幾吋。「我可是從大奧普里音樂廳過來的，這個人也是。他可重要了。」

醫生哼笑，「從音樂廳來的？」

法蘭奇抽出口袋中的名片，啪的一聲塞進醫生口袋。

「沒錯。我禮拜六晚上要登台表演。如果你現在就接這個病人，我會保留四個前排座位給你。」

即使是自己親口說出，法蘭奇還是覺得像在聽別人說話。這些話是怎麼編出來的啊？

醫生邊看名片邊狐疑，那上面的名字可是有頭有臉的經紀人。

「你真的在那裡表演？」

「你看看我這身行頭。」法蘭奇說。

醫生抿唇，對護理師點頭。

「去後面。」他說。

過了幾小時，法蘭奇坐在病床邊，輕輕刷弦，聽起來像是自創的藍調進行曲。

「繼續彈，我聽了很舒服。」

七十七歲的漢普頓剛才歷經心臟病發，但由於接受緊急醫療照護，情況已經穩定下來。他逃過一劫。

漢普頓小聲問：「你真的答應給他四張票嗎？」

法蘭奇點頭。

「啊，你根本沒有要表演？」

「嘿呀。」

「跟躲在後車廂那次比起來，你現在聰明得多了。」

法蘭奇彈了個和弦，漢普頓爆笑。

「真不知道原本我會怎樣。」

「你一定沒事啦，漢普頓。」

「都要謝謝你。」

老先生閉上眼睛，看不到後來發生了什麼事：法蘭奇的D弦變成了火焰藍。他看著那條弦，感到一股涼意竄過手臂與雙腿。在這個人生關鍵階段，你好奇他究竟發生了什麼事嗎？以下簡述：

在安安靜靜的病房裡，隨著漢普頓的呼吸起伏，法蘭奇總算明白，他能透過琴弦，以某種方式，掌握手中的生命。

兩週後，瘦了八磅的漢普頓出院回家。他叫法蘭奇坐下，跟他說當音樂經紀人對自己而言顯然太吃力了。「你可能要找個更懂的人吧。」

法蘭奇很傷心。他喜歡漢普頓，也想看看大奧普里音樂廳裡面是什麼樣子。事實上，他並不在乎穿牛仔裝，在納許維爾也一直沒有找到歐若拉，他是為了找她才來的啊。他最大的收穫，是在哈維（Harvey's）百貨公司的化妝品專櫃問到一個中年女子，說她記得有個操英國腔的金髮女子，表示要搬到紐奧良去。

這點訊息很少，不過算是大有斬獲了。

心臟病發事件之後幾個月，某天早上，法蘭奇從漢克給他的信封中拿了二十塊，將剩下的藏在漢普頓抽屜裡，算是報答老人收留他。接著，他戴上墨鏡，抱抱老人道別，帶著吉他、行李箱、狗狗，去灰狗巴士車站，買了前往紐奧良的單程車票。

他上車時，司機說：「不准帶狗，除非你是盲人。」法蘭奇靈機一動，伸出雙手亂摸，問：「不然我幹嘛戴著墨鏡呢？」後來他跟狗狗都獲准上車。有一度，坐在他對面的女子拍拍他手臂，塞了十元鈔票到他手中。「願上帝使你康復。」

法蘭奇謝過那女子，聽到狗狗哼了一下。他心想，不知為何，每次在人生難以言語的時刻，總是會有人提到上帝呢？

一九五四年

來說說狗狗的事情。

法蘭奇現在十八歲，代表他的毛朋友比他還老。以狗的壽命來說，這很少見。但牠可不是尋常狗狗，牠的壽命並非取決於年數，而是需求。當初把小法蘭奇拉出河面的，是這隻狗；在沙丁魚工廠讓士兵分心的，是這隻狗；巴法被捕後，陪伴法蘭奇的，是這隻狗。現在不知為何，狗狗也到了底特律，在法蘭奇極度渴望朋友時，出現在孤兒院外面。

南下紐奧良，法蘭奇跟著嘟哇類型的樂團（doo-wop groups）、爵士四重奏演奏賺錢時，狗狗晚上在飯店裡等他。白天，狗狗跟著法蘭奇走過大街小巷。他去打聽歐若拉時，狗狗在店家外面等著。每次法蘭奇一無所獲，感到沮喪時，狗狗會起身，舔著主人，又陪他走到下一站。

但是一九五四年年底，法蘭奇發現狗狗行動變慢了。要花比較長的時間，才能走完那些街道，或是穿過橋下的高高青草。那座橋是跨越密西西比河的休伊皮爾斯朗大橋，法蘭奇每天在橋下練琴三個小時，同時火車從頭上通過。他愈來愈能掌握節奏與藍調，火車輪子駛過鐵軌相連處的空隙，發出節奏，他也能跟上。狗狗聽到那種聲音時會抬頭，法蘭奇就會唱：「喀噠，喀噠，喀噠。」

最近這幾週，法蘭奇彈什麼都無法讓狗狗抬起擱在爪上的頭，就算模仿年輕貓王的高亢嗓音，或是唱貓王新專輯《沒事了，媽媽》（*That's All Right [Mama]*）刮刮擦擦的節奏也沒用。

法蘭奇說：「你這聽眾真的很難取悅耶。」

狗狗打了個噴嚏。

「那你想聽什麼嘛？」

狗狗眨眼，直直看著他。

「啥，是說又慢又好聽的嗎？」

法蘭奇靠在樹上，彈起2/5拍的進行曲。空氣溫暖，太陽躲在一朵白雲後頭。法蘭奇的記憶飄遠。在他還沒意識到之前，手指已經撥弄出〈你會記得嗎〉，也就是他在西班牙棄屍場邊彈奏、紀念死者的歌曲。法蘭奇很多年沒彈這首歌了。音符如此簡單就回到自己手邊，他也嚇了一跳。

旋律簡單又撫慰人心。狗狗打了一個安靜深沉的呵欠。

彈完，狗狗走到他身旁，法蘭奇抓抓狗耳朵，狗舔了他手指。

「謝謝喔。」法蘭奇笑著說：「把我搞得黏答答的。」

狗狗轉身走向河邊，混濁河水流動迅速。

「欸，小心一點啊！」法蘭奇大喊，還往前走，但狗狗轉身低吼。那是牠有史以來第一次那樣，把法蘭奇嚇得又往後退，心中不解。

有些歌彈完需要重彈，有些歌總是無法彈好。但若彈完，曲終人散，便再也不能多做什麼了。

狗狗跳進水中，滑水離開。

法蘭奇無力地看著，沒有理由，卻知道自己不該跟過去。即使眼見原初三聲部的最後一個成員，隨著密西西比河而去。

過了一會兒，他聽到身後的高草間傳來沙沙聲。他轉頭，陽光逼得他瞇眼。只見一個人影朝他走來，帶著笑意。

「聽說你在找我。」歐若拉說。

第三部

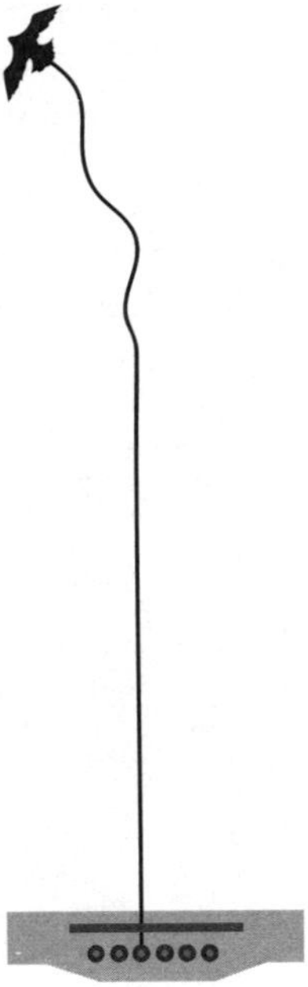

歐若拉的姐姐賽西兒的話

賽西兒・彼得森（Cecile Peterson，舊姓約克〔York〕），倫敦經濟學院數學家，已退休

所以我們才會去西班牙。二戰時，他從事間諜活動，覺得全家搬去西班牙比較安全。看看後來的閃電行動，我認爲爸爸想得沒錯。他爲英國情報局工作，參加「堅忍行動」（Operation Fortitude）。其實那行動頗有名氣，假裝同盟國計畫採取更大規模進攻別處，引開德軍……喔，是呀，書上有寫到，你可以查查。

爸爸是間諜。

爸爸和取得德軍信任的西班牙雙面間諜合作，大有斬獲，可是對我們家而言並非如此。他把媽媽、歐若拉還有我，留在瓦倫西亞的小屋裡之後便離開了，永遠離開了。一九四五年，他慘遭謀殺，那是諾曼第大空降八個月之後的事情。他陳屍於巴塞隆納飯店客房，被電話線勒死。我想他被出賣了吧，誰知道呢？爸爸以前總是說：「我們選擇讓祕密成爲生活的一部分。」

妹妹和我完全不同。她的靈魂奔放，總是穿得很奇怪，衣服亂搭。早上起床第一件事就是跳舞。她喜歡爬樹，喜歡在雨中狂奔，把番茄醬弄得整臉都是，諸如此類。我個性比較認眞，做事按照規矩，保持冷靜，大概比較像媽媽吧。我熱愛數字、數學、科學，比較喜歡有

秩序的事物。妹妹喜歡亂七八糟。

歐若拉和法蘭奇就是那樣，亂七八糟。

要我說清楚一點嘛。還沒見到法蘭奇這人之前，我已經先聽過他的名字了。妹妹還很小的時候，在西班牙的樹林裡遇見他。我不知道那天下午他們做了什麼、說了什麼。總之在那之後，她一直把他名字掛在嘴上。她會說：「**以後我要跟法蘭西斯可結婚……**」或是「**以後要是我跟法蘭西斯可買了房子……**」老實說，我還以爲他是她幻想出來的。那時她才七、八歲，你也知道小女孩就是那樣。總之，身爲間諜的女兒，家中的眞相與謊言界線往往模糊不清。

後來她在美國離家出走，我才發現原來「法蘭西斯可」眞有其人。那時，歐若拉已經是少女了。那個暑假，她和媽媽以及繼父去美國參加醫學會議。繼父是醫生，蘇格蘭人，脾氣極差，經常和歐若拉吵架，因爲她不喜歡爸爸被繼父取代的感覺。那趟旅程中，三人相處狀況變得很糟。她帶了一個新的黃色旅行箱，某天媽媽回到飯店房間，發現行李箱不見了，歐若拉也不在。他們找了好幾個禮拜，最後只好放棄回家。

我記得他們進門時，走進來的是兩人，而不是三人。遭到背叛的感覺很強烈，彷彿他們出門時把我的東西都載走了，卻兩手空空地回來。我和妹妹共度的童年回憶，就這樣被繼父奪走了，從此我沒原諒他。或許也沒原諒過歐若拉吧，她竟然就把我跟媽媽丟下，獨留我們與繼父相處。

過了好幾個月，我們收到她寄來的明信片，說她過得不錯，但是上頭沒什麼重要訊息，只說她相信法蘭西斯可一定也在美國，她感覺得到。我把這些話當作瘋妹妹在鬼扯，老實說，我眞不知道她到底怎麼撐過那段時間。

一九五五年某天，她打電話到我們的倫敦公寓。那時我二十三歲，所以她大約十八、九歲吧。我接起電話，她說：「賽西兒，我要結婚了，妳一定要來喔！」連個「妳好」都不說。聽到她的聲音我很震驚。我說：「歐若拉啊，眞的是妳嗎？」她說：「他終於找到我了！」我說：「誰找到妳啊？」她說：「當然是法蘭西斯可啊！」

他們兩個之間就是那樣。那麼久沒見面，一見面就陷入瘋狂激烈的熱戀。我眞的相信她和法蘭奇是天造地設，雖然他們很少共處。感覺上，他們之間似乎有共同的祕密，所以他們相處時，大多數時間都很開心，剩下的時間都在瘋顚。

他們相愛？親愛的，他倆之間的情感，比我見過的任何情侶都要深刻，更勝於我自己四十二年的婚姻。我記得法蘭奇練琴、作曲時，妹妹會跑到他背後親他耳朵，不親別的地方。他會說：「歐若拉就是破曉。」接著兩人笑成一團，誰知道那是什麼意思？兩人一起唱二重唱，像是這首西班牙火車歌：「拉－潘－得－羅－拉－拉－拉，拉－拉－拉－拉－拉……」你聽過這首歌嗎？……我以爲來到西班牙就會知道……算了。

法蘭奇成名前是他們最快樂的時期，兩人也在那時結婚。當時他們住在紐奧良，我訂了機票，要過去當伴娘。繼父不讓媽媽參加，這種事你信嗎？他還說：「那小賤人已經讓我們很頭痛了。」坦白說，這人眞是惡毒。

所以我自己去了美國，但是到了紐奧良才發現，他們兩個都沒有正式的身分證件，所以結不了婚。

但他們才不管，硬是辦了婚禮，地點在法國區的某家夜總會……啊，名字想不起來了。可是我記得婚禮是在店裡打烊之後，凌晨兩點開始。在場有很多樂手，彈鋼琴的是胖子多明諾，他是法蘭奇的朋友，另外還有一些爵士樂手。

那晚是我第一次聽到他表演，他眞的是光芒四射，於是我了解妹妹爲什麼傾心於他。他唱歌像夜鶯一樣動聽，吸引人到「糟糕」的地步。那時他跟一種樂團合作，是叫「嘟哇」嗎？沒錯，就是樂團中每人負責一種聲部，高音、低音、中音，他們合唱一首〈人間天使〉（Earth Angel）獻給歐若拉。唱到「請妳屬於我好嗎？」法蘭奇眞的單膝跪下，幫她戴戒指，她忍不住哭出來。我眞的很替她開心，畢竟她是我妹。她開心的時候，世界上沒人可以比她更開心。她會抓住你的手晃來晃去說：「這樣眞是太棒了！」一副小孩模樣。

或許就是因爲這樣，他們兩個才會互相吸引吧。該當個小孩的時候，沒有好好當過，後來長大成人，就常常表現出，嗯，小孩的樣子。像是睡到很晚才起床啦，忘記約定的時間啦，發生什麼事都一邊笑一邊道歉啦。但是他們已經不是小孩了啊，對不對？就是因爲這樣，才開始遇到麻煩。

當歐若拉長期撇下法蘭奇不管時，我會責備她，可是她總是有藉口，像是他要專心弄音樂，或是她自己有事要處理。他寄錢給她，她退回去。他打電話給她，她掛掉。她知道他還有其他女人，但是也不操煩。我跟她說：「歐若拉，他是妳老公，你們應該要在一起啊。」她會說：「喔，我們在一起啊，只是現在分開嘛。」

他倆之間有很多祕密，要是爸爸知道，大概也不會說什麼吧。但是他們有很多問題我一概不知，像是爲什麼要分開那麼久呢？到現在我都不知道爲什麼。我想，他跟女演員結婚，其實對演藝生涯沒什麼幫助。我不會說那個演員是誰，想到就難過，眞不知道法蘭奇在想什麼。你看過我妹年輕時的照片嗎？比所有女演員都還美麗，眞的。她想跟誰結婚就能結。結果她選了法蘭奇，眞是的。

你知道倫敦經濟學院的院訓是什麼嗎？是 Rerum cognoscere causes，意思是「事出必有因」。他們之間發生很多事情，原由我是怎樣也搞不清楚。你的報導，我大概幫不上什麼忙吧。唯一確定的是，法蘭奇是歐若拉快樂的原因，也是心碎的原因。或許是因爲我有這種念頭，法蘭奇以爲我討厭他。每次他們來找我，他給我來個擁抱，說：「賽西兒啊，我來彈首歌給妳聽。」我會說：「不用啦，我沒有什麼想聽的。」我才不要讓他的音樂迷惑我。藝術家以爲藝術可以正當化自己的行爲，我並不這麼想，我也跟他這樣說。

現在想想，跟他那樣講好像很嚴厲，不過我做人就是實際。妹妹也知道我爲人如此。她以前都會笑說：「賽西兒，別讓他表演給妳聽比較好耶。他只要彈幾下，就會改變妳的人生了。」

25

法蘭奇和歐若拉兩人，是交響曲的化身。之前我說過愛和音樂是互相糾纏的二重唱。正因如此，在法蘭奇整段風流史中，不管他跟哪個女人睡覺都會感到空虛。

都是我的錯。

坦白說，我不喜歡和人共享我的徒弟，只想獨占。我可愛的子弟，你們也想要我吧？即使傷害別人也在所不惜。你們為了追隨我，走入孤寂的練習室，踏上遠方的舞台，在煙霧繚繞的錄音室流連不去。疲憊手指敲擊鋼琴琴鍵，疲乏的唇瓣緊咬簧片，彈啊彈啊，拋下愛你的人，拋下你該愛的人。他們愈吸引你，音樂便更吸引你。這是我向你追討的代價，必須付出。

法蘭奇很早便發現這個現象。某天晚上，他和艾靈頓公爵在一起，有兩個美女在黑色加長型轎車裡等公爵。

「法蘭西斯可，你喜歡美女嗎？」

法蘭奇微笑。

「我也喜歡，她們真的很美。不過音樂是我的情婦。你知道那是什麼意思嗎？」

法蘭奇搖頭。

「到了明天早上，這些美女會離開，但是鋼琴不會。」

法蘭奇那時候還小，所以不懂。長大成人後，他完全了解了。接下來幾十年，不管他上了誰的床，永遠都有我陪伴他，永遠有辦法將他偷回來，離開任何人身邊。

所有人，除了歐若拉。

法蘭奇還小的時候愛上了歐若拉，之後再也不會跟誰那樣談戀愛了。那樣的戀愛很簡單，他想她，追她，每次與她失去聯繫，再把她追回來。從一開始在西班牙林中相遇，到後來胡士托音樂節的命運之夜，他在幾千名觀眾中追尋她，他們這一段，稱得上是真愛故事。

所有的愛情都是交響樂，也像交響樂一樣分為四個樂部。

- 快板：充滿活力的快節奏開場
- 慢板：步調放慢，倒退
- 小步舞曲，又稱詼諧曲：3/4拍的短促拍子
- 輪旋曲：主題重複，加入多個段落

我總是知道法蘭奇和歐若拉要往哪裡去。法蘭奇本身就是音樂，怎麼可能不按照樂理來？

一九五五年

兩人一開始的速度是快板，輕快活潑。樂曲在西班牙展開序幕，在路易斯安那加快進度。兩人找到落腳處，在紐奧良的藥房樓上租了一房的公寓。歐若拉睡在單人床上，法蘭奇睡在隔壁間的沙發上。那時他還羞於展現愛意，也在意歐若拉之前警告過的：「之前發生什麼都不算數，現在我們從頭來過。」

每晚一邊吃紅豆飯，法蘭奇一邊跟歐若拉講自己的冒險經歷：他坐船離開西班牙，在碼頭遇到萊恩哈特，住進孤兒院，遇到漢克．威廉斯，還有音樂廳事件。她托腮聽他說話，他到過那麼多地方，讓她非常吃驚。她不太說自己之前去過哪裡，法蘭奇也沒有問她底特律的帶刀男是誰，或問她之前跟誰在一起。然而，有時他早上練吉他，她會看著他，略微帶淚。有一次他問了：「怎麼啦？」她說：「你幹嘛不早一點來找我啊！」他說：「在底特律那天，我馬上就追出去找妳了。」她說：「我不敢見你。」他說：「但我還是想要找妳啊。」後來，他說自己帶著狗狗，在不同城市裡挨家挨戶打聽她的事情。

她說：「謝謝你。」

「謝什麼？」

「謝謝你沒有放棄。」

「我怎麼會放棄呢？」

有時候，他們在晚上沿著密西西比河散步，分食裝在紙袋裡的甜甜圈。他們聽到法國區店內傳來樂聲，法蘭奇跟著哼唱。他也唱小時候在維雅雷亞爾追火車時唱的小歌。

拉－潘－得－羅－拉－拉－拉

拉－潘－得－羅－拉－拉－拉

歐若拉聽了發笑，把頭靠在他肩膀上。法蘭奇想起以前和大師的一段對話：

「大師啊，要怎樣才知道自己戀愛了？」

「會問這種問題就代表你還沒戀愛。」

「大師談過嗎？」

「〈阿罕布拉的回憶〉（Recuerdos de la Alhambra）這首歌是誰寫的？」

「塔瑞加。」

「要用到什麼技巧？」

「顫音。」

「你應該問這種問題啊，問什麼戀愛問題？」

「大師，顫音是什麼意思？」

「是顫抖的意思。」

「『顫抖』又是什麼意思？」

「就是發抖，身體抽動，可能是因爲害怕、緊張。」

「什麼時候會害怕、緊張啊？」

大師緘默了一陣子。「談戀愛的時候啊。」

我傾力在紐奧良灌注音樂，法蘭奇在當地從事許多相關活動。他和藍調樂團合作，在露珠小站（Dew Drop Inn）表演爵士。歐若拉跟著他去小酒吧、露天舞台，就算是法國區電器行後面的錄音室，她也相隨。法蘭奇的吉他演奏技巧多變，讓他成為搶手人士。表演場地的老闆都會跟客人說：「不管想聽什麼，噹啦！他都會彈喔，所以他才叫法蘭『奇』嘛。」

某個夏夜，法蘭奇在錄音室裡，一個頭髮梳得很高、留著小鬍子、體格魁梧的黑人走進來要錄音。錄的幾乎都是藍調，要跟上不難，不過看得出來製作人對結果不太滿意。錄了幾小時，他們停下來休息。

那名歌手叫理查德．潘尼曼（Richard Penniman）。他走到錄音室後巷擦鞋，看來極為失意。法蘭奇跟著走出去。擦鞋童是六歲的艾利斯（Ellis），很喜歡法蘭奇，因為法蘭奇教過他彈吉他和弦。

艾利斯問他：「普瑞斯托先生，要擦鞋嗎？」但是法蘭奇請他先擦理查德的鞋子。

理查德說：「謝謝你。」

「不客氣。」

「裡面那個女生是你女朋友嗎？金髮那個？」

「對啊。」

「好耶。」

法蘭奇微笑。

「你自己也滿好看的，有表演嗎？」那人問他。

「通常是彈吉他。」

「嗯——」

「嗯什麼？」

「彈吉他不會出名啦。要紅最好是唱歌，站在最前面自己唱。」

歐若拉也走到後巷，說要買冰淇淋，問有沒有人要吃。

理查德說：「我要 tutti-frutti 口味喔。」

法蘭奇笑了。

「你笑什麼？」

「Tutti-frutti 是義大利文。」

「什麼意思？」

「『全部都是水果』的意思。」

「哎呀，早知道這個意思就好了。」

「怎麼了嗎？」

「我寫了一首歌。」

「歌名叫？」

「Tutti Frutti。」

「賣水果之歌嗎？」

「哪是啊！是這樣的……」

理查德搖頭晃腦，扭扭屁股。

「要不要聽聽看啊？」

他腳還踩在擦鞋台上，當場唱了一段歌詞，是響亮的布吉伍吉（boogie-woogie）曲風。法蘭奇點頭，雙眼大睜，擦鞋童也笑了出來。

法蘭奇建議：「不然你就錄這首吧。」

過了幾分鐘，理查德開始錄了。一氣呵成，室內活力明顯可見，理查德還在曲中大叫：「啊——」讓薩克斯風開始獨奏。一開始歌詞太煽情，錄音室有個女生趕快做了新詞填上。過了十五分鐘，歌詞就錄好了。（很快對吧？別忘了都是音樂之神給你的天賦。）

〈Tutti Frutti〉由未具名的法蘭奇吉他伴奏，後來極度暢銷，也替小鬍子理查德鋪下演藝生涯之路。後來，他就是人稱小理查德的樂手。

歐若拉拿著冰淇淋回來的時候，沒人理她。

「發生什麼事啦？」她問道。

快板繼續下去。法蘭奇把音樂工作的錢存起來，在聖誕節來臨前，買了一枚小戒指，一片薄薄的鑽石連著兩顆愛心。隔天晚上，他和歐若拉沿著運河街（Canal Street）散步，經過梅森布朗齊（Maison Blanche）百貨公司。櫥窗裡擺著年度裝飾，放上混凝紙漿雪人，名為冰果先生，是聖誕老人小幫手。歐若拉很喜歡這個戴小帽、眼珠黑黑圓圓的怪雪人。

她臉貼著櫥窗，像在宣告什麼：「聖誕老人沒有冰果先生，什麼都做不了。」

「歐若拉——」

法蘭奇打開小盒子。

「沒有妳，我也是什麼都做不了。跟我結婚好不好？」

歐若拉倒抽一口氣，眼淚滑落臉頰。我機警地察覺現場沒有音樂，但是向來可靠的法蘭奇輕柔唱起〈人間天使〉，讓那一刻變得圓滿。

人間天使，人間天使，

妳願不願意屬於我？
我親愛的達令，
我永遠愛妳。

歐若拉輕聲說：「聖誕老人要永遠和冰果在一起。」
「永遠。」法蘭奇說。
「無論發生什麼事。」
「無論發生什麼事。」
「好啦，那就結婚吧。」
兩人熱切親吻。她戴上戒指。法蘭奇對冰果先生做出脫帽動作，惹來歐若拉一陣發笑。

兩人原本訂了附近的教堂舉辦婚禮，到了要結婚那週，才發現他們缺了身分證件。法蘭奇和歐若拉算是邊緣人士，既沒有駕照，賺錢又幾乎領現。據我所知（提細節很無趣），如果要把證件辦到好，會拖上很長時間。

於是兩人取消教堂婚禮，借用朋友的俱樂部。請以前念過神學院的小提琴手充當證婚人，凌晨三點零七分，祝賀兩人禮成。歐若拉的姐姐賽西兒來當伴娘，擦鞋童艾利斯充當伴郎。會場有吃有喝，胖子多明諾彈琴，小理查德唱亂七八糟的歌曲，漢普頓遠從納許維爾過來，獻上口琴表演。

清晨，賓客都回家了。法蘭奇和歐若拉禮服也沒換，便沿河散步。

歐若拉問：「你記得我們第一次見面那天嗎？」

「在林子裡嘛。」

「你那時候很害怕。」

「我哪有。」

「你就有。」

歐若拉把鞋子脫掉，這時一群鳥飛過河面。

「那天也是你最後一次看到你爸。」

「他不是我爸。」

「今天他沒來，我很遺憾。」

「妳媽也沒來。」

「沒錯，她沒來。」

她牽起他的手，默默走著。走到遠處，穿著圍裙的男子潑了一桶水到人行道上，開始刷洗昨夜的酒後狼藉。

「法蘭西斯可啊。」

「怎麼啦？」

「我們現在都有家人囉。」

「妳和我嗎？」

「永遠都是家人。」

法蘭奇唱起〈永遠〉（Always），那是墨漬合唱團（Ink Spots）和法蘭克·辛納屈合唱的流行歌。歐若拉將他的手拉過來，勾在自己穿著雪紡紗的肩膀上。

「不是什麼都能當成歌來唱。」

「可以啦。」

「好吧，什麼都能唱。」

太陽升起，照在紐奧良東邊。兩人爬樓梯回到藥房樓上的家，躺在同一個枕頭上。之後法蘭奇睡著，頭埋在她的金髮裡，手放在她腰上。他參加過許多樂團，現在這個，是他畢生最愛。

26

一九六九年

在黑漆漆的胡士托音樂節回程中，音樂變得愈來愈大聲。法蘭奇聽到上方傳來藍調歌手珍妮絲．賈普林（Janis Joplin）的嘶啞歌聲。即使意識迷迷茫茫，還是能從1／4／5的和弦節奏中，聽出那首歌是〈一片我的心〉（Piece of My Heart）。在猛烈的副歌片段，歌手不斷放聲嘶吼，要愛人「拿去吧，拿去吧，再拿一片我的心吧」。

法蘭奇對著群眾喊：「舞台？」

有人喊著指路。「那邊！」

過了一分鐘，他再度喊叫：「舞台？」

「那邊啦！」

現在他有了方向，手中拿著蛋，對雙腿下達前進的命令。都是因為綠色藥丸，害他得在心中默念指令、移動膝關節，好像自己是個傀儡似的。「抬腿，伸直，站穩。抬腿，伸直，站穩。」

「先生，我可以彈彈你的吉他嗎？」

法蘭奇低頭，看到一個金髮小男孩，穿著條紋襯衫、白內褲，沒穿鞋，約莫六歲。他旁邊站著一個小女孩，比他還小，一樣穿著內褲，兩人都在泥巴池裡玩耍。

女孩問：「他彈完可以換我嗎？」

法蘭奇歪著脖子，想要處理眼前的狀況。**小孩，晚上，在泥巴池玩**。他其實該繼續走，但是不知為何跪下，伸手摸向背上的吉他。

他問：「你說這把嗎？」

男孩說：「對啊。」

「你知道怎麼彈嗎？」

「當然囉。」

「我也知道。」妹妹在一旁附和。

「我媽媽的男友會彈。」

「你媽媽在哪裡啊？」

「在那邊。」

男孩指向披著毯子圍坐成一圈的人，他們傳著大麻。法蘭奇想知道哪個才是母親。他搔搔頭，告訴自己，**繼續走**。

男孩問：「要不要泥巴？」

「啥？」

「給你一點泥巴。」

「好哇。」
男孩捧了一把泥巴到法蘭奇手裡。
「謝謝你。」
「現在可以讓我彈吉他了嗎？」
「你太小了。」
「我一點都不小。」
法蘭奇想起自己小時候在維雅雷亞爾音樂學校的經驗。那次巴法和校長吵了起來。
「嗯，你一點都不小，」法蘭奇咕噥：「沒錯。」
他站起身。他想起躺在毯子上的歐若拉。自己在這裡做什麼呀？為什麼沒有陪著她呢？這些小孩又是誰？他現在聽到的歌，歌詞到底在說什麼？拿去，拿什麼呀？舞台，**繼續走**。
他小聲說：「去找媽媽。」
「可是我們想彈吉他。」
法蘭奇把泥巴抹回男孩手中之後，跌跌撞撞往音樂傳來的方向前進，他的心有一小片已經被拿走了。

一九五六年

法蘭奇和歐若拉進展到慢板，速度降了下來。

法蘭奇的才華讓他變得搶手。他要去現場表演，錄音室錄音。據我估算，一九五五到五八年間，他與四十六個樂團合作過。一開始，還沒產生什麼問題（一開始，什麼都不是問題）。只要歐若拉有空，就跟著他到處去。沒事時，她待在兩人的小公寓裡。屋內有架著鐵欄杆的陽台，鋪了粉彩磁磚的廚房裝有舊的木製廚具。

她待在那裡，覺得很開心。她幫法蘭奇剪頭髮、收衣服。在演唱會上，她發現原本只為吉米．克蘭頓（Jimmy Clanton）、山姆．庫克（Sam Cooke）尖叫的女孩子，也開始注意到法蘭奇，注意到留著貓王頭的黑葡萄髮色吉他手。不過歐若拉並不在意。等他表演結束，他總會牽她的手，兩人漫步走過城市，在凌晨左右回家，聽唱片聽到迷迷糊糊，互擁入睡。太陽高掛天空時，歐若拉先醒來，泡茶，然後推法蘭奇。「起床，小懶蟲，要練琴了。」

差不多在這時，法蘭奇告訴歐若拉有關琴弦的怪事。有一晚，法蘭奇靠著床，給歐若拉看自己的吉他，道出之前發生的三件琴弦變藍事件：在碼頭與萊恩哈特相見時；在醫院中，漢普頓入睡後；還有歐若拉被帶刀男脅迫，法蘭奇支開他的那晚。

「你救了我耶。」

「大概吧。」

「不然我就死了。」

「不要那樣講啦。」

「結果，弦變藍了嗎？」

「對啊。」

「藍了多久？」

「大概幾秒鐘。」

「為什麼是變藍色？」

「不知道。」

「你可以預測這種事情嗎？」

法蘭奇搖頭。

「那變藍又是什麼意思？」

「大概就是，我有影響事情發展的能力吧。」

「只要你想，就可以嗎？」

「不是，是……」

「是怎樣？」

「如果對我很重要，大概就能影響吧。」

「所以我真的很重要囉？」

法蘭奇微笑。歐若拉靠近他。

「法蘭西斯可，我覺得不是這樣耶。」

「什麼？」

「琴弦是從哪來的？」

「老師給我的。」

「誰給他的？」

「他太太。」

「他太太又怎麼拿到的？」

「誰知道？」

「答案就在這裡囉。」歐若拉看向遠方。

「已經斷了三根了。」

「變藍的已經斷了？」

法蘭奇點頭。

「可能是弦已經達成任務了。可能你有六次機會。六條人命。」

「妳在說什麼？」

「你記得在林子裡那天嗎？你把吉他弦摺成花，然後我們把花插到墳墓上？」

「那又怎樣？」

「你幫助陌生人，為那六人做了好事，所以得到回報。」

「我覺得不是。」他聳了聳肩。「我不過是個彈吉他的。」

歐若拉直盯著他眼睛。

「才不只是個彈吉他的呢。」

一九五七年

法蘭奇和歐若拉的慢板持續進行。對於同一件事，兩人的看法逐漸不同。某天，法蘭奇接到電話通知，要去朋恰特雷恩湖畔（Pontchartrain Beach）的主題樂園表演。樂園位於紐奧良附近的湖邊，貓王預定在該處表演，樂團想找一名後備吉他手，因為貓王雖然背吉他，但是幾乎不彈。歐若拉也去看了表演。尖叫聲幾乎要讓人耳聾。最後一首歌唱完，歐若拉想到後台去，那裡卻擠滿歐斯斯底里的女孩。最後她放棄了，直接回家。

那天法蘭奇回家，看到歐若拉在家，鬆了一口氣。「妳跑到哪去了？我到處找妳耶。」

「太擠了。」她說。

「妳喜歡今天的音樂嗎？」

「聽不到。」

「他們想給我更多工作。」

「在那裡嗎？」

「在士里夫波特。」

「有點遠耶。」

「可是工作不錯啊。」

「你那邊情況怎樣？」

「大家跟瘋了沒兩樣。」

「貓王人好嗎？」

「他話不多，說他喜歡我的髮型。」

歐若拉笑了。「他當然喜歡囉。」

最簡單的和聲是這樣的：音符一同高低起伏，保持相同的音程，像是火車鐵軌那樣平行前進。

複雜化一點，就是對位法。兩首曲子獨立發展，雖然仍保持和諧，卻不再互有關聯，如同被車軸隔開。

婚後三年，慢板逐漸演奏到尾聲，法蘭奇和歐若拉的關係從和聲變成對位。法蘭奇搬到紐約，歐若拉在花店工作。他偷偷扮成貓王，在溫哥華辦演唱會；她則上教堂。他去洛杉磯，遇見經紀人敲敲，簽下合約；她學著怎麼煮淡水螯蝦。

有一天法蘭奇回家，說：「有大事要宣布：我們要搬到加州了！」

接下來是長達兩週的爭吵。要是伴侶中一人想搬家，一人不想，這種情況便很常見。到了月底，兩人還是把藥房樓上公寓的東西打包，面無表情，幾乎不發一語，把行李裝滿車後座。敲敲

想辦法幫法蘭奇辦了駕照，之後他買了一輛普利茅斯（Plymouth Belvedere）。

兩人離開紐奧良時，只有歐若拉回頭。

要是在以往，他們一定會邊開車邊牽手。但是當下，車裡裝滿衣服、樂器，還有兩顆心，對未來看法極為懸殊的兩顆心。車子開了三天，從南方移動到西岸。破曉前車子開到海岸邊，法蘭奇發現，日出看來像是巨大無比的柳橙。

一九五八年

歐若拉問：「你**不**彈吉他？」

法蘭奇說：「連納不想要我彈呀。」

時間正值聖誕節前夕，他們人在洛杉磯，街道無樹，住在毫無裝潢的公寓裡。

「他為什麼不想？」

「會妨礙我跳舞。」

「但你是吉他手啊。」

「歐若拉，我也要唱歌啊。」

「你的確唱得很好聽，可是……」

法蘭奇伸出雙手。「可是怎樣？」

「我比較喜歡你彈吉他。」

「我跟樂團合作的時候就會彈。」

「你這次不跟他們合作嗎？」

「他們要站在我背後。」

「你背後？」

「像加拿大那場。那晚我唱歌，沒彈吉他。」

「那又怎樣？」

「感覺很不一樣，我很喜歡。」

「加拿大那次，你又不是以本名登台，所以感覺不同啊。你明明知道自己並不是他。」

「我知道。」

「你並不是貓王。」

「我知道。」

「你一副你就是的樣子。」

「妳為什麼要說這種話？」

「因為這就是事實，法蘭西斯可。」

法蘭奇皺眉。「我是法蘭奇。」

「法蘭奇，取這名字又是連納的主意。他還有個名字叫敲敲是吧？真是個爛名字。」

歐若拉抓起自己的袋子，在裡面亂抓一通。「名字一個就夠了吧？」

「敲敲在幫我的忙。」

「你老師都怎麼叫你？」

「通常叫我『小子』。」

「你爸呢？」

「他不是我爸。」

歐若拉從袋中摸出一包菸，說：「你要怎樣就怎樣吧。」

「妳不想要這樣嗎？」

「我怎麼想重要嗎？」

「重要。」

「那我不想要你這樣！」

法蘭奇的腳快速敲打地面。

「我不會忘記怎麼彈吉他。」

歐若拉將袋子撲通一聲丟回空著的地面。

「諒你也忘不掉。」

「連納已經預定要我表演十場。同場的人很多，有漂流者和艾佛利兄弟二重唱。陣容大，人也多，我不彈吉他，他們不會在意，只想聽我唱歌。接下來，我也要開始灌唱片了，而且——」

「好了。」

「灌了唱片，會有很大的——」

「我說：『好了。』」

歐若拉的聲音轉為柔和。

法蘭奇問：「好了？」

「你要怎樣就怎樣。」

「妳說真的？」

「可不可以不要再講了？」

法蘭奇硬擠出笑臉，說：

「等著看，之後一定會很棒。法蘭奇，好神奇——」

「巡迴要多久？」

「我會變得很有名——」

「多久？」

「一、兩個月吧。」

歐若拉點菸。「就是三個月的意思。」

「妳為什麼抽菸？」

「我很想念紐奧良。」

「這公寓很棒耶。」

「太新了，我喜歡老東西。」

法蘭奇穿過房間，打開琴盒。

「妳看，是吉他耶。」他想逗她笑。

「彈〈Parlez-Moi d'Amour〉。」歐若拉說。

「那**是**老歌。」

「拜託你，彈給我聽。」

「好吧。」

法蘭奇把吉他背帶掛在脖子上，溫柔撥弦，接著跪下，唱起她點的歌。那是將近三十年前的法國歌曲。標題的意思是「跟我說愛我」。但是說到愛，那只是對著風聲喊話吧。歐若拉等著聽最後一節歌詞，眼中浮現淚光。

Du Coeur on guérit la blessure
Par un serment qui le rassure

這段歌詞意思如下：「治療受傷的心，請用誓言安撫。」

法蘭奇答應她，到了巡迴第一站就會打電話回來。

但是她知道，那時候自己已經不在了。

一九六九年

法蘭奇終於看到舞台了，黑暗中看起來像是點亮的方塊，照亮滿場群眾。

「欸，老兄，小心啊你——」

「喔？」

「清醒一點，老兄。」

「對不起——」

綠色藥丸的效力讓法蘭奇走路東倒西歪，撞到人群，視線時而模糊、時而清晰。他感到吉他敲擊背部。以前還在學吉他時，大師教他一個保持專心的方法，就是哼唱待會要表演的歌曲，這樣一來就能心手合一。

眼下法蘭奇走下又長又斜的山坡，穿過帳篷、流動廁所，經過盤腿而坐或互相靠躺的觀眾。他不斷念著三件事：「歐若拉……寶寶……早餐」。

他加快速度，想要讓事情回到正軌。「歐若拉……寶寶……早餐……」

「噢！」

「歐若拉……」

「小心一點嘛！」

「寶寶……」

「注意啦你——」

「早餐……」

突然間他跑了起來，然而奔跑可能只是自己的錯覺。燈光變得愈來愈亮，音樂愈來愈響，所經之處都有人耳語。

「請問……」

「歐若拉……」

「你看到剛才那個人了嗎？」

「寶寶……」

「哪個人？」

「背吉他的人，他叫什麼名字來著……普瑞斯托！法蘭奇．普瑞斯托，就是**他**啊！」

27

離維雅雷亞爾不遠，有座塔瑞加小博物館。館內展出許多照片，以及塔瑞加用過的若干吉他，還有一座半身石膏胸像，這座雕像曾是加士特隆縣（Castellón）貧困地區聖非利斯（San Félix）的珍寶。聖非利斯又稱為「戰馬」，因為那裡的勞動階層吃苦耐勞。他們極為推崇塔瑞加，一九二四年，亦即塔瑞加過世十五年後，他們追封塔瑞加為主保聖人。

每年十月，其他小鎮居民舉起天主教傳統聖人像時，聖非利斯居民則是拿著塔瑞加胸像遊行，舉行宗教儀式。年輕女子、座騎、裝滿鮮花的推車簇擁著胸像。據說神像具有法力，甚至會被帶回病人家中，施展療癒功能。

其他小鎮不認同這種作法，他們質疑吉他手怎麼能當神？然而這種情況豈不類似現代的明星造神嗎？人類的世界充滿神話過的表演者，他們的存在能吸引信徒吶喊奉獻。

歐若拉離開法蘭奇之後，他也展開神話般的生涯。從一九五九年八月，到一九六四年十月，他的唱片銷售超過三百萬張，錄製了五張專輯，有四首歌曲登上流行音樂排行榜前十名。〈想要愛妳〉、〈搖搖〉都由他作曲，演唱會觀眾從幾百人變成幾千人，再變成幾萬人。他去「美國舞台」、「蘇利文秀」及電台節目「卡夫特音樂廳」（The Kraft Music Hall）表演，照片上了雜誌封面、廣告看板。法蘭奇穿上花花綠綠的打歌服，和成套的鞋子。又黑又密的貓王頭往後梳，改成鬢髮髮型。有時唱歌時，一綹頭髮溜到前額上，跳舞時那撮頭髮跳動，女孩子叫著他的名字。

全美唱片行裡，歌迷拿著他的唱片，只為了看他的帥臉。其中一張專輯《想要愛妳》的封面是他坐在敞篷車裡，穿著褐色休閒外套和粉紅襯衫，手伸出窗外在棕髮女子手上簽名。場景看來像是他的演唱會，其實是由專業攝影師安排調度。身材勻稱、杏仁眼的棕髮女子來自德州，由敲敲挑選出來拍攝。

女子本名是蒂羅樂絲·雷（Delores Ray）。

在我看來，她跟其他和法蘭奇廝混的女人沒什麼兩樣，誰也無法威脅我的地位，只有歐若拉能與我匹敵，爭取對法蘭奇的掌控。然而如同前述，歐若拉這些年都不在他的身邊。法蘭奇巡迴結束後，回到加州公寓，發現她的黃色行李箱不見了。

起初法蘭奇感到憤怒、受傷，想喝酒忘記歐若拉。敲敲卻讓法蘭奇回去表演，兩年都沒有休息。歐若拉離開，與法蘭奇成名正好同時，乍看之下像是巧合，但我向你保證絕非如此。其實歐若拉知道他分心做很多事，不僅要顧音樂（這點她能體諒），也充滿成名的野心（這點她不能）。她離開時的先見之明讓我十分佩服，她知道事業成功像海浪一樣席捲而來，浪退後卻會將他捲走。

所以她先離開了。

在此同時，蒂羅樂絲因為拍攝專輯封面，演出電視連續劇「蒂蒂的冒險」（The Adventures of

Dee Dee），自己也開始成名，敲敲在後面下指導棋。蒂羅樂絲演電影，和不只一名演員傳出緋聞。然而，她的熱情在面對法蘭奇時，最為強烈。拍攝專輯封面那晚，她吻他，說法蘭奇是「我見過最特別的人」。看來她被我的愛徒迷得神魂顛倒（有我加持，一點也不意外吧？），雖然法蘭奇並不愛她，卻覺得她很誘人。敲敲鼓勵他們交往，因為他知道大眾喜歡看俊男美女的名人情侶。兩人在餐廳吃飯，他甚至幫忙買單，打電話跟攝影師報備兩人行蹤。

最後，敲敲建議兩人結婚。

時值一九六四年末，當時法蘭奇開始退燒，唱片銷量愈來愈差，大眾跟風猶如兒童注意力一樣變化不定。再加上英國傳來新流行樂，主宰當時的唱片銷售。法蘭奇不再自己寫歌，反而被迫唱其他人譜寫的歌曲。要是法蘭奇抗議，敲敲會提醒他已經跟唱片公司簽了大合約，他被定位成「青少年偶像」，這種頭銜聽來就不能長久。

法蘭奇的吉他呢？他幾乎不彈了，魔法琴弦遭到遺忘，吉他關在新家的漆黑櫃中。根據我精準的計算，新家有五間臥室、兩座泳池、十六面鏡子。

我多想要告訴你，法蘭奇的事業走下坡，他一點也不在意，當主角、當配角對他來說都一樣。唱片賣一百萬張和賣五十萬張，也沒什麼不同。唯一要緊的只有音樂，只有音樂的救贖。但是我不能這樣講，因為名聲使人成癮。法蘭奇失去生命中的導引力量，身邊少了大師，少了巴法，少了漢普頓、歐若拉，他載浮載沉。

過去在河邊漂流時，他捉住了狗狗的牽繩。這次，他要改捉其他東西。

「結婚？」

敲敲說：「在夏威夷海灘上結婚喔！錢我來付，算是新人賀禮。」

「可是連納——」

「怎樣？」

「我已經跟歐若拉結婚了。」

「誰說的？你有證書嗎？你自己也跟我說過手續沒辦法辦，而且你最後一次見到她又是什麼時候？四年前？五年前？拜託喔，法蘭奇，她不會回來了啦。」

「不要那樣講。」

「而且你也不是一直守身如玉嘛。」

「連納——」

「好了。我不是要批評，但是蒂羅樂絲為你瘋狂耶，大家都知道你們之間有什麼。」

「誰說她想跟我結婚啊？」

「你相信我嘛。跟她求婚就好啦。」

「我連戒指都沒有。」

「我幫你跟珠寶店說好了，這禮拜什麼時候去都可以。今天要去也沒關係。」

然而敲敲沒說的是，這場婚姻並不是為了蒂羅樂絲，反而是為了法蘭奇。敲敲怕自己旗下歌手用盡登台好運，怕民眾再也不會膜拜這尊偶像，將他放下，從此不再高聲呼喊他的名字。法蘭奇正在走下坡，相反地，蒂羅樂絲運勢上揚，她的光芒可以照亮他。

「連納，我不知道耶——」

「要知道什麼啦？難道每晚回家看到這女人，會有什麼問題嗎？」

「不是——」

「那有什麼問題？」

「她很好，但是——」

「法蘭奇，你聽我說。」敲敲手搭在法蘭奇肩頭。「結婚對你的職業生涯有好處。」

真不知道這種話是誰想出來的。也不知道是誰發明「職業生涯」這詞彙。我只能說，打從人類一開始出現，我就存在，為生命織錦配唱一針一線，覺醒、痛苦、愛情、四季，各有其聲。但在無法盡數的樂音之中，沒有「職業生涯」的專屬聲音。

為什麼要這麼麻煩我呢？

婚禮如敲敲所願，成為報紙頭條。新人在夏威夷度蜜月，每天都有攝影師跟拍。當然，法蘭奇唱片銷售量提升了，但為時短暫。蒂羅樂絲又接下一部大成本電影，搬進法蘭奇的豪宅，把吉他收到了較小的櫃子裡。法蘭奇看著她這樣做，想起歐若拉。他再度開始飲酒，把酒瓶帶到陽台上或泳池邊。

一九六五年夏季某日，敲敲打電話要法蘭奇到辦公室，那裡有個他從未見過的人。

敲敲說：「孩子，你過來。」法蘭奇過去，敲敲把他頭髮弄亂，弄到額頭上的劉海亂成一團。

敲敲問陌生男子：「如何？」

男子點頭，「就那樣吧。」

「這位是艾倫．艾德嘉（Allan Edgar），電影導演。我們要讓你演電影喔。怎麼樣？」

法蘭奇聳了聳肩，他不喜歡頭髮被弄亂。

「你跟蒂羅樂絲合演。浪漫情侶拍檔，很來電吧？」

導演笑了。

「而且最棒的地方是，我們要在倫敦拍戲。這是艾倫的主意。什麼英國文化大入侵，去死吧，我們才要入侵呢！怎麼樣，法蘭奇？你去過倫敦嗎？」

法蘭奇低頭，想起之前坐船，想起被包在毯子裡，放在貨物上，送到南安普敦碼頭。有人要他「保持安靜」。好幾個小時他靜靜不動，聽著自己的呼吸，嚇到不敢動。最後他覺得有什麼東西在肚子上動來動去，掀開毯子一看，海鷗掠過自己的臉飛走。他尖叫，海鷗飛過英格蘭的白色天空。

「沒有，我沒去過倫敦。」法蘭奇說。

「三週之後出發，動作要快。」

「我還要錄音。」

「拍完再錄。」

「那新專輯怎麼辦？」

敲敲看看導演，再看看法蘭奇。

「我們先拍電影，對你有好處，而且很好玩。」

法蘭奇沒有說話，但覺得腹中有股灼熱感，他從褲子後面的口袋拿出梳子梳頭髮。

「不要梳，現在這樣比較好看。」敲敲說。

法蘭奇把梳子放回去，灼熱感變得更強了。

吉他手羅傑的話

羅傑．麥昆（Roger McGuinn），伯茲樂團（The Byrds）吉他手，創團元老，曾獲選進入搖滾名人堂

最好聽的法蘭奇故事嗎？我把他介紹給披頭四，那個故事不錯。

時值一九六五年夏天，伯茲樂團第一次去倫敦巡迴，法蘭奇在那裡拍電影。他看了我們表演後，到後台來問我Rickenbacker十二弦吉他的事情。我高中時看過他的演唱會，覺得他的髮型很酷，卻完全不知道他吉他彈得那麼好。

那年，伯茲樂團大爲流行，專輯《鈴鼓先生》（*Mr. Tambourine Man*）登上英國排行榜第一名，所以我們才去倫敦。但是那場巡迴的反應不甚好，英國那邊把我們當作美國披頭四，要追上他們多難啊。媒體盯上我們。

總之，法蘭奇來看過的那場表演，正牌披頭四也來了。我們的公關德瑞克．泰勒（Derek Taylor）以前是他們的公關，所以打點好一切，約好之後要在俱樂部樓上的房間見面。

我們都很緊張，貝斯手表演時還把弦彈斷了。之前從沒發生過這種事，他一定是不知不覺中彈得很大力吧。

總之我們進了房間，約翰．藍儂和喬治．哈里遜都在。約翰說：「表演很棒喔。」我竟然想跟他道歉。後來我說，沒有啦，沒有很好。他取笑我一番，然後說：「你的小圓眼鏡借我一下。」他說的是我的圓框眼鏡。約翰試戴，之後的事大家都知道啦，他開始戴那種眼鏡，而且流行起來。

話講到一半。我說法蘭奇前晚來過，約翰唱了一下〈我們的祕密〉，說那首歌是他聽過最酷的民謠之一，還說法蘭奇在那之後就沒發過好專輯了。

隔天晚上，我在私人俱樂部和保羅．麥卡尼見面。他開著新買的奧斯頓馬丁（Aston Martin）DB5車子，載我看看倫敦。我跟他提到法蘭奇，他很激動，表示聽說過法蘭奇曾在貓王團裡表演。後來同一週，滾石那裡有個派對。那時英國大團都一起瞎混，保羅建議我把法蘭奇帶去，這樣就能確認貓王事件是眞是假。大家都景仰披頭四，披頭四景仰的卻是貓王。

隔天，我找到法蘭奇的片場，順路繞過去。片場在卡納比街（Carnaby Street）的倉庫附近。以前我們都在那條街買衣服，你知道，就是伸縮牛仔褲和有拉鍊的黑長靴。我找到他時，他一個人坐在導演椅上打瞌睡，一看到我就跳起來，把我介紹給他太太蒂羅樂絲認識，那時她是美國電視明星。

我把保羅的話轉告法蘭奇。蒂羅樂絲看來大吃一驚，問法蘭奇：「你什麼時候跟貓王表演過了？」他說那不過是個很瞎的謠言罷了。後來我邀請他去派對，蒂羅樂絲興高采烈，說：

「披頭四和滾石都要去？我們也要去！」後來她去拍戲，法蘭奇表示參加派對不太好。我總覺得，他太太讓他很尷尬。

我們繼續討論吉他，問他晚上要不要過來飯店混一下。當晚他提早半小時到，帶了舊琴盒，拿出破爛吉他。我連那個吉他廠牌都不知道，商標蓋起來了。後來我們開始彈，我發現他手很大，很多偉大吉他手都是這樣，像是吉米就可以用大拇指扣住琴頸，這樣彈起來很穩。

總之，那時我還以爲自己是厲害的吉他手，才聽他彈了二十分鐘，我再也不想彈吉他了。法蘭奇獨奏，做出許多特別的顫音。我問他彈的是什麼，他提到一些古典作曲家，像朱利亞尼（Mauro Giuliani）、海頓（Haydn）。我問：「那是誰啊？」然後又帶出萊恩哈特、蒙哥梅利（Wes Montgomery）等人名。法蘭奇並非想炫耀。他本來就很厲害，藏不了鋒芒。

我們後來即興彈了一些基本曲子，像是〈午夜特快〉（Midnight Special）或是吉米．里德（Jimmy Reed）的〈使我暈眩〉（You Got Me Dizzy），又彈了一些披頭四的歌。他將他們的曲子徹底改編。一度他發出微笑，我問他：「有什麼好笑的嗎？」他說：「沒什麼啦。只是有一陣子沒有好好彈吉他了。」我聽了再度想挖洞跳進去。如果一陣子沒彈的表現是這樣……然而他讓我覺得，他好像被榨乾了。跟你保證許多早期搖滾歌手都有同感，大家只希望你反覆做一樣的事。

法蘭奇說他想念以前玩團的時光。我跟他開玩笑，叫他來伯茲樂團，披頭四來看表演時不要彈斷弦就好。他看著自己的吉他，問我：「羅傑，你知道最上面那三條弦已經用多久了嗎？」我說不知道。他說：「二十年了。」我說太扯了，都沒斷掉嗎？不可能吧。他搖頭說：「我也知道，不過這是事實。」

好……回來講披頭四的故事。派對辦在滾石的房子裡，大概是滾石的創團元老基思．理查茲（Keith Richards）的吧。漂亮的棕色房子，三層樓高。我記得他們給我們看過管家會幫他們捲好大麻，早上放在樓梯上。那些年就是這樣，派對上有很多毒品。

派對開始一個小時，法蘭奇出現了。我說：「還以爲你來不了了。」他說：「我不能待太久。」我到處跟人介紹他，賓客都是很酷的人。我記得，我、法蘭奇、喬治．哈里遜，艾瑞克．克萊普頓（Eric Clapton）討論到老派藍調歌手鉛肚（Leadbelly）。法蘭奇很熟悉那個人物，因爲他自己住過路易斯安那。他說鉛肚唱歌太好聽，獄卒聽了他的歌聲後竟然放過他，而且放了**兩次**，其中一次還是因爲殺人入獄！我們笑了，說以後要是被起訴，也要試試看這招。

我記得法蘭奇跟保羅、林哥見了面，處得不錯，儘管法蘭奇提到自己沒有眞正跟貓王表演過，保羅聽了有點失望。法蘭奇跟約翰見面時，約翰卻對他的髮型有點意見。那時法蘭奇留著拖把頭，約翰看了笑說：「偉大的法蘭奇．普瑞斯托，現在也要跟披頭四看齊了嗎？」我覺得約翰那樣講沒什麼惡意，但是法蘭奇很在意，不久便離開派對。

過了幾天我看到他，他還是有點不開心。我說忘了約翰的話吧，他人就是那樣。我還說，他應該回頭彈吉他，他彈得那麼棒。如果我們錄音時，他想來伴奏，隨時歡迎。

那週我們樂團回到美國，不知道他後來電影拍得如何？聽說他拒拍，後來也和經紀人鬧翻。之後再看到他，也是最後一次見面了。大概在英國行四年之後，我在格林威治村的俱樂部遇見他。他幫搖滾樂團伴奏，站在他們後面，彈一些間奏，沒有唱歌，戴著墨鏡。到表演結束時，我才確認那就是他。我走上台，問：「你是法蘭奇嗎？」起初他看到我好像很開心，不過講了一陣子之後，他想起英國派對的事，有點不太想說話的樣子。我問他想不想來我們樂團合奏。他說沒辦法，有很多事情要忙，老婆要生了。或許在那種爛酒吧表演，讓他覺得很丟臉吧。我眞的不知道。他問伯茲樂團會不會去胡士托音樂節表演。我說不會，我們已經去過很多音樂節了。然後他說要去洗手間，再也沒回來。

聽到他過世，我眞的覺得很難過。當時我正在法國巡迴，覺得沒去葬禮好像虧欠了他什麼。多虧有他，我才能成爲更好的吉他手。眞的要多虧他。一起彈奏的那晚，我才知道眼前還有多長的路要走。音樂有時候需要一點競爭，就像是諺語說的那樣，互相砥礪嘛。

有人說，後來他終於在胡士托登台，但我一直沒辦法確定……現在應該可以確定了吧？

28

且讓我回答麥昆先生的問題：法蘭奇的確去了胡士托音樂節，也上台表演，卻完全不是所有人想像中的那種——他根本沒獲邀，沒人要他去音樂節。他去了，不過是自欺欺人，以為能重溫過往，有大批群眾為他的音樂歡呼。然而，沒有樂團需要這傢伙，而且接著就會看到事情混亂得一塌糊塗。他的出現，為迷途的自己寫下悲哀的一章，也為他和歐若拉的交響曲主要樂章畫下休止符。

現在他們來到小步舞曲，節奏3/4拍。用手指敲敲節奏，一、二、三，一、二、三，一、二、三，一、二、三，你會發現這節奏讓人頭昏昏。沒錯，小步舞曲又稱為詼諧曲（Scherzo），也就是玩笑的意思。

「玩笑」這個詞十分符合六〇年代中期的法蘭奇，他是個「悲傷的笑話」，還有什麼話比這形容還要尖銳呢？他覺得自己的音樂不受重視，想法無人傾聽，在敲敲辦公室感受到的灼熱感日益強烈。藍儂批評他模仿披頭四，更是火上加油。一九六五年如泡沫般破滅了，他在那年最後幾個月做了以下事情：

離開倫敦不拍電影，毀了自己的電影事業。

離開敲敲，毀了工作機會。

離開蒂羅樂絲，毀了婚姻，導致官司纏身，財務困窘，狀況對他不利。更糟的是他予以忽視。他剪了頭髮。

法蘭奇像參孫推倒身邊的柱子那樣，搗毀身邊所有事物，讓自己一無所有。後續幾年，他倒在後續的廢墟之中，沉迷於毒品。如我之前沉痛所述，他以為音樂的真正力量隱藏其中。

後來他定居紐約，居所是格林威治村西十二街的一樓昏暗公寓。他作息不正常，睡覺睡不好。他練琴練不停，不彈則精神恍惚。只要付錢，不管什麼樂團請他工作都做，什麼錄音室請他去也不拒絕。為了做假帳，薪水拿現金。如果對方沒錢，法蘭奇也收毒品、菸、酒當作報酬。

他回想童年，想起以下對話：

「大師，你爲什麼喝這麼多？」

「這問題跟音樂無關。」

「大師，你是不是在傷心？」

「這也跟音樂無關。」

「有時候我也會傷心喔，大師。」

「多練習，少說話，就會開心一點。」

「好的，大師。」

每個人活著都會參加樂團，然而也有入錯團的時候啊。

一九六八年

回到愛情故事吧，他倆現在進行到小步舞曲，是一種短舞。十二月的某一天，法蘭奇應門，衣著不整，睡眼惺忪。眼前是歐若拉，披著圍巾，戴著手套，金髮塞在帽子底下。

她問：「你跟女演員結束了嗎？」

「結束了。」

「文件那些也弄完了？」

「嗯。」

「現在我們可以結婚了嗎？」

「妳想的話。」

「正式結婚那種。」

「正式的。」

「我只是來確認一下而已。」

「妳會留下來嗎？」

「不會。」

又過了好幾個禮拜，他都沒見著她。某個星期四下午，她又敲門。

「你在練琴嗎？」

「對。」

「有表演嗎？」

「可以的話就表演。」

「還會吸毒喝酒嗎？」

「有時候會。」

「你要戒掉。」

「我知道。」

「那就戒啊。」

「妳會留下來嗎？」

「不會。」

下個月，她又來了。這次她待了幾小時。再下個月她又來了，並且過夜。

她反覆操作這個模式，像是小步舞曲，從冬天跳到春天。最後，在下著暴雨的禮拜一早上，她再度出現。這次一手拿傘，一手提黃色行李箱。

法蘭奇笑了，問她：

「妳會留下來嗎？」

「我懷孕了。」她說。

29

一九六九年

該把胡士托音樂節做個了結了。法蘭奇總算到了舞台後台，那時音樂節已經崩壞，全體人員一團混亂。直升機把表演者載到降落處，他們走過岌岌可危的木橋上台，樂手卻被撇下不管，很多人根本不知道要去哪裡表演。由於大雨，電力供應失常，音箱發出吱吱聲，補給品也沒了。星期天早上的黑暗時刻，活動已經變成歹戲拖棚的派對，卻沒有真正結束。觀眾想辦法抵擋睡意，保持乾燥。

經常有人說，胡士托音樂節後台的飲料攙了迷幻藥。這件事我不確定，不過法蘭奇到了後台時，感到無比口渴，把第一眼看到的飲料喝掉，把摺疊桌上擺好的紙杯通通喝光。他臉上都是泥巴，白襯衫骯髒，頭左右晃動。

法蘭奇一直咕噥：「歐若拉……早餐……寶寶……」

他看著其他樂手，他們一臉幸災樂禍地看著他，或是別過頭去。餐巾紙附近擺了一大桶水，他走過去嘩啦嘩啦把臉洗乾淨。最後，在史萊與史東家族（Sly & The Family Stone）唱著〈起來！〉（Stand !）的震耳欲聾樂聲中，法蘭奇左搖右晃，跳起小步舞曲的最終章。

「歐若拉！」

他喊得天旋地轉。他喊得腳步踉蹌。他舉起蛋盒。

「歐若拉！我回來了！歐若拉！」

他引來眾人目光，踉蹌跌倒，再度起身。他的喊叫聲被樂聲吞沒，當主唱開口，吉他刷弦，完全聽不到他的聲音。

「**起來！**」

「歐若拉！」

「**起來！**」

「歐若拉！」

「**起來！**」

場上卻沒有她的身影。

表演終於結束，樂團接受熱烈掌聲時，已經是清晨四點五分了。場燈熄滅，一片黑暗。

法蘭奇下定決心彈奏吉他，

好讓歐若拉回到身邊，

好讓他倆的命運改變。

以下將有令人不適的場景。容我為自己的愛徒辯護：事情發生時，他神智不清，身體、理智、良心處在三個完全相異之處。他跌跌撞撞走上斜坡，上了大舞台。沒人攔他，因為他脖子上掛著吉他，又一副自以為是表演樂手、知道該往哪兒去的樣子。幾名工作人員開始準備下一場場布（表演的是英國知名樂團「誰」〔The Who〕），但是那時很晚了，工作人員精疲力竭，沒空理會胸有成竹、往音箱走去的長髮樂手。法蘭奇低聲自言自語，拿起灰色導線末端往自己的吉他插下去。他沒辦法邊拿著蛋邊彈吉他，所以彎腰把蛋放下。此時盒子彈開，藉著微弱的月光，他看見所有的蛋都破了。

他的眼睛充滿淚水。

幾週前，也就是麥昆在紐約看到法蘭奇的那個晚上，到底發生了什麼事。讀者不知道，其實也沒人知道。懷孕的歐若拉搬到法蘭奇的公寓，條件是他要嚴格遵守她的規定，重新振作：表演完直接回家，準備成為孩子的好爸爸。不能吸毒，不能喝酒，不准找其他女人。那時她懷孕五個月，兩人之間的協議運作無礙。然而法蘭奇一看到麥昆，便想起一九六五年的倫敦行，也想起披頭四、派對，想起自己如何從世界知名歌手淪落到現在的地步，在又溼又臭的俱樂部裡表演。他因此自尊心受挫，心情低落，跟樂手在地下室抽菸喝酒，待到破曉才回家。

日出之後，他腳步不穩地回到家中。重蹈覆轍讓他覺得羞愧，準備好攤牌面對。但屋裡一片漆黑，他靜悄悄地走進臥室，鑽到毯子底下和歐若拉一起。他的動作推擠到她。她醒了過來，略帶睡意，翻身將手臂放在他身上。

她咕噥：「法蘭西斯可。」

他低聲：「歐若拉。」

「歐若拉是破曉的意思。」

「我知道。」

「我餓了。如果你愛我，就幫我做早餐。」

他深深嘆息，安全了。她不知道他幹了什麼。他跟自己發誓，再也不會這樣了。

他答應她：「等一下我去買蛋。」

接下來，只要他保持清醒就好了。

結果他卻閉上了眼睛。

那天晚上，他好累好累。

一個小時之後，歐若拉被法蘭奇的打呼聲吵醒，決定自己做早餐，順便幫他煮點什麼來吃。冰箱裡什麼都沒有，她穿上外套，拿起包包，離開家門，在雜貨店買了蛋和洋蔥。回家路上，離家還有一個路口時，三個年輕人從巷口跳出來，不懷好意地上前，推擠她要搶包包。包包勾在她的手臂上，被搶的時候她往回扯，直直倒向其中一名搶匪，他抬起腿正中她肚子。她跪在地上，包包仍掛在肩上，她又被踢了一腳，包包才鬆開。其他兩人罵他，接著跑了。踢人的也轉身跑開。

計程車急煞停下，跳出一名男子，歐若拉發出哀叫聲，倒在人行道上開始發抖。

醫院打第一通電話來時，法蘭奇在睡覺，完全沒聽到。第二通也是如此。等他終於去到醫院，歐若拉已經產下死胎，包在毛巾裡，拿給她抱了一陣子之後，就被拿走了。法蘭奇進到病房，歐若拉看著窗外，臉上有瘀青，身上多處包紮著。她轉頭，法蘭奇像雕像一樣僵在原地，每個毛細孔都散發出內疚。

他低聲問：「是誰做的？」

她搖頭。

「他們怎麼……」

她搖頭。

「為什麼……」

他已經想不到有什麼可問了。

她低聲問：「你剛剛在哪裡？」

從那一刻開始，到後來在胡士托音樂節彈奏，這幾週的時間，法蘭奇都記憶模糊，幾乎什麼都不記得。而且我可以作證，他沒有一天清醒。他不敢面對歐若拉，不敢面對任何事情。他一路跌跌撞撞從醫院回家，拿了吉他之後再也沒回去。他搭便車到紐約北部，找到什麼毒品就吸，避免讓自己想起發生過什麼。然而，他飽受摧殘的心靈還是無法忘記，反而日復一日在心中描繪歐若拉的模樣，直到後來現實與幻想失去了界線。最後在胡士托，他想像歐若拉睡在山坡上，要他做早餐，於是他徒勞出門買蛋回來。

他從蛋殼旁邊退開，憤而將吉他上的音量鈕轉開，聽到巨大音箱傳來嗡的一聲。音箱上放了空啤酒瓶。法蘭奇模糊地想起漢普頓教他的一個小伎倆。他將啤酒瓶對著音箱敲，將瓶身、瓶頸利落地敲成兩部分。無名指從瓶口穿過瓶頸，這樣就能使出玻璃滑弦。藍調樂手經常使用此技改變弦的音調和顫音。皮膚沾上瓶內液體，溼滑的感覺很好。他點點腳尖兩下，用滑弦衝上琴頸，爆發出一陣第七Ｂ和弦，想把音樂鬆開。

不在台上的樂手聽到吉他聲抬起頭來，台上流瀉出的和弦聽來十分純淨，樂手只看到一片黑暗。法蘭奇開始像鬼一般地彈奏，糾結的琶音愈來愈快，滑過琴頸猶如火箭墜毀。他踩著腳邊的效果器，做出蜂鳴和哇哇的音效。他壓住高音Ｄ，手指抖動，像要抽取每個琴格中的呼吸，接著彈出驚人的藍調，音階上上下下。台上沒有其他樂器伴奏，沒有鼓，沒有貝斯。吉他獨奏時，通常伴隨主旋律，或跟著一段節奏。眼前卻是純粹的吉他表演，撥弄琴弦之際，添加旋律，讓這場表演更加精彩。他像冒著激烈的逆流而上，我在他體內待過這麼長時間，想不起有哪次戰況比現在還激烈。獨奏之中的音樂，有如暴雨中翻飛的紙片，出現了一片片的鉛肚、莫札特、切特·阿特金斯（Chet Atkins）、塞戈維亞。法蘭奇拼接影響過自己的音樂，淚水滑過臉頰，滴在手指上。

那時，他看著琴弦，喊著：「變！……變！」

他希望琴弦變藍。

混亂的腦相信自己可以扭轉那晚發生的事，拯救小孩，把歐若拉帶回身邊。他不是有這種力量嗎？如果琴弦現在不變色，那還有什麼用呢？

「變！」

他手指像是飛了起來，獨奏即將炸毀音箱。

「**變！**」

最後一股音符湧現，是韋瓦第，還有查克．貝瑞，吉他聲響源源不絕，情緒原始，沒有盡頭。舞台邊有個音控嘀咕：「我來把他趕走。」但他走過「誰」樂團身邊時，團裡的吉他手比特．湯炫（Pete Townshend）抓住他，低聲說：「不准！」

法蘭奇總計彈了兩分十七秒，以蝴蝶搧翅的手勢滑過琴頸和弦，聽來有如巨大的引擎慢慢停止運作，接著用玻璃瓶頸滑弦，推弦推出一個低沉音符、三組泛音，再加上最後收尾——

乒乒乒。

咚咚咚咚咚。

弦還是一樣沒有變色，他癱軟坐在台上。

由於現場沒有光源，沒人看到是他表演，而且那時將近清晨五點，許多觀眾還在睡覺。場上響起幾陣稀疏掌聲，幾聲歡呼。有人在黑暗中大吼：「**快讓『誰』樂團上場！**」

法蘭奇發現，人生中沒有任何事情會好轉了，只有黑暗，還有他自己。

於是他跪下，之前彈琴的姿態看來如同祈禱。我的愛徒彎腰往前，一如自己所受的教導那樣，伸出左手，舉直攤開掌心，彷彿祈求上天幫助。

那時，他想起大師說過：「笨蛋，神才不會給你什麼，只會拿走而已。」於是，他拿起玻璃酒瓶碎片刺進自己的掌心，一刺再刺，割開替他謀生的雙手，直到鮮血滿手，再也看不見手為止。

第四部

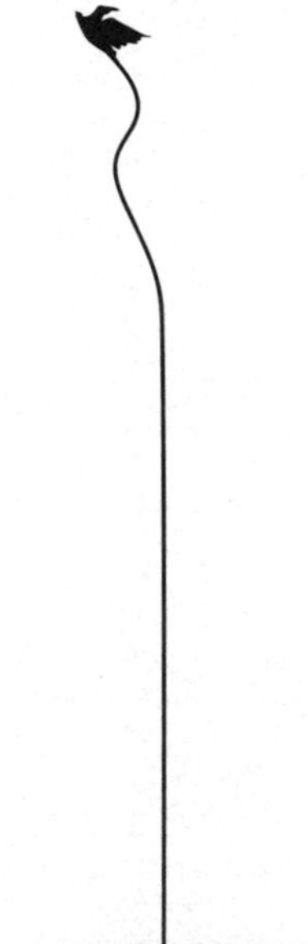

桑斯警長的話

鮑・桑斯（Pau Sanz），西班牙國家警察局長

現在可以說了。

不要說太久，好嗎？……我英文不太好。

我是警長鮑・桑斯，負責調查法蘭奇・普瑞斯托的死因。

欸？……還不知道，只知道他從市立音樂廳（Teatro Municipal）高處落下。那邊正在舉辦塔瑞加的活動。每年都有，從沒發生過什麼，從來沒有。

欸？……是啊，我們也不懂，他怎麼爬上去？怎麼會摔下來？可能有人推他？還是有人要害死他？

沒有傷口。手上有疤，但是沒有傷口。沒有bala。bala……就是子彈啦。沒人開槍。

我們一定要訊問啊。我們知道這裡是教堂，也尊重死者，但這是警察的工作。有人死了，一定要訊問。

欸？……沒有嫌疑犯。還沒發現。但有人說，今天早上看到他跟誰在一起。那個人穿很多衣服，遮住臉。這人可能對他做壞事吧？

對我來說，這案子很單純，就是謀殺，絕對是。

人不會飛啊。

30

一九八一年

渡輪駛進海灣，三名年輕人看著蒼翠山崖。

「看起來很像夢幻島。」其中一人說。

「小飛俠的夢幻島嗎？」

「我們是失落的小孩，被送去夢幻島。」

「失落的小孩當團名不錯。」

「我要當虎克船長。」

「你是叮噹啦。」

「你幹嘛歇斯底里？」

「全都閉嘴。」

時間來到一九八一年一月，地點是紐西蘭豪蘭吉灣（Haurak Gulf）的威赫基島（Waiheke Island）。這三名年輕人大學剛畢業，組了鄉村樂團，名字分別是萊爾（Lyle）、艾迪（Eddie）、喀拉（Cluck），都穿著牛仔褲和寬鬆棉T，頭髮濃密，身材消瘦。萊爾身高最高。下船爬上山丘時，萊爾和艾迪提著琴盒。

「泥們好！」

吉普車內坐著大塊頭男子，身材粗壯，紅光滿面，平頭銀髮，前臂上有刺青，單手放在方向盤上微笑，露出幾顆金牙。

「要搭車嗎？」

萊爾說：「要，先生。」

「上來。」

三人擠在後座。

「我是萊爾，他是艾迪，還有喀拉。」

男子笑了。「喀拉，軥軥軥。」

喀拉低聲抱怨：「大家都對我名字有意見耶。」

艾迪問老先生：「你叫什麼名字？」

「乾溫。」

「感恩？」

「凱文啦。」

「喔，凱文啊。知道了。」

「泥們美國人喔？」

「德州來的。」

「好，來走了。」

幾秒鐘過後，一行人顛簸行駛在島上主要幹道，途經大片起伏的草原，嶙峋海灣破開岸邊浪花。三人發現凱文跟經過的每一台車、每一個路人打招呼。

「那裡有幾個小捧油。」凱文對兩個小孩揮手。

「欸，大家勞力了！」他指著田裡打赤膊的工人。

艾迪小聲問：「他到底在說什麼啦？」

萊爾說：「我也不知道。」

「從歐租來夠？」凱文問。

「可以再說一遍嗎？」

「從澳洲過來的嗎？」

「是啊，先生。我們先飛到澳洲，再飛過來。」

「人家都說，澳洲是幸運國度，但紐西蘭是神的國度。」

「真的喔？」

「真的啦，少年仔。紐西蘭很美，看看那海，多美，對不對？」

熱空氣從搖下的窗戶吹進來，道路左彎右拐，經過一個個迷人海灣。路上沒有紅綠燈，凱文幾乎沒踩過煞車。

「神的國度喔。」他跟自己又說了一遍。

「你知不知道哪裡有便宜的飯店？」

「喔，少年仔。有很多哪。你們在放假喔？」

「大學剛畢業啦。」

「這樣很好啊，怎麼會想來這裡？」

「要來找人。」

萊爾拍拍艾迪的手臂。

凱文問：「找誰啊？」

「找一個吉他手。」

「兼唱歌的。」

「奇異果（kiwi）嗎？」

「啥？」

「Kiwi 是本地人的意思啦。」

三人面面相覷，像在下定決心的樣子。

「是美國人，原本是西班牙人。島上很多人你都認識嗎？」

凱文微笑，臉上皺紋像百葉窗堆起。「一定認識很多。」

他指著車窗外：「水果攤頭家是寇帝斯．莫爾蒙，他很歹逗陣……那邊的藍色房子是愛爾蘭佬的，來這裡過冬，叫莫里根還是密里根啊？我們就叫他阿紅啦……那邊那間小房子，你看到了嗎，是我朋友提姆的，人家叫他『可怕的提姆』，只有喝醉酒才會可怕……」

吉普車繞過彷彿要衝進海裡的起伏田野，每次轉彎都會露出風景如畫的海岸。

「那吉他手叫什麼名字？」

萊爾看著喀拉，喀拉看著艾迪。

「普瑞斯托。法蘭奇．普瑞斯托。」

凱文抓抓眼睛上方。「沒哪，不認識。」

他瞄一眼後照鏡。「你們三個都玩音樂喔？」

「我們組團。」

「喔，這樣很好哪，你們彈什麼？」

喀拉敲敲後座椅背。「我是鼓手。」

萊爾說：「我彈吉他。」

艾迪說：「我彈貝斯。」

凱文將車速放慢。「欸，少年仔，這樣啦，來我家要不要？看一下我老婆，她人很好喔。吃點東西，再送你們要去的地方，沒什麼好康的，就吃些阿里阿砸。」

喀拉緊張問：「你說吃什麼？」

「就吃剩菜啦。」凱文說。

萊爾說：「不用特別招待啦。」

「免客氣啦，要不是有你們米國人，二戰之後我們就要改說日文了咧。」

「你家有多遠？」

「離威赫基島不遠。」

「車錢多少？」

凱文搖頭微笑。「我不是開計程車的，只是住這裡而已。」

幾個小時過後，月亮掛在水面上，凱文家陽台看得到無數星星。三人肚子塞滿了雞肉、橄欖、起司、番茄、紅酒，還有一大堆紅酒。他們原本只想坐一下子，結果接受了當地人的熱情款待，待到太陽下山。潮濕微風讓他們腳步慢了下來，皮膚因出汗而微微反光。

三人向凱文及妻子蘿碧解釋為何執意找出法蘭奇。他們希望能再見到他一面，更希望聽到他彈吉他。

艾迪說：「他是個傳奇人物。」

現在距離胡士托音樂節已經十二年了，確實有段本人愛徒的神話開始形成。有個樂評家寫了一本暢銷書，聲稱法蘭奇是「早期搖滾樂中最具才華的吉他手」。伯茲樂團的麥昆在紀錄片中，描述自己曾與法蘭奇合奏，對方的技巧讓他目瞪口呆。雖然胡士托的痛苦吉他獨奏沒有正式錄音，但是後台剛好有卡式錄音機開著，兩分十七秒的盜錄版本成為玩家珍藏。同時許多人猜測彈奏者究竟是誰，候選名單有吉米．罕醉克斯、傑里．加西亞（Jerry Garcia）、The Who 的吉他手比特．湯炫，以及山塔納。上述人士都參加了胡士托音樂節，卻沒有人承認自己就是神祕吉他手。直到最近，才有人提起法蘭奇的名字。然而由於他消失在大眾面前，無人能夠確認，謎團愈無法解開，謎底便顯得愈有趣。

這三個年輕人一頭栽入法蘭奇謎團中，甚至為他的下落提供一套理論解釋：艾迪的表親在音樂許可權公司上班，追蹤〈想要愛妳〉這首歌的支票給付地址，結果發現寄送到紐西蘭威赫基島的郵政信箱。於是三人組（團名是「睿智吶喊」〔Clever Yells〕）決定將紐西蘭之旅當作畢業冒險，希望成為尋獲隱居吉他手的第一批人。

三人之中，萊爾看來最為入迷。他想辦法跟眼前這對好奇的紐西蘭夫婦解釋自己興味盎然的理由。

他說：「我小時候法蘭奇真的很紅，爸媽有他的唱片，我也把他的唱片封套掛在牆上。他真的太酷了，什麼都具備，歌唱得好，臉長得帥，彈得有技巧。結果突然退出，就此消失。有人說在吉他這方面，法蘭奇比誰都厲害，真的。結果他就那樣引退了。」

蘿碧問：「你找到他之後，想幹嘛呢？」

萊爾把頭轉開：「阿姨，這樣講可能很蠢啦，但是我真的很想好好玩音樂，而且我一直都在寫歌，希望有人來買。每次被人拒絕，都覺得像被一腳踢中肚子。我一直想他們為什麼不喜歡，想得都要瘋了。我想，要是見到法蘭奇，他可能會教我一些事情吧。」

蘿碧問：「教你怎麼賣歌嗎？」

「教我怎樣才不會想太多。」萊爾回答。

凱文看著蘿碧：「這些米國人思想很深刻捏。」

蘿碧大笑，凱文跟著笑，說：「很好笑齁。」萊爾淺淺一笑，但是轉開視線。聊完天夜已深，凱文說飯店一定關門了，堅持三人要在他家留宿，可以睡在沙發上。三人累到無法拒絕，只好接受。

翌日清晨，太陽才剛升起，萊爾覺得有人推他的肩膀。

凱文輕輕說：「少年仔，快起來。」

十五分鐘之後，又塞在吉普車後座的三人揉去眼中睡意。凱文駛離主要幹道，前往一處隱蔽的海灣。他開到林間空地，停下車子，指著一條小路。

「穿過去。」

萊爾問：「穿過去之後有什麼？」

「有你想找的。」

過了一陣子，三人撥開藤蔓，踩著潮溼的泥土前進。濃密樹叢高過人身，他們幾乎算是摸黑前進。突然，他們在樹林間看到一台冰箱，又看到兩台接好線的喇叭架在梯子兩邊。隨著三人寸步前進，光線也一道道增加。他們聽到轟隆聲，知道已經靠近海邊翻騰的浪花了。

「彎腰。」艾迪低聲說。

三人彎腰。

萊爾問：「怎樣啦？」

「你看。」

「看哪裡？」

艾迪指指左邊。透過灌木叢空隙，他們看到一名男子坐在吊床上，彎腰對海彈琴。

「就是他嗎？」

「天啊！」

「真不敢相信，找到了！」

「等一下。」萊爾用手指抵住嘴唇。「你們聽。」

三人往前靠，想從小浪花拍擊岩石的嘩啦聲中聽到音樂。

「聽到了嗎？」

「聽到什麼啦？」

「他在彈的東西啊。一定找錯人了。」

「他在彈什麼？」

萊爾搖頭。「只是音階練習而已，而且彈得跟小孩一樣。」

一九四四年

「大師。」

「怎樣？」

「我爸爸會回來嗎？」

「不知道。幫我倒酒。」

「如果他都不回來，怎麼辦？」

「不要想那種事情，他會回來。快倒酒。」

「如果眞的沒回來呢？」

「那你只好從頭來過。」

「從一出生開始從頭來過嗎？」

「不是，你又不能出生兩次。」

「那要怎樣才能重來？」

「像作曲家重寫那樣嘛。我的酒咧？」

「沒有爸爸，我不想重來。」

「小子，不要哭啦。」

「但——」

「馬上閉嘴！」

「但——」

「法蘭西斯可，你聽我說。難道我就想摸黑過一輩子嗎？我看不到手指、看不到琴格、音鈕，像迷路的動物那樣到處戳來戳去。你以爲我想這樣嗎？」

「不想啊。」

「沒錯，我不想，但這就是人生。擁有的不斷失去，你要學會重新來過，而且重來很多次，不然你等於毫無用處。」

「是的，大師。」

「像你現在就是毫無用處，因爲還沒幫我倒酒。」

「對不起，大師。」

「沒關係，你再回去練琶音。你問我你爸的事，我也只能這樣回答。聽到了嗎？」

「聽到了，大師。」

「停止哭泣，開始練琴。」

31

新生兒出生時，誰也沒比貝多芬從我這拿走更多音樂天分。他立刻染上音樂色彩，兩手握緊，像在打包票，將來必定在音樂方面大放異彩。但是他的酒鬼爸爸逼他熬夜、練琴。他極度害怕，使不出音樂才華。後來他聾到什麼也聽不見，我還是待在他靈魂裡，一如往常穩健。然而，我無法減輕失聰狀態下做音樂的重荷，即使是愛徒，依然愛莫能助。

法蘭奇的情況和貝多芬極為類似。他在胡士托音樂節猛割手，那時我只能旁觀。他渾身是血，神智不清，軍用直升機載他離開會場，還得多謝一位將法蘭奇急忙送至醫療站的女子。軍方照料他的傷口，由軍醫動手術，能救多少算多少。

隔天在院中，法蘭奇血液中的藥物終於退去，他才明白究竟發生了什麼事。他看著繃帶包紮的左手，哭到自己再也看不下去為止。當晚一名護理師拿著他的琴盒進來，說會場有人送過來。他問吉他是不是還在裡面。護理師打開盒子，瞄了一眼，說：「是啊，還在呢。」

他感到胸口強烈起伏，不過在那之前，便嘶啞著嗓子衝口而出：「把吉他拿走，好嗎？拿走就是了。」

後續幾天，他聽說音樂節出了哪些事故：年輕海軍死於吸食過量海洛因；牽引機輾過睡在睡袋裡的少年。他還看到吸食迷幻藥的人跌跌撞撞走進醫院，大部分連高中都還沒念完，大叫或哭泣時，義工在他們耳邊低語，揉揉手臂。有一次，護士拿著夾紙板問他年紀，他說：「三十三。」他覺得自己又老又荒唐。

不久他出院，回到紐約，但是十二街上的公寓空無一人，他早就料到了。歐若拉不在，黃色行李箱也消失了。這次法蘭奇不想找她了。他把大部分器材賣掉，包括電吉他、音箱、錄音機，只留下從小彈到大的吉他。好幾個月他居無定所，住在飯店裡，很晚才起床，以免自己花大把時間看著受傷的手。他很想喝酒，用毒品麻痺自己，但他知道當初就是因為如此才落得這般下場。大師勸告過他，**從頭來過**。之前，他都是靠著音樂的慰藉，得以重新振作，聆聽吉他的迷幻琴聲，解開煩惱。法蘭奇聽著車上的錄音帶，是年輕作曲家藍迪．紐曼（Randy Newman）的〈你看見我的寶貝了嗎〉（Have You Seen My Baby）、〈我想無人如此受傷〉（I Bet No One Ever Hurt This Bad），但是聽歌和演奏不一樣。他想念彈奏，也同樣想念練琴。

再過一陣子，他開始看電視填補空白。他看到年輕人抗議海外戰事。法蘭奇痛恨戰爭，卻明白當初是靠軍方空運送他就醫，使他脫困，替他縫補傷口。他覺得有所虧欠，尤其那個幫他處理傷口的外科醫生。法蘭奇時常拜訪他，對方是肌肉發達的四十出頭男子，聲音溫柔，讓人忍不住注意傾聽。他不斷跟法蘭奇提起，有許多音樂家克服了身體障礙。

他問：「你知道爵士吉他手萊恩哈特嗎？他只有兩根手指，但是彈得精彩絕倫。」

法蘭奇別開頭。「萊恩哈特不一樣。」

「可是他不會唱歌，你會唱啊。」

「喔。」

「你考慮再唱自己的歌嗎？」

「沒人想聽我的歌啦。」

「可能有一小群觀眾想啊。」

「現在情況完全不一樣了。」

「在這裡可能是這樣。」醫師微笑。「但我可不是說在這裡唱。」

打了幾通電話，經過安排介紹。九個月過後，法蘭奇去了越南。

美國勞軍團（The United Service Organization，簡稱USO）從二戰開始，數十年來帶領藝人替美國軍隊勞軍。歌手平・克勞斯貝（Bing Crosby）和安德魯斯三姐妹（Andrews Sisters）曾經參加演出。連我的傑出愛徒小提琴手雅沙・海飛茲（Jascha Heifitz）也曾是其中一員，在大雨滂沱中為一名撐傘士兵演奏。他表示，那可說是他最偉大的表演之一。

音樂與戰爭交纏已久。從古代號角、軍用橫笛到鼓，一直到七〇年代法蘭奇加入USO聖誕勞軍活動，延續了這項傳統。同行者還有喜劇演員鮑伯・霍伯（Bob Hope）、歌手柔拉・法拉納（Lola Falana）、淘金女郎舞團（Golddiggers）、一名棒球選手及一位選美皇后。法蘭奇幫忙組了一個樂團，獻唱兩首自己的名曲。巡迴許多基地，卡車開進去，搭舞台，表演開始。接著所有設備打包收好，卡車開出基地，一切重來。

不管去到哪裡，法蘭奇都視軍人為朋友，要他們載他去前線，愈近愈好。目睹慘況能讓他忘卻自己的悲慘遭遇。他看見路邊的越南小孩眼神空洞，看到狀如印第安帳篷的大型槍枝三腳架，目睹屋頂爆炸，狙擊手被炸死，從窗戶掉下來。

然而，為了讓故事進行，有一天我一定要說。那是法蘭奇巡迴的最後一週，他下午在越南龍邊的美國陸軍主要基地表演，聚集了很多人，將近兩千吧。軍人為了看清楚，爬到柱子上，熱烈歡呼，尤其女性跳舞時，更是如此。法蘭奇唱歌時，淘金女郎舞團在後面伴舞。有些軍人喊：「普瑞斯托，你真走運！」

表演結束，樂團紛紛四散之際，法蘭奇聽到有人喊他名字。

「法蘭奇先生！我啦！艾利斯！」

一個穿著吊帶褲、綠色工作服的士兵站在舞台邊，笑著揮手。法蘭奇眨眨眼，不敢置信。是紐奧良錄音室後巷的擦鞋小童艾利斯。他聽過小理查德唱水果歌，也是法蘭奇、歐若拉倉促成婚時的伴郎。那時他才六歲。

現在他二十一歲。

「艾利斯！真不敢相信，你都已經……長這麼大了。」

「是啊，先生。」

「喔……過來。」

他們擁抱，快速交談，交換兩人所知的瑣事，問些問題。法蘭奇問他身體如何（很健康），問他怎麼會從軍（被強制徵召），問電器行後面的錄音室怎麼了（還在，但翻修過了）。艾利斯問法蘭奇暢銷專輯的事（每張唱片他都有買），還有「蘇利文秀」的情況（他兩次上節目，艾利斯都有看），當然也問到歐若拉小姐的事。

法蘭奇說：「我們已經沒在一起了。」

艾利斯說很遺憾，因為他記得歐若拉小姐都會帶三明治、甜甜圈、甜茶給他吃吃喝喝。

艾利斯宣布自己要結婚了，他與一個越南女子陷入愛河，希望趁服役期結束前結婚，帶她回美國，給她更好的生活。婚姻手續漫長累人，需要各式文件和許可。不過當晚他要跟新娘家人見面，艾利斯拜託法蘭奇一起出席。

「拜託你，可以為我們彈首歌嗎？」

法蘭奇亮出左手，布滿疤痕而且變色。

「艾利斯，我不能彈了。」

「怎麼了？」

「說來話長。」

艾利斯已經很習慣看到傷口，但是眼前這個傷口，讓他感到深沉的傷痛。他記憶中，法蘭奇跟吉他形影不離。

「法蘭奇先生，我真的很遺憾。」

「謝謝你這樣想，艾利斯。」

「我想到了……不然你來唱，我來彈？」

「艾利斯，你現在會彈啦？」

「你在後巷教過我和弦，忘記了嗎？你示範D、G、A和弦，後來我自學，還偷溜到錄音室裡聽你們錄音。你們真的很酷，讓我想要組團，做很多事情。」

法蘭奇笑了。「都怪我囉？」

「拜託啦，來唱歌好嗎？」

「好吧，我願意為你和你的女朋友唱歌。」

「好耶，嗯……你有吉他嗎？」

過了幾小時，他們坐在寺廟後方的草地，眼前還有三桌越南家屬。現場有吃有喝，有穿著傳統服裝的女子，更有幾名美軍，他們進去前得把槍留在外面。艾利斯彈起法蘭奇的吉他（法蘭奇謹記萊恩哈特的告誡，到哪裡都帶著吉他）。彈起法蘭奇的名曲〈我們的祕密〉的和弦。這些年來，法蘭奇首度開口唱起這首歌，歌曲簡單純淨，如同他寫歌時想著歐若拉那樣。

將來我倆的祕密，
再也無須隱藏。

眾人將會明白，
我的祕密也屬於妳。
我會愛妳，
妳也愛我。

賓客禮貌性地鼓掌，法蘭奇從家屬臉上的表情得知，他們並不樂見新人結合，但是家屬依舊熱情，新人看來也很相愛。

過了幾小時，酒過三巡，艾利斯堅持送法蘭奇回巡迴人員下榻的飯店。他設法找來計程車，車子終於來了之後，兩人上了後座。前往飯店途中，兩人一致同意，在外國戰場看到熟悉面孔，感覺真好。

「法蘭奇先生，你是最棒的結婚賀禮了。」

「希望你們兩個快快樂樂。」

「一定會。之後我要帶她回紐奧良，自己開一間鞋店。」

司機開始比手畫腳說了什麼，停車開往加油站。

艾利斯指示他：「不要加油，要去飯店。」

司機還是指著儀表板。

「不要加油啦！」艾利斯吼起來：「飯店！直接過去！」

司機快速說著越南文，丟下一句：「很快，很快。」接著停車走人。他揮動雙手安撫，要兩人繼續待在車裡，自己則是走向加油站。

「天啊，真是抱歉，法蘭奇先生。」艾利斯歎氣。「這些人喔。」

法蘭奇透過車窗看著司機，問：「艾利斯，他怎麼在跑啊？」

艾利斯醉眼迷濛，懶懶地眨眼，突然睜開眼睛大喊：「下車下車下車！」法蘭奇推開車門，兩人跑了起來。艾利斯想起曾經有人警告他，在越南要是司機下車，千萬不要待在車裡。有時車子會接上炸藥，要炸死美軍部隊。兩人跑著跑著，聽到一人用越南文喊了什麼，一陣短暫沉靜，突然強烈爆炸的威力將兩人往前推。要撞到地面時，法蘭奇用琴盒掩護艾利斯。到處都是塵土、噪音、耳鳴嗡嗡，眼睛灼熱，煙霧讓他們什麼都看不到。

接著，一切事物突然安靜下來。有人大喊，犬隻吠叫。車上的確裝了炸藥，或許有誰因為艾利斯和越南女子結婚，想要取他性命吧。這種細節我不知道，只知道法蘭奇扶著艾利斯，顛仆進了一棟屋裡，軍用吉普車靠近，尋找傷兵。法蘭奇揮手要他們停車，艾利斯腿部稍微出血，除此之外沒有大礙，只有擦傷和瘀青。法蘭奇也是一樣。兩人上了吉普車，艾利斯大聲嚷嚷法蘭奇是重要人物，必須馬上送他回飯店。兩人都呼吸急促。法蘭奇看著琴盒，等開過路燈下，艾利斯才明白他為什麼一直看：琴盒插滿彈殼碎片。

艾利斯明白了，要是沒有琴盒，插滿碎片的可能換成自己了。他摸摸盒子，聲音哽咽。

「唉，天啊……」

法蘭奇說：「沒關係啦。」

「碎片可能會要了我的命。」

「不要那樣想嘛。」

艾利斯哭了起來。

「對不起，法蘭奇先生，天啊，真的很對不起……」

「不要對不起，你還活著嘛。」

法蘭奇聽自己講這些話，似乎在講給自己聽。他用腿夾住琴盒，打開看看。

艾利斯問：「那個光是從哪來的？」

法蘭奇瞪視，吉他的第四弦發著藍光。他感到喉嚨一緊，蓋上蓋子，手撫過蓋子的彈孔。

「還好，沒什麼。」他說。

當然有什麼。未來改變了。艾利斯逃過爆炸，之後將正式迎娶越南女友，在紐奧良定居，開鞋店，養三個小孩，九個孫子。其中有人將成為知名作曲家。

如果法蘭奇沒和艾利斯重逢，這一切都不會發生。第四根琴弦說了自己的故事。

每個人活著都會參加樂團，有時也會舊曲新唱。

32

一九八一年

德州三人組脫了鞋，穿過樹叢慢慢走向沙灘，從後方靠近吉他手。

「是普瑞斯托先生嗎？」

法蘭奇抬頭。

「先生你好，我們是從美國來的。」

法蘭奇留了大鬍子，皮膚曬黑，瞇眼像要看清楚眼前的訪客。他不講話，害得三人愈講越快。

「其實我們是德州人啦——」

「組了一個團——」

「抱歉打擾到你——」

「有個叫凱文的跟我們說——」

「他把我們丟在樹林裡——」

「我們也不知道——」

「你會在這裡——」

「我們很愛你的音樂——」

法蘭奇舉起一隻手，三人停止說話，雖然那並非法蘭奇本意。他在跟一個小女孩招手，她大約四、五歲，越過沙灘跑來。她一頭金髮，沒穿鞋，沒穿上衣，撲過來用肚子投入他的懷抱。他滿臉發光，用手把她盪起來。她看起來好像在笑，但是沒發出聲音。等她玩完落地，看到三個陌生人，臉色一變，像剛才跑來一樣安靜地跑回去了。

三人朝她離開的方向看去，看到海邊後方有間樹木環繞的小屋，一名金髮女子走出來，身穿鮮豔布袍。

女人問：「怎麼啦？」

「呃，抱歉，我們之後再來好了。」萊爾結巴地說完，和其他兩人小跑步地退回樹林。

歌手班尼特的話

東尼·班尼特（Tony Bennett），畫家，葛萊美獎得主，甘迺迪中心榮譽獎得主

嗯，首先要說，他過世的消息眞是噩耗，是整個音樂圈的噩耗。他是個美好的人。你認識他嗎？認識的話，你很幸運呢，眞的。法蘭奇·普瑞斯托是眞正的藝術家，待人非常溫和，非常體貼，也是我遇過最純粹的吉他手。

我來告訴你爲什麼我會這樣說。我從四〇年代末開始唱歌，受到法蘭克·辛納屈、納京高、比莉·哈樂黛的影響。我熱愛爵士歌手，也將自己定位爲爵士歌手。但講到賺錢嘛，要是我唱爵士樂，賺不了什麼錢，懂嗎？做生意就是這樣。有一次，艾靈頓公爵被告知即將被踢出唱片公司，他問爲什麼？他們說：「因爲你的唱片賣得不夠好。」他說：「你搞錯了。我的工作是錄唱片，賣唱片才是你們的工作。」艾靈頓公爵都賣不好了耶，你能想像嗎？

七〇年代初，我也遇到瓶頸，那時唱片銷售成績差。我拒絕去做公司要我做的音樂。出於脅迫，我錄了一張搖滾專輯，完全慘敗。雖然錄完了，我也生病了，那段時間很難熬，我覺得被限制，不能碰自己最心愛的音樂類型。

我離開唱片公司去倫敦，最後在那裡落腳，待了將近兩年。那是我人生最棒的時期，我

能做自己想做的音樂。

我在倫敦住在一家飯店。每天早上起來，外面房間的窗簾拉開，能夠俯瞰公園。公園裡有個男人帶著吉他坐在長椅上。他從來沒彈那把吉他，只是抱著放在腿上。

過了幾週，我開始好奇。一天我散步回來，經過他身邊，覺得他很面熟。我說：「抱歉，我看你每天都在這邊——」我話還沒說完，他開口唱了一段〈情書〉（Love Letters），那首歌是我第一張專輯的歌。他的聲音好美，音質無瑕。

他說：「你的吉他手是查克．韋恩（Chuck Wayne）。」

「沒錯。」

「那張專輯很棒。」

「謝謝你。」

「還有一首歌也叫情書。」

「是喔？」

「是萊恩哈特的〈Billets Doux〉。」

「〈Billets Doux〉。」

「歌名是法文，純樂曲。」

「你可以彈一下嗎？」

「不可以。」他看著吉他。「再也沒辦法彈了。」

這時我才看到他的左手布滿疤痕。我說：「所以你才會每天坐在這裡，但是不彈吉他嗎？」他看著我，說：「我在等人。」我問：「等誰？」他說：「等我老婆。」我說：「她就快來了，是不是？」他搖頭說他不確定，甚至不知道她是否還住在倫敦。

後來我們聊了起來，才發現原來他是法蘭奇．普瑞斯托。他離開幕前好幾年了。他說自己的本名是法蘭西斯可。我說：「我本名是班尼迪托，搞不好我們是親戚。」我們大笑，聊得很開心。

我本來一直以爲他是搞搖滾的，後來發現他跟我都認識同一批人，像是法蘭克．辛納屈或鮑伯．霍伯。他小時候還見過艾靈頓公爵，這事你知道嗎？

隔天他又坐在原地。有車來載我，所以我邀他一起來電視節目「城中頭條」（The Talk of the Town）的攝影棚。那次錄影經驗不錯，羅伯特．法農（Robert Farnon）也在，他是全世界最棒的編曲家（大家都管他叫「老大」）。我們每個禮拜都會演唱歌曲，討論音樂。

法蘭西斯可（他喜歡我這樣叫他）那天一起跟來，坐在錄音室裡聽，一直沒打開自己的琴盒。隔天我又邀他過去，接著又邀了幾回。每次我們要上車離開前，他都環顧四周，一副他太太會來的樣子，但她一直沒出現。

過了兩週，我們在替節目彩排時，我唱寇特．威爾（Kurt Weill）的〈星途迷茫〉（Lost in the Stars），只有鋼琴伴奏。那首歌很美，但是很哀傷。你懂那種感覺嗎？

天造海陸，
手握繁星，
如沙流逝，
唯留一星孤獨。

突然間我聽見最優美的吉他和弦，一次只刷一組。我抬頭看，是法蘭奇在彈琴。每彈一組和弦都像在艱困掙扎，從他的表情就看得出來。我繼續唱，不想停下來，因爲我察覺到這段經驗對他很重要。他表情痛苦，想把姿勢擺對。我們繼續和了幾段，直到最後。

日夜行走，
眼乏心灰，
天似湮滅，
吾人星途迷茫。

他刷下最後一組和弦，我看見眼淚滑過他臉頰。工作人員也鼓掌，我說：「剛剛眞是太棒了！」我不想讓他尷尬，不過我說的也不算眞話，因爲他比優秀更優秀，簡直精彩絕倫。

夏天結束，我決定回美國。車子來接我，法蘭西斯可還是一如往常，坐在老位子。我要司機等我，過去坐他旁邊。

我說：「我要走了。」

「走去哪？」

「回家。」

「班尼迪托先生，謝謝你帶我上節目。」

「你還要在這裡等多久？」

「不知道。」

「如果你老婆不回來怎麼辦？」

「她會回來。」

「好吧。要是你想要，我很願意和你一起錄音。」

他看起來想笑的樣子。「我都不能彈了。」

「你能彈啊。你不就彈過了嗎？」

「只不過是一些和弦罷了。」

「那不只是和弦，而是音樂。」

我告訴他，只要音樂還留在他身體裡，沒有什麼事情可以阻止他發揮。我是認真的。

後來我問：「你上次回家是什麼時候？」

後來他說：「其實我一個家都沒有。」

後來我說：「總是有個能叫作家的地方吧。」

後來他說：「所以我才等她回來。」

33

法蘭奇有一首他喜歡的歌，是漂流者的〈留住最後一支舞〉（Save The Last Dance for Me），歌詞中的主角告訴女人，跟誰跳舞都無所謂，只要記得是誰帶自己回家就好。作詞者是達克．帕瑪斯（Doc Pomus），他是小兒麻痺患者。在自己婚禮當晚，因為坐在輪椅上眼看新婚妻子跟其他人跳舞，在喜帖後面草草寫下歌詞。

之前說過所有愛情都像交響曲，最後的樂章則是輪旋曲：主題重複，但是加上其他插曲。法蘭奇和歐若拉，把最後一支舞留得非常久。最後到了一九七四年，他們永遠在一起了，一切多虧電台節目。

沒錯。東尼．班尼特（也就是班尼迪托）幫了受傷的法蘭奇最後一個忙。他離開倫敦那天，轎車上還有一位乘客，是BBC廣播節目主持人。兩人在前往機場的路上交談，班尼特講了一些法蘭奇的故事。雖然沒有提到名字，卻說到這個男人每天早上帶著吉他，等太太回來。

班尼特說：「這樣不是很偉大嗎？」

主持人同意：「真的很了不起。」

這個悲傷的故事打動了主持人，當週就在自己的晨間節目說了這個故事。賽西兒開車上班途中聽見，一到倫敦經濟學院的辦公室，立刻打給妹妹歐若拉說：「妳老公好像回到倫敦了。」

隔天早上，雨規律地飄下，歐若拉下了公車，朝公園走去。她明明看到法蘭奇，卻在柱子後躲了一個小時，看著他淋溼。歐若拉數著敲擊傘面的雨滴，每數一滴，便說出一個不該過街找他的理由。理由說盡之後，她收傘，讓自己淋溼。

接著過街。

她一靠近，法蘭奇便抬頭，雨水從她臉上滴落。她移開吉他，坐到他腿上。

他問：「妳會留下來嗎？」

「會。」她說。

音樂可以慰藉靈魂，身體就不一定了。歐若拉花了好幾個月，尋找最傑出的醫生治療法蘭奇的手。因為這一點，我十分感激她。她動用賽西兒的人脈，付錢替他動手術，逼他每天復健，照料我的愛徒直到左手恢復一般的功能。之後，音樂的魅力重新在他體內燃起。

同時，兩人舊愛復甦（輪旋曲），兩人開心地發現彼此之間的隔閡已經消逝。名氣再也不是問題，出遠門、玩女人、晚歸，也都不存在了。歐若拉是解藥，除去了法蘭奇人生中的餘毒微醺。

接著，她想要找一個家。

法蘭奇問：「妳想要住在倫敦嗎？」

「當然不想啊。」她說。

「那要住哪？」

「遠一點的地方，還要安靜。」她說。

兩人開車去過英國許多偏遠地區，沒有一個讓她滿意。

「要遠一點，靜一點。」她說。

兩人飛去紐約，法蘭奇買回兩把吉他，但是歐若拉說：

「要遠一點，靜一點。」

接著飛去洛杉磯，法蘭奇從銀行戶頭領回存款，歐若拉連機場都不想邁出一步，只說：

「要遠一點，靜一點。」

接著飛去澳洲。

「要遠一點，靜一點。」

他們再搭船去紐西蘭，在奧克蘭港口過夜。歐若拉看到舊式渡輪在月光下出航，她問船要開去哪裡，船員說要去「威赫基島」，毛利語稱為 Te Motu-arai-roa，意思是「避難長島」。

隔天早上，她和法蘭奇帶著所有家當上了渡輪。一小時之後，他們到了港邊，看到綠色懸崖高聳，聽到水花默默拍打。歐若拉轉頭面對畢生摯愛，直視他的眼睛。

「就住這裡。」她說。

34

一九八一年

德州三人組抽籤，選一人回去再試一遍（三人認為一起過去太冒犯人家了）。萊爾抽到最短的籤。隔天早上日出時，他穿過灌木叢和樹木，獨自慢慢走到海邊。法蘭奇沒穿上衣坐在那裡，吉他背帶掛在曬黑裸露的皮膚上。他彈F大調音階，大調、小調、多里安式、弗里吉安式、上升式、下降式。

他沒有抬頭就說：「你可以靠過來啦。」

萊爾緩慢靠近，手插口袋，低聲說：

「先生你好。」

「我老婆說你還會再來。」

「是的，先生。上次真的很抱歉……」

法蘭奇一直練習音階，彈得很慢很仔細。

「我只是……從沒想到真的會見到你，普瑞斯托先生，我是萊爾。」

法蘭奇換到降E調。

萊爾說：「我也彈吉他喔。」

法蘭奇點頭。

「當然彈得沒你好啦。」

法蘭奇點頭。

「在胡士托彈吉他的是你嗎？」

法蘭奇點頭。

「真的啊？因為沒人有辦法確認你當時在場。」

法蘭奇繼續輕輕點頭，萊爾才發現原來他不是在回答自己的問題，而是跟著鼓手的節奏般，隨著浪花節奏波動。

「你在練習嗎？抱歉問個笨問題，為什麼要練音階呢？為什麼你要練音階？」

法蘭奇停止彈琴。

「啥？」

「為什麼要彈音階？」

「再訓練嘛。」

「再訓練？」

「訓練我的手指、耳朵，再訓練的過程很長。」

萊爾還有許多問題想問，但是法蘭奇繼續練習了。萊爾保持安靜，聽他的琴聲。他彈完降B

調和自然旋轉（natural rotation）之後，又停了下來。

「我的手壞掉了，要重新找回來。」

「找回來什麼？」

「美。左手能找到美。」

法蘭奇伸出左手，萊爾看到上面的疤。

「啊，天啊。」

「不太美觀吧？」

「怎麼了？」

「我也不太記得。」

「是意外嗎？」

「不能那樣說。」

「什麼時候的事？」

「六九年的事。」

「跟胡士托同年，所以你真的有去嗎？」

「算有啦。」

「是你彈的嗎？」

「彈什麼？」

「那場獨奏啊，我剛才問你的。」

「抱歉，剛剛沒在聽。」

「很有名喔，有盜錄版本，真的很有名。」

法蘭奇看向海面。

「盜錄？」

「偷偷錄音，不是唱片公司發行，私下打聽可以入手。」

「獨奏的盜錄？」

「史上最強獨奏，就算我想練也練不起來。沒人辦得到。」

法蘭奇呼吸似乎變得急促。

「那不是我。」

他低頭看腿。「你差不多該走了，我還有很多要練習。」

過了幾天，萊爾和其他兩人又拜訪過三次，但是每次去海邊都沒人。

艾迪說：「可能我們嚇到他了。」

萊爾說：「他說獨奏的不是他。」

「你信喔？」

「不知道。他真的彈很慢。」

「他怎麼弄傷自己的手？」

「他不肯說。」

「現在該怎麼辦？」

三人面面相覷。

喀拉說：「喝酒啦！」

十分鐘後，三人走進名為「麥金提」（McGinty）的酒吧點了啤酒，找桌子坐下。

「這不是美國搖滾客嗎？」

三人抬頭，看見凱文笑著從吧台後面出現。

「你還兼職當酒保？」

「啊，不是啦，只是自己進來調酒而已。冒險進展得如何？」

萊爾怏怏不樂地說：「才不算是冒險咧。」

喀拉補充：「他不見了。」

凱文拉了椅子過來。「少年仔，你要知道，會搬到小島的人就是想獨處咩。要是想被找到，哪會住威赫基？這點絕對錯不了。」

「那你幹嘛帶我們去找他？」

「哪知？他就住這裡很久了嘛，想說他可能想知道還有人記得他。」

「你知道他以前在幹嘛？知道他六〇年代很紅？」

「啊，對啦。〈想要愛妳〉嘛，當兵的時候我們都聽那首歌哪，嗚呼！聽了就想扭屁股。」

「那你一開始怎麼說沒聽過這個人？」

「少年仔，交朋友的第一條規則，就是學會保守祕密。」

三人頹然軟下，啜飲著啤酒。

「所以那天晚上我先去過他家，確定沒什麼狀況。」

「什麼？」萊爾打岔：「是他**准**你帶我們過去？」

「不是他，是她啦。」

「他老婆喔？」

「歐若拉。她很可愛，還覺得你們過去也不錯。」

聽過凱文的話以後，三人決定週末也待在島上，剛好當時舉辦一年一度的傳統節慶「奔跑節」。馬、小馬、牽引機都在大片海灘上競賽。島民聚集在陽光之下，吃麥金提烤的牛排，喝一桶桶啤酒。音樂也是節慶的一部分，到了下午稍晚，三人倉促準備獻唱幾首歌曲（其他表演樂手很少，只有一小支銅管樂隊，還有人吹手風琴）。舞台布置得很簡陋，一組舊鼓架放在舞台中央，又放了會議使用的小型音箱、麥克風。不過三人還是急著想表演，久違的樂團重聚就像機場重逢的情侶一般令人頭暈。吉他接好線，快速打招呼，他們用萊爾寫的鄉村歌曲開場，迎來扎扎實實的掌聲。樂團又彈了漢克．威廉斯的〈什錦飯〉（Jambalaya），還有改編版的〈扭一扭，叫一叫〉（Twist and Shout），感覺歌聲充分混合了現場的陽光、啤酒，小孩尖叫聲及喝醉的笑聲。

萊爾說：「我們還想唱一首歌，老歌，但是保證好聽。」

喀拉打鼓，吉他彈號角音（horn line），萊爾唱出法蘭奇最紅名曲的第一段歌詞：

想要愛妳，
不用懷疑。
我最愛妳，
無人能比。

群眾立刻鼓掌，聽到自己會唱的歌都會那樣。萊爾看著艾迪，他一邊合音一邊微笑，三人對音樂的感情顯而易見。然而當萊爾的眼神一掃過群眾，他的笑容消失了。

法蘭奇站在會場後面，小女孩坐在他肩頭。

歌曲唱到一半，他已轉身離開。

該解釋小女孩的來頭了。

法蘭奇和歐若拉在島上找到追求已久的寧靜。地價不高，兩人買了海邊一小塊地，用當地建材蓋了小屋，還有一處甲板可眺望海面。早上兩人在海邊散步，晚上歐若拉烤鮮魚，法蘭奇練習音階、琶音恢復手指敏捷度。兩人穿短褲、棉製舊上衣，他們發現島上居民有藝術家、自我放逐者，還有許多有趣人物。沒有人在意法蘭奇之前很有名。

到了島上一年後，有一天兩人在海邊散完步，聽到動物哭聲。他們在灌木叢中發現流浪狗，那隻狗是白色的，趴得低低的，瞪著他們。兩人靠近，白狗嗚嗚幾聲，退後幾步。他們發現白狗身後有個灰布包裹，裡面有個非常小的女嬰，不超過三個月。

「甜心，**妳**是誰？」歐若拉低聲問，輕輕舉起她。

法蘭奇看著女嬰，小孩沒有聲音。歐若拉將小孩抱在胸前，小孩張開眼睛，看著法蘭奇。

他脫口而出：「有人把她扔在這裡等死。」人類的心裡都藏著記憶，有些想得起來，有些想不起來。法蘭奇內心深處埋藏著自己被拋棄的記憶，還有他的灰毯、他的狗狗。

歐若拉說：「要幫她找個地方。」

他們快步趕回車上，完全沒看到樹叢後面躲著一個穿了許多層衣服的人。

他們把小孩帶到最近的教堂，那裡很小，只有一層樓。負責看管的修女脖子很粗，表情嚴肅。

看到他倆過來嚇了一跳。她接下嬰兒，要他們等一下。很快地警察來了，盤問細節。哪裡找到的？怎麼找到的？什麼時候找到的？他們兩個是誰？

法蘭奇問：「你幹嘛問這麼多？」

警察說：「因為這小孩兩天前才被丟在這裡，有人把她丟在門廊上，留紙條要教堂照顧。結果今天早上……」

警察暫停之後說：「小孩消失了。」

法蘭奇看著歐若拉。

「跟我們沒關係喔。」

「我們已經說了事發經過。」

「只是剛好找到她而已。」

「沒騙你。在樹林裡找到的，還有狗看守她。」

由於嬰兒沒有受傷，警察最終還是信了他們的話，讓兩人回家。當晚歐若拉夢到了女嬰，隔天堅持要法蘭奇陪她去教堂探望。第二天也去，第三天還去。

「妳好嗎？小寶寶？」某天早上，歐若拉靠在搖籃上逗弄她。

修女說：「不要期望她會回應啦。」

「為什麼？」

「她好像哪裡怪怪的。」

「什麼？」

「連個聲音都發不出來，偶爾哼個兩、三下而已，可能聽不見吧，通常是這樣啦。可憐的小孩，明天我們要帶她去本島。」

歐若拉注視著法蘭奇。「去拿吉他過來。」她說。

法蘭奇拿了吉他回來，起初他彈空弦，接著一次刷過一條弦，嬰兒都沒反應。

歐若拉說：「彈首歌給她聽。」

法蘭奇彈了簡單的〈乖乖小寶貝〉（Hush Little Baby）。歐若拉低聲說：「一起唱啊。」

他唱：「乖乖小寶貝，靜靜別說話，小鳥大聲唱。」

嬰兒往上看了，歐若拉接著唱：「小鳥不開口，鑽戒戴小手。」

嬰兒張嘴，法蘭奇歐若拉合唱：「鑽戒變黃銅，照鏡梳梳頭。」

兩人停住，嬰兒轉頭，哭出聲來，眼睛緊閉，但是幾乎沒發出什麼聲音，只有小聲哼哼。聽到這麼小的嬰兒發出這種聲音，真是令人難過。

法蘭奇又開始彈奏，嬰兒不哭了。

歐若拉對修女說：「妳看，她不是聾子，聽得見呢。」她轉頭看法蘭奇。「她喜歡聽你彈琴。」

「喔，不知道耶……」法蘭奇微笑。

但是我知道。我完全明白接下來會如何發展。我能看見所有徒弟的未來，我看見不遠的將來會有討論、決策、領養，小房子裡會清出空間放搖籃。新樂團即將組成，這一次，團名是「家庭」。

35

把德州三人組的故事說完吧。

法蘭奇和歐若拉替女嬰取名為凱，用愛、沙、海水、音樂撫養她。就醫師診斷看來，凱是啞巴，聲帶發展有先天障礙。不過凱的聽力很敏銳，視力也是，法蘭奇在房間走動時，她眼睛跟著他移動。他帶著吉他坐下時，她會鼓掌。

凱的出現鼓勵法蘭奇復健。他終於不出錯地彈完朱利亞尼時，凱在場。他終於掌握十二練習曲（人生中第二次）時，凱在場。三人組唱〈想要愛妳〉時，她在場，坐在法蘭奇肩頭。

兩週之後，法蘭奇和歐若拉牽著她的手，走進奧克蘭市區名為「最後一笑」的狹窄錄音室。法蘭奇帶著舊吉他，在歐若拉催促下，答應跟德州三人組合錄歌曲。條件是錄完之後，他們得離開威赫基島，別再煩他。

歐若拉說：「跟他們合奏也不會怎樣啊。」

「我不想跟人合奏。」

「也該是時候了。」

「什麼時候？」

「你該培養老婆、小孩以外的觀眾了。」

萊爾興奮到前一晚睡不著，寫了錄製歌曲的樂譜，是首搖滾歌曲，萊爾自覺是他最商業化的作品。

他對法蘭奇說：「抱歉，我知道這不是最棒的錄音室，但是一個小時只要十五塊。」

法蘭奇說：「不要有名字。」

「什麼？」

「哪裡都不能註記我的名字，不能出現在歌曲上、工作人員欄或是任何地方。」

萊爾頗為失望，他原本以為告訴別人法蘭奇．普瑞斯托和他一起錄音，會讓唱片賣得更好。

「當然，當然。你說什麼都可以。」

法蘭奇僵硬地點頭，坐下打開舊琴盒。當初大師親手託付的琴盒已有四十年歷史，處處傷痕，有無數機場託運貼紙，彈孔痕也用膠帶貼上。

吉他依舊是法蘭奇最牢靠的夥伴，他花了很大的工夫打亮指板，替音鈕上油。花梨木琴身有幾處傷痕，修補過，看得出顏色不同。黑檀木琴頸熬過了時間的考驗，琴弦也是如此。雖然底下的四根弦換過許多次，但是法蘭奇眼神落在最上面兩根弦，還是一開始的那兩條，藍火般的魔法尚未發生。

他想起以前和大師的對話。

「大師，爲什麼弦發出的聲音都不同呢？」

「簡單啊，這就是人生。」

「我不懂。」

「第一條弦是E弦，很尖銳，聲音短促，像小孩。」

「第二條弦是B弦，音稍微低了點，像青少年變聲。」

「第三條弦是G弦，聲音更低，像年輕人那樣有力。」

「第四條弦是D弦，聲音強健，像正值壯年。」

「第五條弦是A弦，扎實響亮，但是音不夠高，像是再也做不到想做的事情。」

「那第六條弦呢，大師？」

「第六條弦是低音E弦，最厚重、最遲緩、最陰沉。你知道有多低嗎？咚——咚——咚，像快死了一樣。」

「快要上天堂了嗎？」

「不是，法蘭西斯可，是人生總是把你拖到谷底。」

法蘭奇跟萊爾要樂譜，萊爾翻動紙張，樂譜掉了下來。法蘭奇撿起來看看上面畫了什麼之後，把自己的吉他靠在牆角，拿了一把 Fender 電吉他。

他問站在玻璃窗後面的鬈毛錄音師：「可以用這把嗎？」對方豎起大拇指表示同意。

法蘭奇跟萊爾說：「好啦，開始錄吧。」

「你不用先練一下嗎？我們可以先練幾遍，跟你說哪裡——」

法蘭奇搖頭。「開始錄吧。」

他們要錄一首名為〈什麼什麼〉（What the What）的快歌，喀拉以瘋狂的速度打鼓，艾迪的貝斯聽起來緊張轟轟。法蘭奇只要負責四組和弦，加上沉重的效果器，每四拍重複一次就好。在我看來，這首歌浪費了他的才華，但他還是盡到應盡的義務，跟著萊爾改變唱法重錄五次。法蘭奇看玻璃窗後的妻女，凱跟著節奏前後晃動，歐若拉誇張點頭，像要撞上玻璃，法蘭奇嘴角上揚。

錄完後萊爾問：「普瑞斯托先生，你覺得怎麼樣？」

法蘭奇點頭，但是避開眼神交會。

「那個……我想知道你的意見，請老實說。」萊爾說。

「老實說？」

「麻煩你了。」

「你為什麼要錄這首？」

「你是什麼意思？」

「我的意思是，你的聲音不適合這首歌，聽起來你真的沒感覺。」

血液衝到萊爾臉上，一片通紅。

他問：「你為什麼會這樣講？」

法蘭奇說：「嗯，因為你試了五遍，每次唱法都不一樣，代表你還在摸索。為什麼不唱那天在海邊唱的那種呢？起碼你聽來樂在其中啊。」

室內有股令人不適的沉默。萊爾看著其他兩人，他們接收到暗示，離開錄音室。法蘭奇歎氣，看著窗外的歐若拉和凱。在這裡面待的時間，比原先預料的還久。

「我知道你說的沒錯，」萊爾降低音量，「但是我想靠寫歌賺錢，這樣寫才會賣。他們想要driving beat，有鼓有貝斯那種，還想要有亮點（edge）。」

「亮點？」

「對，像你在胡士托的獨奏……我以為是你啦。就是那種亮點。」

法蘭奇揉揉眼睛歎氣。

「那不是亮點，是痛苦。」

萊爾抬頭。「真是你彈的嗎？」

「是另一個我，你不能變成那種人。」

法蘭奇放下吉他，往後靠到椅子上。

「以前我有個眼睛看不見的吉他老師。有時候他去洗手間，我會大力敲吉他製造噪音。他會大吼：『笨蛋！不准敲！那麼難聽誰想聽啊？』我會回嘴：『學校老師說神什麼都會聽啊。』吉他老師吼回來：『神會聽，我不想聽啦！』」

萊爾笑了，法蘭奇也笑了起來。

「重點是，你要決定彈給哪種觀眾聽。讓觀眾覺得你的演奏美妙。所以我不再製造噪音，開始做音樂。」他摸摸下巴。「在你心中，你真心喜歡哪種音樂？」

「大概偏鄉村或民謠。」

「那你就唱這種嘛。」法蘭奇說。

「賣不了錢還要唱嗎？」

「音樂和錢交不了朋友。」法蘭奇吃吃笑。「這點我算小有了解。」

萊爾思考了一會，說：「真湊巧，因為我也寫了一首歌，類似你老師的論調。歌詞在說要原諒劈腿的人，神會原諒，但我不要。」

「聽起來不錯啊。」法蘭奇說。

「可以跟我們合奏嗎？拜託，我馬上寫譜，不會很久。可以請你留下來幫忙嗎？」

「然後你們就會回美國嗎？」

「對，先生，我發誓。」

「之後再也不會煩我？」

「絕對不會，先生。你要的話，我們今晚就睡機場也可以。」

法蘭奇頭一偏。「來吧。」

萊爾跳起來推開門，歐若拉和凱在門後面。

「喔，抱歉。」萊爾說。

法蘭奇示意要她們進去錄音室。

接下來發生的事，不但重要而且出乎意料，重大事件發生的背景，有時便是如此。

法蘭奇給年輕樂團的建議讓歐若拉很開心。「你幫他們忙。他們人不錯呢。」

「都是因為妳啊。」

歐若拉笑了。「這個理由也不錯啊。」

「凱，過來。」法蘭奇將女兒抱到腿上。歐若拉打開一小瓶果汁，凱喝了一小口，就跳走了。

歐若拉說：「這樣就不喝了！」

兩人看著凱繞著室內跑，很活潑、但沒發出聲音。她走回來後，拿著電吉他朝法蘭奇走去，小臉帶著好奇表情。

歐若拉說：「給她看看你的本領。」

「嗯？」

「手的情況怎麼樣了？」

他挑眉。「來試試看。」

他將導線插入附近音箱，測試效果器踏板，對女兒抬起下巴。

「凱，妳有在聽嗎？」他說。

為了記得所有事情，你願意付出什麼代價？音樂有能力吸收記憶。你一聽見我，就能解放所有記憶。第一次跳舞的音樂、婚禮奏樂、聽到重大消息時的背景樂。沒有其他天賦能幫你錄製人生原聲帶，但是音樂可以，音樂替你標註時間。

那天法蘭奇在奧克蘭彈出自己的回憶。先用一段兒歌〈小比利〉（Billy Boy）開場，接著加速改編成爵士版本（像鋼琴師紅色嘉蘭〔Red Garland〕曾經和邁爾斯·戴維斯〔Miles Davis〕合作那樣）。法蘭奇彈得自在，意外發現彈起來毫不痛苦。他即興彈了兩分鐘，逼自己彈久一點，然後手腕快速揮動，結束彈奏。

凱拍手，臉上描繪出無言的喜悅。

「還想再聽嗎？」

凱點頭，法蘭奇又彈了〈兩人的午茶〉（Tea for Two）、〈腳步噠噠〉，都是以前和大師一起聽過的唱片。每次起頭都彈得很樸實，接著施展技巧，渲染出美麗色彩。歐若拉想要忍住，不讓嘴角抽動微笑。如果我有嘴巴，一定也和她一樣吧。法蘭奇又能自在彈琴了，速度幾乎跟以往一樣快，不過現在彈得更好、更豐富。因為他現在的音樂變得熱情，帶有思考層次，音符選得更為仔細，如同好畫家不僅懂得如何選用美麗的顏色，更會適當搭配完美的陰影。

他彈奏許多搖滾歌曲，像是巴布・狄倫的〈沿著瞭望台〉（All Along the Watchtower），還有奇想樂團（The Kinks）的〈你逮到我了〉（You Really Got Me），速度調慢又加快，像是鼓聲、貝斯、吉他都在同一首歌裡。他彈完電吉他之後，凱拿起木吉他，現在這把吉他連結了他倆的童年。

法蘭奇問：「彈這把？」

她點頭。

歐若拉說：「〈跟我說愛我〉。」

法蘭奇答應了，彈得像是把靈魂放進去，還低聲哼唱。他還彈了萊恩哈特的〈雲朵〉（Nuages），還有兩首從路易斯安那學來的藍調、曾在海邊彈奏過的舒曼〈夢幻曲〉，以及塔瑞加的曲子。

法蘭奇一首彈過一首，像陽光展開那樣。女兒臉上的表情帶給他前所未有的鼓舞。跟歐若拉談笑之間，他彈了一首可以代表人生的曲子，加上新的細微差別和詮釋，使用降九和弦（flat ninth）、掛留和弦，還有之前沒用過的和弦轉位。我可以感覺到音樂流過他的血管，用熱情、熟練、創作力，讓音樂從指尖綻放，光芒萬丈。

最後他用自己的愛歌，美到令人發痛的〈純真男孩〉（Nature Boy）作結。那是漂流作曲家的神祕作品，之後他再也沒寫過同樣流行的曲子。歌詞說有個天賦異稟、像法蘭奇一樣的男孩，帶著祕密環遊世界。最後兩行歌詞是法蘭奇當天下午唯一唱出口的歌詞。他滿懷感激，對著眼前將他從人生谷底帶回來的兩人唱：

你會學到，最要緊的，

是學會愛人，是有人愛你。

末了，他緩慢撥弄最後的和弦，D小調，再增添第六和弦、第九和弦，手指移動到琴頸最高處彈出尖銳的十一和弦，調皮地對女兒擠眉弄眼。凱很開心，爬過去拍拍琴格。

「小心喔。」法蘭奇低聲笑說：「這是魔法琴弦。」

他們沒看到玻璃窗後的音控室裡，鬈毛錄音師草草在紙上寫下**魔法琴弦**。他自己是剛出頭的吉他手，從頭到尾聽到剛才。他獨自坐在控制台邊，被喇叭傳出的音樂嚇得發愣。他瞥看主要錄音機上的磁頭在轉，放下心來，歎了一口氣。

磁頭還在轉，整場表演都錄下來了。

「我們準備好了。」萊爾衝進錄音室，艾迪和喀拉跟在後面。

錄音師問：「用新帶子嗎？」

萊爾說：「嗯，都用新的，我們要從頭來過。」

「那舊帶子怎麼辦？」

「算了，不想要了。」

錄音師點頭。「好吧，都聽你的。」

他倒帶，把那卷錄音帶放到盒子裡，拿出奇異筆。

「欸。」錄音師問在綁鞋帶的喀拉。「裡面那個彈吉他的叫什麼名字？」

喀拉神祕微笑，左看右看。

「就是法蘭奇．普瑞斯托喔。不要說出去。」

「幹嘛要說？又沒聽過。」錄音師說。

喀拉皺著眉頭走進錄音室，錄音師在側標上寫了「法蘭奇．普瑞斯托的魔法琴弦」，然後放到架上。

36

聲音第一次被錄製下來，發生在十九世紀中期。人類對著圓柱體和留聲機發出聲音，牽動指針在煤灰紙張上留下刻紋。

二十年之後，愛迪生做出真正的留聲機。從那之後，人類用各種媒介捕捉聲音，像是蟲膠唱片、黑膠唱片、磁帶、光碟。音樂不做任何評論，只不過是（任人發揮的）天賦。我不在乎聲音媒介，如同繪畫本身不在乎空白畫布。

然而，錄音深深影響了我的子弟，他們深感興趣。那天德州三人組在奧克蘭錄的帶子，成果比之前的搖滾版令人滿意，適合萊爾的特殊嗓音，稀疏而哀傷，在歌曲中增添了惆悵。過了幾年，那首歌重錄，放進萊爾的第一張專輯，也就是同名專輯《萊爾．拉維特》（*Lyle Lovett*）。

萊爾一直沒忘記凱文的話：「交朋友的第一條規則，就是學會保守祕密。」雖然他成名了，卻從未鬆口說出法蘭奇的下落，或是提起胡士托的獨奏。

至於裝著錄音帶的盒子還是由鬈毛錄音師保管。後來有人給他一小筆錢，他很快就收下，把錢拿去買新的混音座了。

不久之後，那捲帶子壓製成黑膠唱片，包著樸素白封套，開始流傳於南太平洋地區，在樂手、一般人之間祕密流通，令人讚歎。唱片名稱很簡單，就像封套背後所寫的《法蘭奇．普瑞斯托的魔法琴弦》。

唱片開始流傳，然而法蘭奇一家人早就不在威赫基島上了。凱過了八歲生日之後，他們迅速搬家，因為有一天凱起床，突然出乎預料地用嘶啞的聲音問歐若拉：「爸爸在哪裡？」

凱突然開口讓醫生非常困惑，推測之前不出聲可能是「選擇性沉默」、隱藏性肺部病變、神經問題，或者孩子之前無法表達、描述的某些病症，於是之後恢復才會像是奇蹟吧。

不過歐若拉和法蘭奇知道，現在他們多了一個老是問問題的女兒了。

某天晚上，歐若拉說：「打包衣服。」

法蘭奇問：「要去哪裡？」

「要帶她離開島上一陣子。」

「為什麼？」

「因為今天她問我，爸爸媽媽是從哪裡來的。我想也該是時候讓她知道了。」

因此他們隔天搭上渡輪，行李都放在推車上，法蘭奇一家三口踏上重新探索之旅。然而第四個家庭成員穿著厚重的衣服，跟在他們後面五十呎，密切觀察一切。

第五部

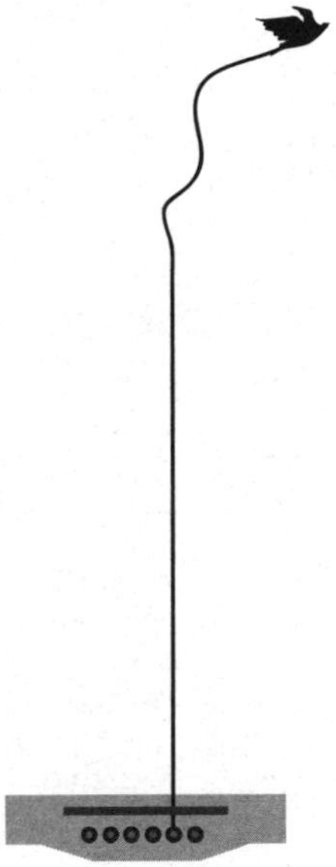

KISS創團元老保羅．史丹利的話

保羅．史丹利（Paul Stanley），KISS創團元老，吉他手、歌手

好哇，我來跟你說說法蘭奇的故事……我們團徵人，他來過喔。

我說認眞的，那是……一九八四年嗎？在洛杉磯，那時我們要找新的主要吉他手，取代維尼．文森（Vinnie Vincent）。

KISS一直都在招募新人，我們把應徵者帶到錄音室裡，要他們彈幾首KISS的歌，馬上就能知道對方能不能在音樂上有所成就。但是對方也要長相適合才行，因爲我們很重視視覺效果。如果對方內外**兼具**，我們會進一步了解他的爲人，因爲要引進新人入團，就像是從約會階段走入婚姻。尤其是我們這種大團。

總之我們爲了快點找到人，一天安排三個吉他手面試。前兩個已經先看過了，都挺不錯的。後來第三個進來，看起來好老。不記得是誰，還是哪個經紀人介紹的，反正他進來時戴著滑雪帽、提著琴盒，但是開都沒開。他坐下後，看到錄音室有幾把沒在用的吉他，挑了一把日本的電吉他Riverhead，琴身有點像菱形。他問：「可以用這把嗎？」

我們問：「你的怎麼了嗎？」

他說：「喔，那只是把老的木吉他。」

我開始在想：「開什麼玩笑啊？KISS 徵人帶木吉他來喔？你乾脆給我回家。」但是對方拿下帽子，把頭髮往後推，我靠近一看，說：「天啊！」我們的貝斯手吉恩．西蒙斯（Gene Simmons）說：「怎樣啦？」我說：「是法蘭奇．普瑞斯托！」

我告訴你，身爲在紐約長大的孩子，法蘭奇就是我的一切啊。我喜歡狄翁（Dion）和貝爾蒙（Belmonts）的歌聲，還有波比．瑞斗（Bobby Rydell）、吉米．克蘭頓，這些人都很會唱。但是法蘭奇會唱又會彈，穿衣服很酷，跳舞也很棒。我看他上過「美國舞台」。他跳舞時，把麥克風架往前推又從腳邊拉回來。這也是喬．泰克斯（Joe Tex）的招牌動作，超酷。

〈想要愛妳〉那首歌是我八歲的時候上市的，也是我買的第一張專輯。我大概都聽到磨損了吧。過了一、兩年，〈搖搖〉大賣，我說服爸媽帶我去看他表演，地點是布魯克林的狐狸劇場（The Fox Theatre）。雖然他只唱了幾首歌，但是吉他彈得**好聽得要命**啊。他的獨奏我到現在都還記得。手指不但像在飛一樣，最後的四個大和弦一組接一組出來，乓、乓、乓、乓，室內整場充滿音效。那天對我來說有如「山上寶訓」。現在我彈吉他，最喜歡在結尾用一組大和弦轟炸，**攻陷**整場了。

總之，KISS 其他團員不想聽法蘭奇彈，說：「他眞的太老了。」但我說：「給他試試。搖滾樂剛發跡，他就開始唱了。」那時他依舊好看，顴骨高聳，頭髮很多。我覺得應該還行。

我們放了一首 KISS 的舊歌〈夜間動物〉（Creatures of the Night），叫他試彈最後的獨奏。

我發誓他獨奏的每個音符都彈得**一模一樣**。不知道他是怎麼辦到的?他只聽過一次耶。但是該大聲的地方他就大聲，搖桿（whammy bar）推得完美，就像是他跟著音樂彈奏。

我說：「OK，接下來你想彈什麼就彈什麼。」他彈了一個更棒的獨奏。最讓我驚訝的是，他不想炫耀自己的速度有多快。只消一、兩段樂句就知道他可以彈得多快了，但是他讓獨奏變得很有音樂性。他一邊彈，你幾乎可以跟著**唱**。

彈成這樣，不用再聽了（一定夠格）。可是年齡依舊是問題，而且他喜歡什麼類型的音樂呢?吉恩那天晚上很忙，所以我邀法蘭奇一起吃晚餐。其實內心深處想問他過去的事情。

我們去了聖塔莫尼卡的小漢堡店，我老實告訴他我看過六〇年代的他。他聽了很害羞，似乎那是上輩子的事了。他說他離開舞台一段時間，很久沒有唱片合約了。我說：「所以你才想加入我們的團嗎?」他低頭，看起來像小綿羊般害羞，才說：「不是啦，老實說，是因爲我女兒很喜歡你們。」

我問：「你女兒幾歲?」

他說：「八歲。她喜歡你們的服裝和化妝。我想，如果我加入她喜歡的團，就會成爲她的美好回憶。」

我說：「你是認眞的嗎?」

他微笑，說自己是認眞的，年紀愈大，愈希望小孩了解自己。

我聽過許多人說想加入KISS，這種理由還是第一次聽到，不知道該怎麼回應。不過我跟他說：「法蘭奇，我們以後都不會化妝了。」他很震驚，一副女兒會心碎的樣子。

他問：「爲什麼？」

「有些人覺得化妝代表不認眞。」

「小理查德會化妝，罕醉克斯化妝，大衛．鮑依也化啊！」

「你跟他們表演過？」他說對呀，這些人他都合作過。

我不敢相信，講起這些人像說起搖滾樂歷史。最後我問：「老兄，這些年你都跑到哪去了？」他說：「在小島上啦。」我以爲他在開玩笑，但他一臉嚴肅。我問：「你就爲了KISS千里迢迢飛過來嗎？」他說全家人正在長途旅行，準備去歐洲。他在洛杉磯的熟人告訴他我們在徵人。他盯著我問：「你們**真的**以後都不化妝了嗎？」

老實說，我想要他來KISS，團裡有個歷史人物很酷啊。最後顯然是無法啦。他去了想去的地方，我們也找了比他小二十歲的吉他手。過了幾週後，我收到他的信，謝謝我給他應徵機會，希望我們一切順利。你知道在搖滾圈，這種行爲有多罕見嗎？根本沒發生過！

信件最後有蠟筆潦草字跡，是他女兒寫的：「我愛KISS！」

好玩的是，一九九九年我有機會在多倫多演出《歌劇魅影》。之前我從沒嘗試過那種演出，但我接了。部分原因是當時我兒子五歲，那時我心想：「我想讓他看到這樣的我。」

接著，我想起法蘭奇聊到女兒，他說得沒錯。活到某個時候，除了留給小孩的紀念以外，沒什麼更重要了。

37

跟我來，爬上階梯。

底下的位置快要滿了，我看到神父在跟參加者打招呼，警察想隱藏行蹤。葬禮彌撒即將開始，但是這間教堂還有個祕密，要先知道才能把故事說完。

你看看這間空蕩的小房間，看到水泥地板、光禿禿的牆壁嗎？法蘭奇就是在這裡出生的。將近四百年前，名為巴斯加．拜隆（Pascual Baylón）的人也在這裡過世。他是貧窮的西班牙僧侶，沒受過什麼教育。後來他受封為聖人，因為他虔誠敬神，身邊總是發生一些小奇蹟。聽說在他葬禮上，他的眼睛突然張開，觀察聖餐儀式。

好幾世紀以來，他的遺體埋葬於教堂中，直到被燒成灰燼的那晚，也就是法蘭奇的媽媽在同一個房間生產而死的那天。她替小孩取名「法蘭西斯可．德．阿西斯．巴斯加」，希望聖人保佑。不過聖人早已施展法力了。

那天晚上沒有造成更多傷亡，其實另有原因。劫掠者進入教堂時幾乎沒人，也出於同個原因。因為在事情發生之前好幾個小時，巴斯加從陰間施展了最後一個奇蹟。

他發出信號，從墳墓裡發出敲擊聲，要教堂裡的人逃命。上面的人清楚聽見「喀、喀、喀」，接著逃命。這是警告的音樂。

法蘭奇回到西班牙時，應該也會響起這樣的音樂吧。

「大師，今天可以去河邊嗎？」

「爲什麼？」

「爸爸帶我去過，我們要看雕像，就是牧童的雕像。」

「那你就看過啦，不用再去了。」

「大師知道雕像的故事嗎？」

「住在這裡的人都知道。」

「是眞的嗎？」

「去拿吉他。」

「牧童聽到山洞裡有音樂是眞的嗎？」

「吉他——」

「然後他在山洞裡找到聖母瑪利亞的雕像。」

「不知道——」

「然後他把雕像帶回城裡——」

「眞笨——」

「隔天雕像就不見了？」

「好了啦——」

「大家回到山洞裡，又聽見音樂，還發現瑪利亞的雕像又回去了？」

「夠了沒啊！我問你，山洞裡會有音樂嗎？」

「不會，大師。」

「哼，當然沒有。要練習才有音樂嘛，你現在就沒練習。」

「所以這故事是假的？」

「我告訴你什麼才是眞的。瑪利亞想留在山洞裡自己聽音樂，牧童幹嘛去煩她呢？」

「對耶，大師。」

「人幹嘛要互找麻煩呢？」

「你說得沒錯，大師。」

「不要回頭找什麼，好好活在當下，懂嗎？」

「懂，大師。」

「你現在開始練，我等你等得都老了。」

一家人走出機場，迎向炫目的陽光，法蘭奇眼睛開始發痛，迅速拿出墨鏡戴上。沿著海岸行車，他明白自己已經忘了故鄉的色彩，忘了這裡的粉彩小屋、橘園、藍色地中海的白色浪花。他沒有忘記的，都深埋在心底，包括關於巴法的回憶，他永遠不能忘記那個男人騙過自己。

回西班牙是歐若拉的主意。他們先去過加州、紐奧良、倫敦。歐若拉多年以來首度和母親見面。大夥圍坐在長橢圓木桌旁，分食烤牛肉和萵苣。歐若拉忍耐母親瞪視他們視為己出的外國孩子。

「我都熬過去了。」那天晚上，歐若拉對法蘭奇說：「回西班牙，你也可以熬過去。」

「情況不一樣。」

「你覺得你爸還活著嗎？」

「他不是我爸。」

「所以你不想看到他？」

「他一定死了。」

「如果還沒呢？你不想跟他說話嗎？」

「說什麼？」

「說你活下來啦。現在還有老婆小孩，然後跟他道謝。」

「不用跟騙子道謝。」

「法蘭西斯可——」

「我不想去。」

「就是要去。」

「這對凱很重要嗎？為什麼？」

「不只對她很重要。」

「我不想去。」

她的手指勾住他的。「這句話你剛才說過了。」

如果只有自己一個人，法蘭奇一定不會啟程。但是現在一手牽著太太，一手牽著女兒，她們領著他回到了燠熱的國度。

一切的祕密都藏在那裡。

西班牙從一九四〇年代開始，生活有了巨大的轉變。獨裁者佛朗哥去世之後，被他掌握的西班牙慢慢復甦。法蘭奇幾乎認不得維雅雷亞爾的街道。路上鋪了柏油，以往只有馬匹和單車通過的道路，現由車輛主宰。大街上開了許多新店家，還有體育館和大型醫院。

法蘭奇一家人走過熱鬧街道，經過垂柳園，沿著灌溉渠道走進塔瑞加幼時曾被拋下的地方。法蘭奇和他一樣，曾被丟進河中。他避免談起巴法，雖然他可以感覺到歐若拉走在身旁時，似乎默默督促他講出來。

後來，是凱讓法蘭奇改變心意。他們走過花園，去看古老的蒸汽火車「拉潘得羅拉」（La Panderola）。幾十年前停駛，只留下火車頭和一節車廂停在篷下。

「我們以前都會追火車。」法蘭奇告訴凱。

「『我們』是誰？」

「小孩。」

「為什麼要追火車？」

「因為很好玩。」

「那如果跌倒在鐵軌上，火車又開過來咧？」

「不會發生那種事啦。」

「如果這樣跑——」凱衝到火車頭前。「然後跌倒，喔！」

凱假摔大笑，法蘭奇衝過去把她高高舉起。

法蘭奇大吼：「那爸爸就會在最後一秒過來搶救！」

法蘭奇放下凱，發現歐若拉看著他，眉頭上揚。法蘭奇歎氣。

「凱，過來，我帶妳看爸爸長大的地方。」

各各他街上的老家漆上了檸檬綠，窗戶換新，但是門框底下還有兩個凹槽用來卡住小推車。

除此之外，這裡看起來就跟附近其他街道一樣現代。

「就是這裡啦。」法蘭奇沒說出來的是，看到這裡讓他發抖。

「爸爸，你住過這裡喔？」

「小時候。」

「還有誰也住這裡？」

「照顧我的人，還有一隻狗。」

「那你的爸爸媽媽呢？」

「上天堂了。」

他對著歐若拉攤手，像在說：「夠了吧？可以走了嗎？」但是凱突然爆衝，大力拍門。

「妳幹嘛！」法蘭奇大吼，抓住她手臂。

「放手！」歐若拉說：「她只是好奇而已。」

門緩緩開了。披著披肩的瘦小女子從門縫探出來。

「Si?」

法蘭奇站直，說起西班牙文。

「真的很抱歉，不是故意要打擾，我女兒——」

歐若拉插嘴：「請問妳會說英文嗎？」

「一點點。」女子說。

法蘭奇說：「沒必要——」

「我先生小時候住在這裡，就是妳這間。」

「Si？」女子看著法蘭奇。「喔！」她表情變了。「我以前看過你。」

歐若拉問：「在哪裡看過？」

女子豎起一根手指，消失了一會兒，門也沒關，過了一會兒之後，拖著箱子回來。

「過來過來。」她說。

三人走進屋裡，法蘭奇最後才進去，心跳得很快。他四處張望，以為會湧上一股情緒，但是所有東西都不同了。油漆、照片、家具。房間還是一樣，就如同樂譜就是樂譜，只是填進的樂音會讓曲子變得有所不同。

女子說：「你看。」掀開蓋在箱子上的薄毯，拿出一張舊唱片。「這是你吧？」

那是法蘭奇的第一張專輯，西班牙進口版。

凱尖叫：「爸爸快看！」她抓住唱片，但是法蘭奇眼神已經飄到箱中其他物品上。裡面有收音機、狗狗的牽繩，還有他以前的小四弦琴。

歐若拉小聲問：「那是你的嗎？」

法蘭奇問女子：「妳怎麼會有這些東西？」

「某人帶來的。很久以前，那人說放著，如果有家人來就給他。沒有家人來。」

「什麼人？」

女子手指動來動去，在想要怎麼用英文說，最後放棄了。

「El hombre del cementerio.」

歐若拉問：「她說什麼？」

「墓地裡來的人。」法蘭奇說。

音樂長久以來和葬禮密不可分。安魂曲、讚美詩、軍隊葬禮樂。音樂只是一種天賦，我無法感到悲傷，人類卻能透過音樂宣泄傷痛。最激昂的曲子往往來自失去。

巴法的安魂曲極晚響起，樂音化為養子法蘭西斯可穿梭於市立墓園、在墓室尋找的身影。年輕的法蘭奇不會來這種地方。在他的童年時期，佛朗哥政權將人民從家中拉出，叫他們趴在墓園外的牆上，槍斃。許多人帶著我的音樂天賦，歌曲尚未唱出旋即被埋葬。屍骨填滿無名塚，只剩牆上的彈孔證明他們曾經活過。

巴法讓自己的兒子遠離這種地方。現在，法蘭奇再度走進墓園，尋找爸爸的名字。他走過疊了四層的墓穴。有些掛著耶穌、聖母瑪利亞的畫像，有些插著鮮花，法蘭奇什麼發現也沒有，完全沒有巴法的紀錄，也沒人記得究竟是誰把東西送到各各他街的舊家。過了太多年，許多線索已然消失。這一次，身為人子的法蘭奇再度疑惑，爸爸上哪兒去了。

歐若拉和凱在外面等著，讓法蘭奇獨自搜索。他兩手空空地走出來，像當初進去一樣。他看見妻女坐在陽光下的長椅上，凱抱著他的舊唱片。他努力想像巴法第一次看到這張唱片時，心中的想法。是在店裡看到的嗎？還是誰送給他的呢？他會不會覺得很奇怪，怎麼法蘭奇改名字了？

為什麼從來不聯絡呢？巴法有沒有聽過這張唱片？他能從那張虛華的唱片中，聽出那就是曾在花園歌唱的小男孩嗎？

墓園占地廣闊害法蘭奇頭暈，他靠在墓園牆上，一碰到牆壁，立刻感受到可怕記憶一擁而上，彈孔像是對著他的靈魂訴說一千個無聲故事。他察覺到其中有一個是爸爸的故事。

他轉身離開。

「法蘭西斯可？」歐若拉看到他。「你還好嗎？」

他腳步不穩地走過去，抱住她，維持這姿勢好一陣子。他看到凱注視自己的眼神充滿了愛，還親親那張唱片。當下他明白了，雖然她不是自己的親生骨肉，但是她注視著自己的眼神，就像他小時候看著巴法。眼睛睜得大大的，充滿愛、信任、安全感。他也明白，要不是因為沙丁魚老闆，他可能聽不到音樂，學不了吉他，永遠不會認識狗狗，也不會進森林遇見歐若拉。如果這一切未曾發生，也不會有眼前抱著專輯、對著陽光瞇眼的小女孩了。

他擦擦眼淚，帶家人走到附近的噴泉坐下，跟她們說了巴法的所有事情。

38

要是那天他們就此離開的話，故事就會完全不同了。然而，許多人就算僅僅提早一天離開，人生風貌也會從此翻盤。音符彈下去不能收回，時間和音樂一樣，永不褪色。

法蘭奇一家人正踏上回英國的歸途。歐若拉要先去看賽西兒再回紐西蘭。待在飯店的最後一晚，法蘭奇做了一個十分真實的夢。他夢見他走在巴法後面，爬著洗衣店樓上的樓梯。他看見巴法揹揹眉毛，要小法蘭奇趕快唱歌。接著一扇門打開，他第一次看到戴墨鏡、蓄鬍的高大男子。

接著所有人都消失了。

隔天早上，歐若拉醒來，看到法蘭奇坐在窗邊。

「怎麼啦？」她說。

「我在這裡還有事情要辦。」

「那我們留下來陪你。」

「這件事我要自己完成。」

她瞇眼瞪他。

「沒事啦。」法蘭奇安撫她。「去找妳姐姐，機票都買了，過幾天我再過去。」

「一言為定喔。」

「一言為定。」

他開車送她們到機場，親吻道別，接著又開回維雅雷亞爾。

他要找大師。

或許你會想，法蘭奇為什麼不早一點開始找呢？問得好，其實他心裡一直想著大師。他記得老師的每一段教導、每一次責罵。每次法蘭奇拿起吉他，腦海中便浮現大師的臉：蓬亂黑髮、邋遢鬍碴、戴著墨鏡。大師還活著嗎？他現在是什麼樣子？他怎麼過活？都是七十多歲的盲人了。他還會記得自己帶過的小孩嗎？

法蘭奇的事業，他又是怎麼看待呢？

事實上，就是最後這個問題，讓法蘭奇耽擱了這麼久。雖然他之前事業成功，得到金唱片大賞，辦過演唱會，有時卻因這種成就而感到羞愧。大師講授過音樂如何純淨，要他專心彈吉他，避開其他令人分心的愚蠢事物。然而，法蘭奇因為相對簡單的音樂成名致富，吉他變得不太重要。他的聲音和外表就能讓大眾買帳，舞步也讓他更受歡迎。法蘭奇擔心自己的某些行為，會讓他的精神導師感到噁心。

「你為什麼表現得像個笨蛋？」他似乎可以聽見大師那樣說，不管他變得多有名、多有錢，都不能消除大師的責難。在洗衣店樓上的小小公寓學習期間，法蘭奇最接近純粹音樂之美、如歌般的誘人魅力。遠離了那種氣氛，他害怕自己同時遠離了大師恩澤。

我應該說明，他這種情緒，時常發生在師徒之間。十九世紀的法國作曲家亨利．迪帕克（Henri Duparc）出生時，從我這裡抓取一大把音樂天賦，寫下一些深受啟發的作品，優美地混合了管弦樂和人聲。然而他十分敬畏尊師華格納，竟然在一八八五年、自己三十七歲時停止創作，手稿全數焚毀，因為這些作品對尊師而言，一文不值。

老師的陰影可能籠罩學生一輩子。當然法蘭奇並不知道自己的老師就是親生父親，他也不會知道現在尋找大師，會帶來自己不喜歡的結果。

於是他早早起床，在飯店喝過濃縮咖啡，沿著熟悉的路線穿過街道。他以前常常駕著綠馬車、身背著大吉他走過這些路。到底幾次了呢？他會戴帽子、穿短褲，低聲自問自答複習大師一定會問的問題，像是：「**那首曲子是哪個作曲家寫的？**」「**佛朗明哥的和弦連彈技巧是什麼？**」每走一步，這些回憶就湧上來，他感到脈搏就跟小時候緊張的心情一樣快。

但法蘭奇在克里斯塔塞內加爾街上一轉彎，身體沉了下來。洗衣店沒了，取而代之的是方正的辦公大樓，附設寫有Ｐ字的停車場。沒有藍色百葉窗，沒有樓梯，只有緊閉的玻璃入口和黃色閘門的車庫。

他的記憶像被剷平了一般。

法蘭奇坐在路邊，讓晨光照在後頸，不能這麼快就放棄。他心想，還有哪裡可以找？師生只在離開前的最後一天出遠門。他在心中重建最後去過的那些地方，但是想不起那些店家的位置，想不起餐廳。幫他做了耐用到今日的吉他店家在哪裡，也想不起來。

法蘭奇想起了小酒館，不知道是否還在原地？

「你說瞎子？」

「嗯，很高，黑頭髮。」

「沒有耶，我不記得了。」

「那是很久以前的事情了。」

「那時候老闆是我爸爸。」

「他還活著嗎？」

「他過世了——」

「我要找到我剛說的人，這很重要——」

「先生，你很面熟耶。」

「這不是重點。」

「等一下……你是美國人，是那個演員嘛！」

「不是——」

「還是歌手啊？」

法蘭奇閉口。

「啊，猜對了吧？」

「猜對了。」

「你是普瑞斯托嘛。」

「對。」

「你是這裡人啊？」

「小時候是。」

「維雅雷亞爾人嗎？」

「對。」

「我倒是不知道呢。」

「我那時候不叫這個名字。」

「所以你才會說西班牙文啊，說得很好耶。」

老闆喊了在排椅子的酒保，洗碗工也抬頭了。兩人聽了都點點頭。

酒保拉開嗓門唱：「**想要愛妳，不用懷疑**。」口音聽來模仿得拙劣，法蘭奇硬擠出笑臉。

「先生啊，拜託給我們賞個臉，在店裡表演吧？」

「表演？」法蘭奇說。

「明天晚上，我們禮拜五都有盛大的樂團表演喔。他們能和你合作一定很高興。」

「我來這裡不是要表演——」

「你來當我們的特別——」

「我只是想——」

「你小時候在這裡長大——」

「對，但——」

「衣錦還鄉耶，不是很棒嗎？」

法蘭奇歎氣。他環顧酒館內部，才剛開店，椅子從桌面上拿下。室內燈光昏暗，聞起來有酒精和漂白水味。他沒說起自己曾在這裡表演過，也沒說自己清楚記得那晚。每次上台他都會想起歡呼聲變成噓聲，玻璃杯砰砰的敲擊聲，還有大師要他鞠躬的樣子。

法蘭奇心想，或許他應該在這裡表演。這裡有一隻他找尋已久的惡魔，他要讓惡魔從此噤聲。他已經想辦法與父親的記憶和平共處，那晚表演被噓的記憶，是不是也可以如此？

他說：「我再考慮看看。」

老闆說：「一定要再想想喔。我們會幫你準備特餐，東西超好吃，還有酒和音樂。」

「有沒有誰可能認識我說的那個人？」

老闆抓抓下巴。「樂手可能會認識吧？有些樂手已經很老了，他們比較便宜，對吧？」

老闆微笑，舉起柳橙汁。「敬你返鄉！」

法蘭奇點點頭，走出門外。

當天稍晚，法蘭奇去了市政府，看看那裡有沒有大師的紀錄。他必須填寫表格，得知數天後才能得到回覆。他提到大師是吉他手，於是有人帶他去找文化代表，圓臉先生哈辛多（Jacinto）。哈辛多說他想不到什麼盲眼吉他老師，不過主動帶法蘭奇前往紀念塔瑞加的房間。裡面擺著照片、信件、樂譜，還有以前在聖非利斯遊街的半身塑像。玻璃箱裡放著幾把他的愛琴，像他的第一把琴，是十九世紀的魯特琴師安東尼奧・德・托瑞斯・胡拉多（Antonio de Torres Jurado）所做。幾乎所有木吉他都能上溯到這位琴匠。

法蘭奇發現那把吉他受損，破損處和斑點都未修復。他問哈辛多：「你知道這把琴的歷史嗎？」

他說：「我知道。」臉色一整，像要發表演說似的。「這是他的愛琴之一，用了二十多年，最後因為過度使用考慮換掉，他還找人來修。試了許多次之後，終於修好了。」

「然後呢？」

「塔瑞加就和愛琴團圓了。」

「他死後把琴留下了嗎？」

「是，也不是。他把吉他留給家人，但過了一陣子，他弟弟文森（Vincente）把吉他賣掉。

他以為自己的買家是多明哥．普拉特（Domingo Prat），那是住在布宜諾斯艾利斯的塔瑞加徒弟，所以文森把吉他運上船，寄到南美洲去了。

「結果吉他到了南美洲，並沒有寄到徒弟手上，反而到了一個十歲女孩手裡。那些年間，吉他一直是失修的狀態。」

「送到南美洲？」法蘭奇說。

「對啊。」

「那吉他是怎麼回來的？」

「多年之後，另外一個學生在當地發現的，吉他擺在房子裡的沙發上。他幫忙安排，寄回西班牙。」

法蘭奇看著吉他，靠近琴頸處有裂痕，響孔附近的玫瑰花裝飾也缺了角。

「幹嘛費心呢？都壞成這樣了。」

「跟落葉歸根一樣的道理啊，」男人說：「在此地彈出最美妙的音樂，因此屬於這裡啊，不是嗎？」

法蘭奇看著吉他，希望大師也能看到，要是在琴況良好的時候彈彈就更棒了。和塔瑞加有關的吉他，大師一定愛死了吧？法蘭奇向哈辛多道謝，離開市政府。那天接下來都在想那把吉他的旅程：在此地製造、送上船離開故鄉、踏上迷途、遭到毀壞，現在又回到老家了。

在此地彈出最美妙的音樂，因此屬於這裡。

想起這句話的他，決定在小酒館表演。只為了紀念大師。當然，若能召喚他現身更好。

音樂的歸途總是難以預料。有些人光榮返鄉，像是布魯斯・史普林斯汀（Bruce Springsteen）在紐澤西表演；有些人則是喜憂參半，像是霍洛維茲（Vladmir Horowitz）遭流放六十年後，回到莫斯科表演。老實說，還有些人的歸途，竟是停留在想像中比較好。

法蘭奇這趟返鄉規畫匆促，所以來店裡看表演的都是常客，還有幾個好奇的新客人。不過他還是希望消息能傳出去，要是大師還活著，或許會聽見學生回來的訊息。這裡雖然變得現代化，依舊是個小地方，消息很流通。

他帶著吉他提早過去，店外有人靠著一排摩托車抽菸。到了店裡，他發現舞台比以前還大。樂隊的人慢慢抵達，九人編制，成員從中年到極老年都有。法蘭奇和領隊討論要唱什麼；他是個手臂細瘦的鋼琴師。這裡不像四十年前封閉，西班牙現在經常表演外國歌曲了，領隊聽到法蘭奇的選曲點頭同意。

法蘭奇選了多種歌曲。為了驅趕留在這裡的負面回憶，他選唱幾首自己的作品，像是〈想要愛妳〉、〈我們的祕密〉，也有樂曲，像是〈聖路易藍調〉、〈老虎散拍〉、萊恩哈特的〈香水〉。再加上其他法蘭奇記憶中，大師最後一次在這裡表演過的曲子。

鮮少有人注意到，一名身穿厚重衣物的人坐在後面椅子上。

老闆興高采烈地介紹法蘭奇，得到禮貌性的掌聲回應。每彈完一首，掌聲益發熱烈，因為法蘭奇愈來愈投入最後那晚的回憶。他依照大師指導的方式，彈了艾靈頓公爵、舒曼、塔瑞加，彷彿接下來最棒的事就是找到大師，這個念頭讓他精神一振。他轟隆轟隆彈了幾首佛朗明哥曲子，讓西班牙觀眾超開心。唱到自己的名曲時，客人變得雀躍，唱紅這些金曲的人就在維雅雷亞爾，讓他們心花怒放。

法蘭奇沒有休息，從來沒離開台上，酒一杯杯添，菸一根根抽。將近兩個小時，吉他愈來愈揪人心弦。再彈一首老荷他舞曲，還有混水的藍調（Muddy Waters blues）。

最後一首歌，法蘭奇選了十分特別的〈亞瓦崙〉。那是他在一九四五年的舞台上，第一次獻給觀眾的歌曲，也是唯一一次和親愛的老師同台演奏的曲子。一彈出第一組和弦，汗水便滴下額頭。法蘭奇想像大師坐在自己身旁，低聲說著那些老話，催他表演。

「來吧，唱吧。」

「可是我不想唱。」

「爲什麼？」

「我會怕。」

「沒錯，你會怕。而且你以後還是會怕，這輩子都會怕。你一定要克服這種恐懼，要面對，假裝底下沒人。」

「大師——」

「你做得到。記住，我說做得到，就做得到。」

樂隊在他後面彈，法蘭奇發現觀眾探頭探腦，手指敲動，節奏愈來愈強烈，有些客人也開始跟著打拍子。

法蘭奇唱：

我在亞瓦崙找到愛情，
就在海灣旁。
我在亞瓦崙找到愛情，
航行離開。

他看老闆也跟著其他人一起打拍子。

我夢見她在亞瓦崙，
從早晨到黃昏，
我想我會再度啓程，

回到亞瓦崙。

法蘭奇原本以為歷史會重演，結果這次沒人抗議，只有鼓譟。他左顧右盼，希望破滅，原以為能看見大師坐在桌邊叼著菸，戴著墨鏡微笑啊。這是法蘭奇多年以來在內心深處的願望，他追求每個學生都想從恩師臉上看到的最後肯定。

不過這種事情沒有發生。法蘭奇彈完精彩的獨奏，唱完最後一段歌詞。他像跑者奮力跨過終點線一般，大力刷三個和弦作結，最後一個和弦奔向觀眾，法蘭奇點頭，掌聲雷動。老闆站起來鼓掌，其他人跟進，站在一片嘈雜的掌聲中。

法蘭奇慢慢起身，拿起吉他，想起塔瑞加失傳已久的愛琴。突然，此生最深沉的渴望將他擊潰：法蘭奇好想要再見到年邁的大師一面。

然而，現在的他反而有掌聲相迎，他硬擠出笑臉。歸途總是難以預料。覺得自己不應得到喝采時，沒什麼比歡聲雷動更令人空虛了。

編曲家的工作複雜，要協調樂器共同發出優美的樂聲。「編曲和聲」這個詞彙最能形容以下故事的發展：所有人物一同發聲，在高潮作結。

表演結束，掌聲高昂如小提琴弦一般緊繃；客人一邊聊天一邊走遠，成年的對話有如貝斯線。可以聽見樂隊收樂器的敲打聲漸漸消褪，他們把銅管和鈸打包裝好。此外，還有法蘭奇簽名的柔和刷刷聲，為還記得自己專輯的老粉絲簽名。

而老闆的男中音嗓音，興高采烈地告訴他隨時回來都可以。更有輕柔話語，像是法蘭奇向幾名樂手敲了幾下鋼琴鍵，帶著希望問起盲眼大師的事情，又像長笛滑奏那樣失望低落。

過了一會兒，店內幾乎空了，後門傳來咿呀的開門聲，法蘭奇走進巷子裡，他曾在那裡搭車逃亡。

最後，火柴點燃的聲音響起。

「我認識你。」有人用西班牙這樣說。

法蘭奇看到菸頭橘光。

「你怎麼會認識我？」

「〈亞瓦崙〉那首歌，已經很多年沒聽到了，但我絕對忘不了，你就是法蘭西斯可。」

「那你是——」

「酒鬼。」

「我是在問你名字，先生。」

「你不記得我是誰？你整晚表演我都在台上，只不過我待在後面。」

老人蹣跚地從陰影裡走出來，顯然喝得大醉。他花白的鬈髮稀疏，駝背披著外套。

「我是康佳舞者。」

法蘭奇好奇歪頭，老人用兩根手指放在嘴唇上。「很久以前我留小鬍子，看出來了吧。」

老人低頭。「我是亞伯托。」

法蘭奇雙眼大睜，低聲重複：「亞伯托……」

「沒錯。」

「那晚是你開車載我們……」

「就是我。」

法蘭奇感到心跳加速。

「亞伯托，拜託你。我一直在找大師，就是你的朋友，他——」

「我知道你在說誰。」

「你知道他在**哪裡**嗎？」

亞伯托仔細觀察法蘭奇的臉。

「知道。」

「他還**活著**嗎？」

「死了。」

法蘭奇感到胃部一沉。

「他什麼時候死的？」

「別再玩什麼把戲了，你明明知道。」

「知道什麼？」

亞伯托把菸丟下，吸進一口氣，努力想要站直。

「你要我說是不是？好！我殺了他。」

法蘭奇喉嚨一梗。

「你是什麼意思？」

「我什麼意思？」亞伯托不看他。「我什麼意思？你要我敲鑼打鼓大聲說嗎？人是我殺的，所以你才會來這裡嘛，不要再裝了，快動手。」

法蘭奇的內臟都在發抖，靈魂開始剝離身體。他說話的時候，沒有空氣進到肺裡，聲音聽起來再也不像自己的了。

「亞伯托先生，你給我解釋清楚。」

亞伯托挑眉。「沒人派你過來？」

「派我過來？」

「替他報仇啊。」

「我聽不懂。」

「就在你的船開了之後，我把他推到海裡。」

「為什麼——」

「錢！為了一袋錢。才過一週，錢就被偷了啦。我出賣了我的靈魂。」亞伯托低頭。「現在你知道了……」

「可是你明明很**喜歡**他。」

「沒錯。」

「他也信任你……」

「他信錯人了。」

法蘭奇低聲說：「就為了錢？」

「沒錯！沒錯！我是小偷，可以了吧？」他說話的時候，似乎氣力用盡，聽來像低啞的低音號，隨即轉變成憤怒的語調。酒精和多年來的罪惡感更是火上加油，他身體開始搖晃。「為了錢啦！為了錢啦！」

亞伯托伸手探進外套，拿出槍枝揮舞，抵著法蘭奇胸膛。

「把你的錢也給我！」

「拜託不要，亞伯托——」

「拿出來！如果你不復仇，那我就把你的東西搶走。錢拿出來，不然我連你也殺了。」

法蘭奇舉起雙手，手掌攤開。亞伯托藉著路燈光線看到蓋滿他左手的疤痕。他湊近看，眨眨眼。

「法蘭西斯可，你把你自己怎麼了啊？」他低語：「那你是怎麼彈吉他的？」

法蘭奇趁機抓住他的手臂快速扭轉，老人腳步不穩，力氣也比不過法蘭奇。槍掉在人行道上，他揪住法蘭奇的領口。

「殺了我。」老人從喉頭擠出懇求，眼淚滑過臉頰。「四十年了，我帶罪生活四十年了。我一直在想他會不會回來找我？幫他報仇吧，現在就動手！」

法蘭奇看著亞伯托的老臉、哭泣的雙眼、一口爛牙，感到血液衝往腦袋。答案只是這樣嗎？大師已經不在了嗎？法蘭奇心中最偉大的人，竟然被哭哭啼啼的康佳舞者殺了？

無聲的憤怒從他體內消褪，他推開老人。

亞伯托說：「就這樣？」他踉蹌後退，一副喝醉酒的樣子。「那就再見吧，笨蛋！」

法蘭奇瞪他。

「亞伯托先生。」

他還在嘀咕：「笨蛋……笨蛋……」

「亞伯托先生。」

法蘭奇撿起槍，亞伯托回頭，法蘭奇高高舉起槍管，亞伯托衝過來。

「不要啊——」

法蘭奇扣下扳機，三次。

亞伯托頹然倒下。

法蘭奇把槍丟下，一臉震驚。一陣煙從槍口冒出，形成了樂曲終章。

在酒館內部，老吉他靠在牆上，第五根弦成了火焰藍。

第六部

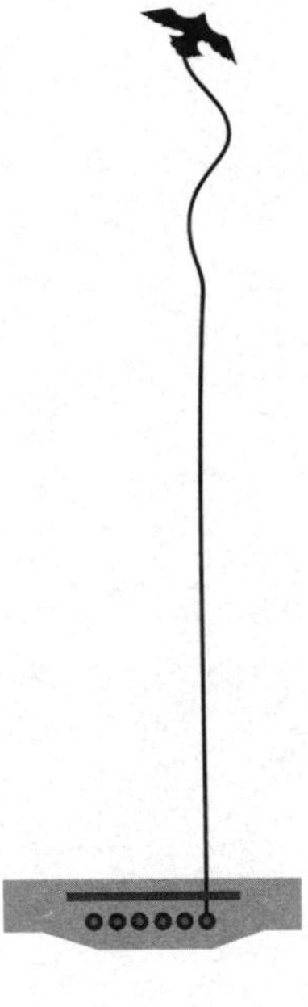

一九四三年

「大師。」

「怎樣？」

「我做了一件壞事。」

「什麼壞事？」

「我把弦弄斷了。」

「你把吉他丟來丟去嗎？」

「沒有，大師。」

「拿來當玩具玩嗎？」

「沒有，大師。」

「那你是怎麼弄斷的？」

「我在練習……」

「練音階和練習曲嗎？還是我叫你少彈的笨蛋歌？」

「不是笨蛋歌。」

「所以你在好好練習囉？」

「是的，大師。」

「然後壞事自己發生了。」

「是的，大師。」

「吉他拿來。」

「在這裡，大師。」

「現在要來修理你搞的破壞。」

「好的，大師。」

「幫我把新弦穿過音鈕……」

「穿好了，大師。」

「打結了嗎？」

「打好了，大師。」

「現在來聽聽你怎麼調音。弦一開始是鬆的，但是要把轉琴鈕轉到緊。」

「我知道了，大師。」

「轉到聽起來像這樣……聽到了嗎？新弦調好音就是這樣。」

「如果一直轉一直轉會怎樣？」

「弦會繃斷。原本的用途不是那樣，就不可以過分要求。不然最後會壞掉的。」

「大師……」

「怎樣？」

「我做了壞事。」

「你說過了。」

「我剛剛不是在練習，我把琴弦轉到斷掉了。」

「所以你剛剛說謊？」

「對，大師……」

「而且把弦弄斷的其實是你。」

「是的，大師。」

「現在有罪惡感了吧？」

「對不起，大師，對不起，大師……」

「哭吧，你該哭的，撒謊的小孩應該要哭。」

小號手溫頓的話

溫頓·馬沙利斯（Wynton Marsalis），小號手、作曲家，葛萊美獎得主；藝術總監，於林肯中心表演爵士

法蘭奇曾經三年沒開口說話，這點有多少樂手做得到？三年耶，天啊。一個字都不說，只是一直在修道院彈吉他，我就是在那裡遇見他的。他讓我大開眼界。學習音樂的關鍵，就是謙卑，對吧？你要我說他的故事，我得從這裡開始。我想，**三年**不說話，應該要極爲謙卑才能辦到吧……

西班牙？我常來這裡，我在這裡待過十二年，幫維多利亞一個音樂節寫過音樂，美國藍調和西班牙音樂混合。寫完之後，他們幫我做了雕像，沒開玩笑喔，這裡的人眞的很喜歡爵士。

我第一次來這裡是一九八七年，永遠也忘不了這個年份，因爲我就是在那年遇見他的。當時我們有些表演，結束後開車回巴塞隆納的路上，我看到山丘上有城堡。通譯說那是修道院，問我想不想去看看。我說當然好哇，我是紐奧良人，不會每天都看到僧侶走來走去。

那個地方十分精緻，有九百年歷史。建築樣式、石塊建材、淺粉紅和褪色金的色彩，完

全不像現代能看到的地方。而且那裡眞是**安靜**，一片死寂。我四處走動，有點迷路。我喜歡在那種安靜時刻散步，尋找靈感。

突然之間，我聽到了音樂聲。我自言自語：「難道我瘋了嗎？好像是藍調耶。」樂聲聽來像鉛肚、亞伯·金（Albert King）之類的。我還以爲會有藍調天使突然現身，開始跟我對話。

我走過噴泉，穿過一座小橋，就在那時看到他，獨自一人帶著吉他。他背對我，於是我站在原地聽他彈。天啊，眞是我聽過最好聽的吉他，好的不只是速度和敏捷度，就連**故事**也說得很好。音樂就是溝通，對嗎？音樂是用音符關住靈魂，說出自己的故事，彈奏就是這樣。雖然我根本不認識這個人，但可以從他的音樂、他彎腰撥弦的樣子，知道他一定受過傷，想要尋找什麼。

他彈到一個段落時，我說：「不好意思。」他迅速轉過身，我不想把他嚇得跳起來跑掉，所以伸出雙手，擺出祈禱的樣子。他看我靠近，我小聲地說：「抱歉，打擾了。」他沒有回話，我說：「你彈得很美。」那時我離他只有幾呎，看他剃了頭，還有一雙藍眼睛，是個好看的西班牙男子。他穿著袍子，但並非其他僧侶穿的白袍。

我說：「我是溫頓·馬沙利斯，美國樂手，吹小號。」他看著我，看得很用力，看了整整十秒鐘，然後哭了起來。我說：「對不起，我是不是說錯話了？」他搖頭，還是在哭，我一直道歉。他拿出小本子和筆，終於寫了一句話：「**我認識你爸**。」

老天！我人在西班牙山上修道院裡，竟然有僧侶會彈藍調，還說認識我爸？眞是有點不可思議。我問：「先生，你叫什麼名字？」他先寫「**法蘭奇**」，再寫「**普瑞斯托**」。

所有的記憶都回來了。

我爸爸也是樂手，而且他眞的認識叫法蘭奇．普瑞斯托的人。在五〇年代的紐奧良，他們在名爲露珠小站的地方一起合奏。我的成長過程中，「法蘭奇．普瑞斯托」這個名字已經聽到不想聽了。不想練小號的時候，我爸就會說那個年輕白人吉他手跟我一樣大時，早就在玩爵士樂了，還不用爸媽催呢。而且那個人還創造新的音樂，混合古典跟藍調，其他同行來都爲了聽他彈吉他。在紐奧良，不管年紀多大多小，只要能彈，樂手自然聽得出來，音樂會說出眞相。大家說法蘭奇．普瑞斯托能用吉他吐眞言，雖然他後來離開去玩搖滾樂了。

多年以後，我們兩人在修道院相會。那裡離紐奧良法國區多遠啊？我說：「你可以說話嗎？」他點頭。我問：「說話不違反規定？」他搖頭表示不違反。「但你就是不想說？」他又搖頭。我問：「這樣多久啦？」他舉起三根指頭。我說：「三個月？」他搖頭否定。「三年？」他點頭。

天啊，沉默三年？我想讓他獨處，卻也認爲我會去到那裡一定有某種原因，因爲實在太巧了。我問他：「普瑞斯托先生，你爲什麼會在這裡呢？」

他寫：「**贖罪**。」

嗯，我認識很多闖禍的人。很多跟我一起長大的人後來進去蹲了。聽他這樣講，我不是很意外，直接問他：「你殺人啊？」那是我第一個想到的理由。他搖頭，寫出：「**差一點動**

手。」

我說：「那不一樣啊。」

他敲敲自己的心臟，像是在說：**「在這裡殺了人。」**

後來我懂了。他的重點是「意圖」，意圖在音樂中很重要，極爲重要。你的想法會變成行爲，善行惡行都有可能。但我坐在他身邊，覺得他已經做得很夠了。三年耶？就爲了**想**做壞事？我問他有沒有家人？他點頭。我問：「家人知道你在這裡嗎？你會不會寫信給他們？」他又點頭。我說：「他們不需要你陪嗎？」他沒說話，但我知道我說錯話了。他又開始無聲地哭泣，眼淚大顆大顆掉下來。我爲他感到無比悲傷，跟他說：「普瑞斯托先生，音樂圈會需要你的，我也很願意跟你錄音。」他寫：**「我再也不想表演了。」**

我說：「搞不好你可以教學啊。」

不知何故，對話就在這裡終結。他拿起吉他走開，我只好坐在原地默默消化剛才發生的一切。我跟你說，這可是我經歷過最奇怪的相逢，而且沒有其他人在場，我還在想會不會有人相信我呢？

後來我回去找通譯，問她可不可以跟主管的人談談。她帶我去找一個年長的僧侶，我們坐在他們的食堂小椅子上，說我很久以前就認識法蘭奇．普瑞斯托了。僧侶說，他不能談論這裡的修士。我問他知不知道事情經過，他差點殺了誰？他還是說，一切都不能討論。於是我問：「要怎樣才能帶他離開這裡？」僧侶看起來很訝異，說：「想要什麼時候離開都可以，只要走出那扇門就好啦。」

之後，我回到噴泉和橋那裡找他，但沒找到。那時有點晚了，我們走回小停車場，他人在那裡，靠坐在車旁，穿著一般人的衣服，手拿著琴盒。他起身看著我們，說話了。那是他第一次說話，聲音極爲虛弱，每個字都像是刮著喉嚨出聲。

他只說了一句話，就這樣。

「可以幫助我回家嗎？」

39

你看，抬棺者在集合了。他們會把法蘭奇的靈柩抬到最後的安息處。你看到他們了嗎？

我會告訴你那些人是誰，對法蘭奇有什麼意義，還有他是怎麼死的。

之後，我就得離開了，還有新靈魂得照看，新才華要發放。最終章就用 allargando（漸寬闊）的節奏吧，漸慢，愈來愈宏偉。這個故事說得這麼長，其實很值得，到故事終章才能凸顯法蘭奇．普瑞斯托的高度。

我看到合唱團的選曲之一是〈來到水邊〉（Come to the Water）。對於被丟到河裡的小孩而言，這首歌多適合呀。流水也是法蘭奇踏上歸途的關鍵。雖然馬沙利斯說要買機票給剛結束修道院隱居的新朋友，法蘭奇卻還沒準備好快速地回到外在世界。

他反而去了巴塞隆納的港口，在船上打工換宿。上了貨船，在廚房打雜，坐船去義大利。到了那裡，他又換搭其他船隻，去了斯里蘭卡。又有一艘船載他去新加坡，再去澳洲，最後到了紐西蘭。他看著廣闊的海，感到慰藉，藉此明白自己的問題其實很渺小。每天早上他凝視著海，想像大師的靈魂已經安息。每晚，他在甲板上唱宗教歌曲，同行水手全都讚嘆他的歌聲。有些人也爬到甲板上合唱，這是法蘭奇無數樂團中的一個，不過團裡只有一個主唱。

他總計航行了五個月，航程一萬九千哩。在海上期間，他總算能跟不太平靜的過去平靜相處了。長久以來，他終於能一夜好眠。他夢見巴法，夢見他們一起吃紙袋裡的橘子。也夢見漢普頓在小廚房中燉豬肉湯給他喝。甚至夢見孤兒院的修女，還有做完彌撒後修女送上的餐點。他明白過來，要讓一個孤兒活在世上，原來需要那麼多的人。

水上行程的最後一趟航程最短，是航程一小時的渡輪。日落時，他從奧克蘭出發回到威赫基島，也是自我流放的終點。

法蘭奇下了船，手上只有琴盒和摺好的上衣。他皮膚曬黑，頭髮又長長了，濃密的鬍子夾雜灰鬚。他擠在乘客之中慢慢移動，他們拿著購物袋、公事包。法蘭奇在心中想像過自己走上山丘，繞過路走向最後一次稱為家的小海灘。他沒有寫信說要回來，因為還不確定。直到那天早上，他覺得自己準備好，有資格重返舊有的生活了。

眼前的人散開，他卻停下腳步，心跳加速。

那裡有人坐在售票亭旁邊，雙手抱膝，是歐若拉。

她穿著長長的綠色洋裝、皮涼鞋，一看到法蘭奇就拿下墨鏡，但是沒有起身。

法蘭奇慢慢靠近。

「歐若拉是破曉的意思。」他說。

「再也不是了。」

「妳每天晚上都來這裡嗎？」

「我在等最後一班渡輪。」

「妳都等多久？」

「等到最後一個人下船為止。」

「然後呢？」

「然後回家。」

「三年來都這樣嗎？」

「是。」

她看向別處。

「法蘭西斯可，你要找的東西找到了嗎？」

「沒找到。」

「還會繼續找嗎？」

「不找了。」

「從此結束了嗎？」

「對。」

「會留下來陪我們？」

「會。」

「法蘭西斯可，我們不是小孩了。」

「對。」

「也不再爬樹了。」

「我知道。」

「你現在有家庭。」

「妳說得沒錯。」

「你信上寫你是清白的。」

「那是指殺人的事，沒錯。」

「可是你卻懲罰自己。」

「那不是懲罰。」

「對我們來說就是。」

「我知道。」

「那個人是誰殺的？」

「他們不告訴我。」

「你在乎嗎？」

「我應該會永遠在乎。」

歐若拉看著海鷗降落在甲板上，啄了什麼之後又飛走。

法蘭奇問：「歐若拉現在是什麼意思？」

「是極光。」

「為什麼？」

「老師跟凱說，南邊的天空有一種光，叫歐若拉。」

「所以呢？」

「凱說那就是我，我就是極光。只要我待在原地，你就會找到我們，回家之後再也不離開。」

她抬起眼睛。「你的事情真的了結了吧？」

法蘭奇感到喉頭一緊。他下船時，不知道眼前會有怎樣的人生，也不知道究竟會不會有新人生。但是她的愛一直等待，像以前他等她那樣。**留住最後一支舞**。他想起那首歌。他看著懸崖，看著小船，看著她，一如往常的美麗。

他細聲細氣說：「對不起。」

「你還想看你女兒嗎？」

「想得要命。」他說。

她咬咬嘴唇，把他抓過來親了一下，他也做了一樣的動作。要是你一小時之後回來這裡，會發現兩個人還在原地，用擁抱鎖住對方不願放開。

亞伯托的離奇死因，我只能解釋一部分。法蘭奇沒有殺他，這點的確沒錯。亞伯托衝向他時，他舉起槍，盤算著自己可能犯下的惡事。但是最後，他只是對空鳴槍三下，要亞伯托停止。所以老人倒下時，他以為只是跌倒而已。

沒想到亞伯托竟然**遭到**槍擊，是別人扣下扳機。發射的噪音和法蘭奇的混在一起。

亞伯托歷經四十年的內心折磨，終於得以用死亡平撫，卻是經由他人之手。

警方拘留法蘭奇兩天，後來讓他離開。警方表示，真凶已經自首，子彈吻合，法蘭奇鳴槍示警的說法證實為真。他要求警方告訴他真凶是誰，他們卻不願透露，只說那個人已經自行投案並且拘禁，還說法蘭奇離開維雅雷亞爾幾天比較明智。

那天下午法蘭奇步行離開，迷失在不敢置信的混亂中：人死在他面前，槍握在他手裡。童年的最後一個見證人死了，大師也已經過世多年。是誰殺了亞伯托？他自己準備好要取人性命了嗎？他沿著主要道路出城，經過密哈勒斯河。以前沙丁魚老闆和狗狗在那裡救過他。走了幾天，想累了之後，法蘭奇剛好看到一間修道院。他爬上樓梯，問可不可以留在那裡。僧侶看到他的吉他，問他隸屬哪座教堂。

他說：「聖巴斯加拜隆聖堂。」

僧侶聽了點頭答應。巴斯加自己也彈吉他，四百多年前他當牧童時便是如此。生命中彈過的每首歌都是我。

他們歡迎法蘭奇，他踏進門內。

40

那些年發生在島上的事情之中，有一件我必須詳細說明。

法蘭奇回來不久，剛好趕上凱的十二歲生日。海邊擺桌放上蛋糕，一群孩子來參加生日派對。凱和父親重聚，開心到都要飛上天了。

太陽下山，法蘭奇把凱叫到桌前，說有禮物要給她。他伸手要拿破爛琴盒——

「爸，我不要你的吉他。」

「我知道，」法蘭奇回答：「但或許妳想要一把自己的吉他。」

他打開琴盒，露出一把極不尋常的吉他，紅色琴身，白色音鈕。琴身彩繪畫上西班牙騎士和漂亮女子。

「喔，爸爸，送我的嗎？」

「就是給妳的啊。」

「你怎麼會有？」

「從其他國家買來的。」

「你看那匹馬！」

「還有那個小姐。」

「好美喔。」

「跟妳一樣美。」

「你會教我彈嗎？」

「妳想學，我就教啊。」

「好哇！」

凱抓著吉他衝到朋友那邊。歐若拉一直看著，等她跑得夠遠，才靠過來拍拍法蘭奇的肩膀，問他：「**你的**吉他呢？」

「沒有了。」

「你把吉他怎麼了？」

「留在一個地方了。」

「但是那些吉他弦，有魔法——」

「**所以**才不能把吉他留下。」

「法蘭西斯可，那些弦做了好事。」

「也做了壞事。亞伯托死的時候，一根弦變藍了。」

「你又沒殺他。」

「如果我沒去那裡，他就不會死了。」

「那只代表你有影響別人的能力。」

「我不想影響別人。」

「你沒辦法控制。」

「但我可以試試看啊。」

「琴弦是禮物——」

「我知道——」

「是老師送的——」

「我的表演技巧，也算是老師的禮物。」

「你的表演對其他人的影響也算啊。」

「我不想談了，好嗎？」

他們沉默坐著，潮汐拍打岩石。

「法蘭西斯可？」

「怎樣？」

「如果把琴留下，會導致什麼後果呢？」

「後果？」

「說不定你本該影響其他人，本該拯救性命？」

「救妳的性命嗎？」

「救她一命。」

歐若拉往女兒方向點頭，凱對著嬉鬧的朋友搖著吉他。

法蘭奇說：「我靠自己的力量就可以了。」

他們的討論到此為止。人生和音樂一樣，有需要彈奏的小節，也有需要停歇的段落。這是法蘭奇打從九歲開始，第一次身邊少了他那把珍貴的吉他。吉他被留在西班牙修道院的床底下，遠在半個世界之外。還剩下一根魔法琴弦，尚未發功。

「爸爸？」

「怎麼了？」

「我手指痛。」

「音樂就是痛苦。」

「眞的嗎？」

「我的老師是這樣跟我說的。」

「這是什麼？」

「是繭。」

「爲什麼會長繭？」

「因爲妳在學琴，彈得愈多，繭會愈硬。」

「昨天繭還流血了。」

「因爲昨天妳彈了很多歌啊。」

「我彈得好爛。」

「哪會。」

「今天我會彈得更好。」

「沒錯。」

「我會彈得跟你一樣好嗎？」

「可能會更好喔。妳的指甲剪短了嗎？」

「嗯……這是什麼和弦？」

「G和弦。」

「我喜歡，很簡單。」

「妳彈彈音階。」

「Do、re、mi嗎？」

「沒錯。」

「爸爸？」

「怎麼了，凱？」

「你一直都很想彈吉他嗎？」

法蘭奇想衝口而出回答「對」，那個答案幾乎是本能反應，但是他想了想改口：「可能沒有一直都想吧。可能一開始，我彈吉他只是想讓爸爸開心而已。」

凱笑了，露出牙齒。

「我也是這樣。」

「回來彈音階吧。」

「長繭很醜耶。」

「之後會消下去。」

「然後就不痛了嗎？」

「很快就不痛了。」

「所以音樂不是痛苦嘛。」

法蘭奇看著抱住第一把吉他的女兒，感到一股暖意流過心中，他說：「不一定都會痛苦。」

創作歌手英格麗的話

英格麗．麥可森（Ingrid Michaelson），創作歌手、作曲者

好了，動作要快……我已經遲到了。他們還沒開始吧？我今天才搭飛機到這裡，叫車又很久……

對，我叫英格麗．麥可森，美國人。我認識法蘭奇，但我以前不叫他法蘭奇，我稱他爲盧比歐先生。大家都那樣叫他，我們不知道這兩個其實是同一人。

他是老師，吉他老師。我家附近有間樂器行。我在史坦頓島（Staten Island）長大，那是紐約的行政區之一，嚴格說起來眞的是島，曼哈頓也是島……總之這間樂器行和其他樂器行沒什麼差別，很大卻很擠。牆上排滿音箱，掛滿吉他，一間房間放鼓組，另一間放電子琴，總是有幾個青少年在角落用力刷電吉他。

店裡有個小劇場。小時候我喜歡劇場，也喜歡音樂，因爲我爸媽要我學鋼琴。所以我會去店裡晃晃，看看劇中人物，也聽聽大家在彈什麼。店後面有教室，在走廊上，大概四、五間，可以看到小孩拖著過大的樂器，像是雙簧管、中提琴來來去去。吹長笛算幸運的了，因爲長笛不重。

有一天我去店裡，有個留龐克頭的高大少年正在試一組馬歇爾（Marshall）音箱，和弦彈得超大力，我的頭都要爆炸了。我躲到後面，走廊上有間教室門沒關，我聽到有人在彈吉他，彈的是古典樂。龐克頭又大力彈了E第七和弦或之類的。「轟轟轟轟轟——」我耳鳴一會兒，繼續聽那古典吉他的彈奏。過了幾秒，龐克頭又傳出爆炸聲，接著又是古典樂。同時聽著兩種音樂眞的很怪，也有點酷。

我很好奇到底是誰在彈古典樂，而且在這種店裡彈？所以我穿過走廊，假裝要上課，從門縫偷看。裡面有個留著長髮的老人自顧自地彈吉他，一點也不介意外面的噪音。我從走廊另一端走回來，再偷看一次，他還在彈。我轉彎又拐回來，他這次在彈西班牙風的曲子，速度很快，但是富有旋律，好像是兩隻手同時彈奏。所以我傻傻地站在走廊上，像被催眠一般聽著。他抬頭，我僵住，他說：「巴里歐斯（Agustín Barrios）。」

我說：「啥？」

「作這首曲子的是巴里歐斯，這首歌叫〈大教堂〉（La Catedral）。彈曲子應該要知道作曲者是誰。」

我聽了只是點頭。那時我才十四歲，哪懂這些道理。他微笑，放下木吉他，拿起一把連著Fender小音箱的電吉他。房間裡大概有十把吉他，他開始彈極爲狂野的搖滾樂，然後說：「罕醉克斯。」

我聳肩，因爲那時我還沒聽過吉米．罕醉克斯的音樂。所以他又彈其他首，說：「史蒂維·雷·沃恩（Stevie Ray Vaughan）聽過嗎？」我還是不知道。他後來彈了一段〈走這邊〉（Walk This Way），問：「史密斯飛船（Aerosmith）？」我說我聽過！

接著，我脫口而出：「你會彈什麼音樂劇名曲嗎？」

回頭想想，即使我當時很**迷**劇場，但我問那什麼爛問題啊，阿嬤才會這樣問。但是他不介意，拿起吉他彈了〈飛越彩虹〉（Somewhere Over the Rainbow），彈得好美，讓我發抖。我愛茱蒂·嘉蘭（Judy Garland），也一直很喜歡這首歌，但是從來沒聽過旋律這麼豐富的版本。他彈完之後，我問：「你可不可以教我？」看他彈奏，你會想**試一試**，看看那種音樂從自己的指尖流出來，是什麼感覺。

他說我上課要先報名，這裡的規定就是這樣。所以我回家問過爸媽，他們說我已經在學聲樂和鋼琴，又在弄劇場，已經很多了。而且，跟在樂器行後面的人學音樂，這種事他們沒想過，我爸可是古典作曲家。

我說：「可是他會彈巴里歐斯。」爸爸很驚訝，「奧古斯丁·巴里歐斯嗎？」當然我不記得那個人的名字，無法大肆吹噓。

後來我回到樂器行，大概是一週後吧。他又出現了，人在教室裡。看到我的時候，他說：「嗨，音樂劇小姐。」他彈了一首〈彩虹仙子〉（Finnian's Rainbow），還唱了一小段。我問他怎麼知道這首歌，他說小時候在西班牙，一直聽同一張唱片，聽到後來就背起來了。我問他如果是西班牙人，怎麼會住在紐約呢。他說他女兒也彈吉他，上了茱莉亞音樂學校，他和老婆一起搬來這裡陪她。

全家人爲了讓女兒學音樂而搬家，我覺得還滿酷的。後來我一直過去，他總算表示我可以在週四帶吉他來。因爲之前有個小孩，付了整年學費，結果消失不來上課，所以他週四空了下來，以免那個小孩改變心意想回來上課。他教我一些很厲害的東西，只要有弦，他什麼都能彈。貝斯或是斑鳩琴都可以。他也是第一個拿烏克麗麗給我看的人，後來我錄音也用到這種樂器。

就像我之前說的，我不知道他就是法蘭奇．普瑞斯托。他說他是盧比歐先生，大家也都那樣叫他。我會知道他的名字，是因爲冬天他太太帶毛衣給他。她有英國口音，說：「很多層，法蘭西斯可，你要穿很多層才能保暖。」我很喜歡她的口音。

他們是我看過最酷的老夫妻。她很美，很英國人，他則是在西班牙長大。盧比歐先生一家人住在紐西蘭小島上，不像我們這種史坦頓島。而且家人很支持女兒。他什麼歌都會，雖然年紀大了，大概五十五或六十歲吧，還是很可愛。

我禮拜四去上課，斷斷續續上了幾年。有時我們只是聊聊學校、男生或是音樂、劇場的生涯。大多數時候是他聽我說，從來沒說過他曾是搖滾巨星，一次也沒有。他只給過我一個建議，卻反覆說了許多遍：「**不要讓音樂離開自己身邊**。」

那時候聽起來沒什麼，但是多年以後我開始錄音，便懂了。這也是我沒把音樂所有權賣出去的原因之一，即使業界的人給了我不一樣的建議，我還是如此。

我這樣說盧比歐先生吧。他有個很大的祕密。回頭想想，我的確發現在他待在樂器行一陣子之後，開始有些很不尋常的「學生」來找他。都是些年紀大的或爵士樂手。有一天我剛好經過，我發誓我看到邦喬飛走過走廊溜到他的教室裡。還有萊爾．拉維特。我不會看錯的，因爲他長相特殊，很好認。但我那時只是少女，到底發生了什麼事，根本一無所知。

後來我去賓漢頓（Binghamton）念紐約州立大學。有一年夏天回來，他消失不見了，教室也整理過了。我問盧比歐先生怎麼啦？他們說他和太太搬走了，搬到南方去了。

我一直沒機會跟他道謝、道別。會發現他的眞實身分，是因爲幾年前，《滾石》雜誌做了盜錄專輯《法蘭奇的魔法琴弦》的採訪。很不可思議吧？我有些歌詞的靈感來自於他，像是〈我的樣子〉（The Way I Am）裡講到穿同一件毛衣，或是像〈遠走〉（Far Away）講到搬到島上。隨著時間過去，老師總會慢慢影響到自己的音樂吧。

聽到他過世，我只想到應該要來參加葬禮。多年以來，我一直認眞想要找他，跟他說我很訝異，他竟然從沒吹噓自己的過去，教傻傻的少女彈琴，也不覺得高高在上。有多少人能做到那種地步？不多吧。

喔……你聽見他們在唱歌了嗎？我要進去了……

41

要快點，典禮已經開始了，我們來用「經過音」（passing tone）吧。經過音不屬於和弦的一部分，卻能連結旋律中的和弦，像是跳方塊舞時會先跟別人跳兩下，再回去找原來的舞伴。法蘭奇餘生的經過音，我來替你總結，只會提到重大事件的細節，再回到他生命最後幾天。這會花上兩倍時間，譜號是2/2。

經過音開始囉。一九九四年，法蘭奇一家人離開威赫基島（你剛才讀到了），因為凱獲准進入紐約茱莉亞音樂學校（多虧法蘭奇每天給她上吉他課，而且凱出生時從我這裡抓了好大一把才華）。法蘭奇和歐若拉在史坦頓島上租了一戶公寓。他改名為法蘭西斯可·盧比歐。盜錄的《法蘭奇的魔法琴弦》在吉他界成了經典（新科技讓音樂散布得很快），許多人積極想找出專輯中神祕失蹤的吉他手，其中包括年輕樂手、投機記者，連紀錄片導演都有。法蘭奇對此不感興趣，過去的已經過去了。他心想，好奇怪啊，他愈想躲開鎂光燈，燈光就愈想追捕他。

還好算他幸運，沒被找到。住在島上的七年間，他過著快快樂樂的普通生活：胖了十二磅，購買需要處方箋才能買的墨鏡，看著自己頭髮轉灰，跑步弄傷腳，去緬因州海邊，學煮茄子斜管麵（歐若拉的最愛），把吉他手查理·克里斯蒂安（Charlie Christian）的每段獨奏都練起來，緊急割除闌尾，練瑜伽，修好老式音箱，在下曼哈頓的唱片行買一大堆二手CD，在歐若拉煮早午餐的時候放給她聽。

他在樂器行教授鐘點課程，每週他從那裡回來，都帶一把不一樣的吉他，用過幾天以後卻都還了回去。

歐若拉看他這樣，會說：「你一定找不到滿意的吉他了。」

他會回答：「我已經很滿意了。」然後牽起她的手，讓她態度軟化。

最猛烈的海中，也有一處止水，因此法蘭奇和歐若拉默默懷抱著感激之情，度過平靜的年頭，像攀岩者登上山頭之後大口吐氣。兩人每天都會去菜市場買菜，跟鄰居交朋友，認識了開希臘麵包店的女子。他們還發現有旋轉木馬的公園，歐若拉有時會看得出神。法蘭奇擔心她在思念流掉的小孩，因為事情就發生在紐約。他會牽她的手，說：「來啦，去喝麥根沙士。」後來麥根沙士成了她最愛喝的飲料。

至於歐若拉，她每週在慈善雜貨店工作四天，畫油畫，沿河騎單車，每晚跟凱講電話，有時候只是說聲晚安。週末時，法蘭奇會彈新歌給她聽，他把自己譜的新曲跟老歌混在一起，但她從來沒猜錯哪個部分是他寫的。

他問：「妳怎麼每次都知道？」

她說：「你寫什麼我都聽得出來。」

她鼓勵法蘭奇教學，認為要是他化名盧比歐，便可一邊匿名、一邊追求自己熱愛的事。但是隨著時間過去，法蘭奇的豐富才華在樂器行變得無人不知（那是無法壓抑的）。老闆把他介紹給一個年輕搖滾明星認識，兩人彈了幾首藍調，流言很快地傳開——聽說史坦頓島的零售暢貨中心裡有個吉他大師——因此小有成就的樂手來紐約時，便順道拜訪，其中不乏極為知名者。有些人來求小撇步，有些人要求合作，有些只想來證實謠言。老闆一點都不介意，這樣會讓店裡的名聲更加穩固，吉他也賣得更好。

大家只知道這位奇人叫作盧比歐（「**你要去看盧比歐嗎？**」「**聽說盧比歐大展身手耶！**」）。有一陣子，法蘭奇想自己是不是太過火了？他珍惜跟具有天賦的藝術家在台下表演的機會，但是他們窮追不捨的樣子使他退縮。不過讓他驚訝的是，他發現原來自己教得還不錯，能分享以前跟大師學到的小技巧。據我估算，在樂器行兩年期間，共有八十三位專業樂手前來請他提供建議，像是邦喬飛、珍珠果醬（Pearl Jam）、E大街樂隊（E Stree Band）的成員，還有爵士樂貝斯手克里斯蒂安·麥克布萊德（Christian McBride）、吉他手厄爾·克魯（Earl Klugh）、節奏藍調歌手KEM及創作歌手沃倫·奇方（Warren Zevon）。

只有一小撮人知道法蘭奇的真實身分，像萊爾和洛芙，但他們發誓保密，並且真的履行承諾。然而有一天，公寓中電話響起。是歐若拉接的，對方說是《滾石》雜誌的人，問：「法蘭奇·普瑞斯托住在這裡嗎？」

歐若拉馬上掛掉電話。

經過音持續播放。凱後來以第一名畢業，加入波士頓的交響樂團。女兒自立之後，法蘭奇他們搬到紐奧良，還是很在意之前的電話。歐若拉在新月之城一向最開心了，因為法蘭奇就是在紐奧良的冰果先生櫥窗前跟她求婚。

他們在花園區買了小公寓。早上她幫他煮咖啡，晚上他幫她泡茶。下午，她帶他去她做義工的社區中心，她在那裡教藝術，跟小孩說盧比歐先生是音樂家。沒多久，法蘭奇開始指導一支少年樂團，裡頭有鋼琴、電貝斯、兩個鼓手、一個小號手，還有吹長號的小胖子。大家一起玩放克跟爵士，而鼓手喜歡繞舌。這個團體自稱是「亂糟糟」樂團。法蘭奇發現，雖然他們的技巧說不上熟練，自己卻期待看到年輕人的熱情。

據我向來精密的估算，這是法蘭奇加入的第三百七十二個樂團，還有兩個尚未出場。

吉他手萊斯．保羅（Les Paul）也是我的徒兒，體內充滿大量音樂，還有顆好奇心帶領他創新發明，像是各式電吉他、錄音、疊錄（overdubbing）技巧。少年時期，他把弦綁在鐵軌一頭，拉長後另一頭接在話筒上想要把聲音擴大放出。幾年後，他在一大塊松樹樹幹上加裝搖桿（pickup），把這樂器暱稱為「木頭」，這就是全世界都在彈的實心電吉他前身。

然而他最大的天賦，其實是忍耐。一九四八年的車禍讓他和妻子瑪麗・福特（Mary Ford）卡在峽谷裡三小時，沒人發現。他的肋骨、鼻骨、脾臟、骨盆、鎖骨都受損，最慘的是右手斷成好幾節，醫生差點要截肢，後來終於把手接回正確的角度固定。他從未放棄彈奏，受傷時沒有放棄，幾十年之後依舊堅持。那時關節炎啃噬他的身體，手看來有如獸爪。他繼續做音樂做到九十幾歲，在小俱樂部裡彈奏，拒絕放棄音樂。

法蘭奇在紐奧良的時候，發現自己的身體也開始走下坡，彈奏難度因此增加。左手僵硬是家常便飯。天氣潮溼時，彈完一首歌便會感到痛苦。看樂譜需要戴眼鏡。多年彎腰彈吉他，讓他下背一直承受壓力，起身時要兩手扶著下背，往後仰時則唉唉叫。

他歎氣跟歐若拉說：「我身上一直喀啦喀啦地響。」

「老了啊。」她說。

「可是妳都沒有這樣。」

「對啊，我還可以爬樹。」

法蘭奇低聲抱怨：「哼！」

42

到了二〇〇五年，再一年法蘭奇就七十歲了。那時有個強烈颶風襲擊路易斯安那。居民接到警告撤離，許多人卻選擇留下。歐若拉在附近老舊磚造建築內的公理會小教會幫忙。暴風預報愈來愈嚴重，大部分教友都離開了，但是老牧師發誓，不管水漲得多高絕不撤退。

歐若拉求他：「拜託，你一定要走。」

他說：「五十二年前我創立這個教會，如果神要我死在這裡，就讓我死吧！」

歐若拉轉述牧師的話給法蘭奇聽，他聽了搖頭。為神奉獻、為神受苦的人，這輩子他已經看夠了。

他說：「我們要離開。」歐若拉同意，結果等他開著裝滿東西的車子出來，她卻不見了。他趕緊開車到教會，發現她和幾個年輕教友在那裡釘窗戶木板。

法蘭奇問：「妳在幹嘛啊！」

「他要留下來，所以要幫他啊。」

「都發布颶風警報了。走了啦。」

「再等一下嘛。」

「不要拖太久喔。」

外頭風愈颳愈大，法蘭奇盡量幫忙，扶著木板讓其他人瘋狂鑽洞敲打。兩個少年拿著粗木條爬上梯子，急忙想立在窗邊。結果不小心晃得太大力，撞破窗戶，雨水灌進來。一個少年失去平衡，扔下門擋穩住自己，另一個少年也照做。第一個少年還是摔下來了，砰的一聲落在地上。其他人扯開嗓子問：「你還好吧？」

「沒事沒事，只是摔得有點重。」

那時，法蘭奇才聽見呻吟聲，回頭看到歐若拉躺在地上抱住頭。原來那木條飛起來，打到她的後腦勺。

「天啊！」牧師衝到她身旁。

法蘭奇推開擋在前面的人，彎腰看她。她頭皮輕微出血，眼睛一直眨。

法蘭奇喊：「幫我抬她上車。」

她說：「我沒事，我沒事。」

「上車！」

過了半小時，他們身上滴著雨水進入醫院急診室，醫生為歐若拉縫傷口，法蘭奇看到醫院大廳擠滿病患。許多病患是老人，來醫院是因為害怕颶風把家吹倒。歐若拉一再安撫法蘭奇，說傷口不深，但是她有輕微腦震盪，必須住院保持清醒以便觀察。

她說：「我覺得還好啦，只是頭痛嘛。」

法蘭奇問醫生：「在這裡安全嗎？颶風要來了。」

「當然安全。」醫生說完，便衝去照顧其他病患。

幾小時內，颶風強烈橫掃紐奧良。那晚，幾處護衛市內的河岸潰堤。滾滾洪水從朋恰特雷恩湖（法蘭奇一開始跟貓王合奏的地方）、密西西比河（法蘭奇和歐若拉新婚時散步的地方）灌進來，水位愈來愈高，沿著牆壁攀升，像要帶回所有往事那樣回流。醫院不只收容傷病患者，也不拒絕尋求庇護、食物的人。過了十二點停電了，醫生點手電筒開刀，食物愈來愈少，補給品也無法補充。低樓層的人爬到高樓層，擁擠的情況讓環境變得極不舒服。時值夏末，熱度讓人窒息。為了通風，他們打破封住的窗戶。

在這股騷動之中，法蘭奇從未離開歐若拉身邊。他們待在擁擠的病房裡，睡在角落的病床上。他一直說故事、跟她對話、唱歌給她聽，讓她保持清醒。

她低聲說：「我沒事。」

「我知道。」

「我還沒有要離開你。」

「不可以離開。」

「不過我要先走了。」

「妳這樣對嗎？」

「你要很久之後，才會見到我。」

「很久以後。」

「但我還是要先走。」

「很不公平耶。」法蘭奇說。

「哪有，很公平啊。」她回答。

「妳為什麼這樣想？」

歐若拉問：「如果你先走，我還剩下什麼？」

「有女兒啊。」

「沒錯，」歐若拉看向別處。「但是女兒有自己的人生，不能限制她，她會結婚生子。」

「喔，那我也可以這樣說啊。如果妳先走了，我除了凱，還有什麼？」法蘭奇說。

歐若拉看著他，好像他在開玩笑。

「你還有音樂啊。」

法蘭奇噗嗤了一聲，什麼也沒說（其實我完全明白她是什麼意思）。

歐若拉說：「唱〈跟我說愛我〉給我聽，不要讓我睡著。」

「我的法文已經變爛了。」法蘭奇說。

「還是要唱。」她微笑。「我是病人，唱歌就是藥方。」

他歎氣，回想那首歌唱給她聽。他輕柔地唱，後來隔壁床的老太太轉過來說：「唱大聲一點，親愛的，你的聲音很溫暖。」

法蘭奇唱得更大聲了，塞滿六張病床的病房在黑暗中安靜下來。病患和家屬拉開分床布幕，感謝他唱歌讓大家轉移注意力。

跟我說愛我，
溫柔的話，再說一遍。

他唱完後，大家禮貌性地鼓掌。有人說：「再唱一首！」法蘭奇對歐若拉翻白眼，像是在說：「妳看妳起的頭。」但是歐若拉微笑，故意用美國口音大喊：「欸，大家好，有沒有聽過法蘭奇．普瑞斯托的〈想要愛妳〉啊？」有個老先生說：「是好聽的老歌耶。」沒多久，法蘭奇便唱起演藝生涯中最紅的歌，沒有伴奏，只有雨點猛力敲擊窗戶。

想要愛妳，
不用懷疑。
我最愛妳，
無人能比……

他唱著唱著，大夥兒慢慢開始跟著唱，像在營火堆前合唱。最後黑暗房間中的每個人都加入，唱起那耳熟能詳的歌曲，有高音，有低音，有走音。他們合唱，勇敢抵擋外頭的暴風雨。

現在聽我說愛妳，
明天愛我就是妳——

最後一個字拖長音，有人拿湯匙當鼓敲，其他人又笑又吼「咿咿咿」。這是他聽過最好聽的〈想要愛妳〉了。

每個人活著都會參加樂團，有時候必須勇敢一點才能入團。

法蘭奇笑了，低頭看歐若拉。

「歐若拉？」

她的眼睛已經閉上了。

43

醫生解釋，帶走性命的致命一擊，極有可能是之前頭部受傷帶來的後遺症。不過也無法確定，歐若拉畢竟六十八歲了。護理師帶著手電筒衝進來，急救依然無效，她離開得非常迅速。年輕醫師表示節哀之後，衝去照顧其他風災受難者。勤務人員推著輪床進來，法蘭奇頹然坐下，沉默而不敢置信。遺體運走時，法蘭奇倒坐在地，靠牆蹲坐前後搖晃，手臂環抱胸前像是凍著似的。外面街道淹水，醫院變成戰場，沒有地方可去，沒有地方可讓他嘶吼。法蘭奇的人生再度被滾滾洪流改變了方向。

要等到四週之後，才有辦法讓歐若拉下葬。

在墓園葬禮中，凱牽著父親的手哭泣。歐若拉的教會夥伴也是如此。賽西兒從倫敦飛來，牽著凱的手啜泣。她念了一篇悼詞，從經濟學出發卻溫暖人心。說歐若拉又聰明、又勇敢，有時還是世界上最快樂的人。毫無疑問，她總是先想到別人才想到自己。教會的亂糟糟樂團演奏一首哀歌，那是紐奧良傳統的葬禮歌曲，歌名是〈不過是更靠近祢〉（Just a Closer Walk with Thee）。福音歌手朋友唱了歐若拉很喜歡的歌，她說那首歌會讓她想到法蘭奇，歌名叫作〈舉頭看〉（Up Above My Head）（又名〈我聽到空中有音樂響起〉〔I Hear Music in the Air〕）。

上述演奏，法蘭奇一個都沒加入。他隻字未說，站在一旁，看來像在千里之外。

我曾經說過，要爭得法蘭奇的心，只有歐若拉才是我的對手。那天她就徹底將我擊潰。他的體內一個音符也不剩，對她的愛意走投無路，像洪水般毫不留情地沖垮內心的牆，溺死了音樂，讓他沉默。他一直看見她的臉浮現，像是在醫院叫他唱歌，或是小時候叫他爬樹。他一直想起被捨棄的吉他，還有一根弦沒用到。

她問過他：「**說不定你本該影響其他人，本該拯救性命？**」

繼續思考下去實在太痛苦了，他關閉心思，眼神呆滯，自己也空虛如洞。

葬禮結束後，他還是留在墳前，等大家都離開，只剩下自己。接著他蹲下，從口袋拿出東西，插到泥土裡：那是用吉他弦摺成的小圓花。法蘭奇眼中充滿淚水，失去平衡往前倒，溼潤的泥土弄溼了膝蓋和手。他輕輕叫著她的名字，一遍又一遍。

「很久之後才會再見，」他倒抽一口氣。「妳說：『**還要很久。**』」

人活著都會加入樂團，但是有些團會令你心碎致死。

44

法蘭奇在人生最後幾年盡量逃避回憶。他去了菲律賓的馬尼拉，在聖托瑪斯大學（Santo Tomas University）教古典吉他。凱在父親的要求之下，動用交響樂團的人脈，讓他得以面試工作。

她抗議：「菲律賓真的很遠耶！」

他說：「我知道。」

法蘭奇的天主教背景為他加分不少。不過，他從來沒告訴新雇主，他已經放棄禱告、放棄教會、放棄神。他依舊接下教職，薪資不高，住在西班牙街上的小公寓裡。那裡方便他穿過拱頂之下的廣場，走路去上課。

他發現菲律賓學生有禮貌且尊重他。他一對一教學，有耐心，態度堅定。學生讚歎他學識淵博，不過他鮮少彈奏示範給學生聽，也不參與樂隊編制或員工管弦樂團。他去馬尼拉只有一個原因，便是躲到沒人找得到他的地方。

只有在晚上獨自站在窗前、俯瞰公車總站時，他才會碰碰吉他。現在法蘭奇的手指總是發痛，關節炎在神經受損的左手肆虐，持續性僵硬盤據在他的肩頸。他再也不慢跑，再也不會煮義大利斜管麵，再也不會修理音箱，不煮茶，以前會跟妻子一起做的事情再也不做了。這些事情上頭有寂寞像妖魔般盤旋著。歐若拉說過，法蘭奇要是沒有了她，還有音樂，她說得沒錯。不過我只能帶給他些微慰藉。她過世幾個月後，他寫了一首歌，從此再沒寫過其他曲子。

到了二〇〇九年，凱的樂團巡迴到馬尼拉，她順道探望他，告訴他自己獲選參加西班牙國際塔瑞加競賽。比賽是知名的音樂節活動，有四十多年歷史，那一年恰逢塔瑞加百年冥誕，特別盛大。正因如此，比賽場地首度換到塔瑞加的出生地，也就是維雅雷亞爾。

「爸，我希望你來看看。」

「不要，凱。」

「這對我來說很重要。」

「我沒辦法。」

「是你教我塔瑞加，你教我的第一首曲子就是塔瑞加。他的曲子都是你教我的呀。」

「有太多……」

「什麼？回憶嗎？」

「沒錯。」

「爸，回憶不是住在一個地方，是住在你心裡啊。回憶現在也在這裡，在這個——」凱環顧四周，「莫名其妙、小不隆咚的公寓裡。」

法蘭奇揉揉臉，把頭髮往後推。其實現在他髮量稀少、轉灰，但額頭上還是有亂亂的幾撮。

凱問：「你有沒有用過梳子啊？」

「有什麼好梳的？」他問。

凱看向別處。「爸，我也很想念她。」

「我知道。」

「我們必須往前走。」

「我知道。」

他看著已經成長為美人的女兒，三十出頭，如花綻放，但他自己卻枯萎了。

他問：「妳會多待幾天嗎？」

「我待到禮拜五。」

「再多待幾天可以嗎？」

她微笑了起來。

「那我打電話問問。」

「妳可以用我的電話。」法蘭奇指著桌邊。

「爸，我自己有電話。現在每個人都有電話了。」

「喔，好吧。」

凱傾身摸摸他的膝蓋。「你還好嗎？」

他緩緩地點頭。愛和痛苦像兩波潮水匯聚，同時向他席捲而來。

他問：「音樂節是什麼時候？」

爵士吉他手皮薩列里的話

約翰・皮薩列里（John Pizzarelli），爵士吉他手，歌手，作曲家，知名吉他手巴奇・皮薩列里（Bucky Pizzarelli）之子

好，當然好……我叫作約翰・皮薩列里，音樂家，住紐約。我來這裡，是因爲法蘭奇・普瑞斯托是我們家的老朋友，也因爲他在死前拜託我一件事。他要我找出《法蘭奇・普瑞斯托的魔法琴弦》的母帶，轉交給他女兒……帶子在行李箱裡。

法蘭奇和我？認識很久囉。一開始他先認識我爸，六〇年代中期認識的，就在法蘭奇上過「今夜秀」（The Tonight Show）節目之後。我爸在節目裡的樂團工作。兩個人都是吉他手，所以聊了起來。法蘭奇試彈我爸的七弦吉他，讓他大吃一驚。爸爸愛死他了，逢人便說：「誰知道他那麼厲害啊？而且他還不是義大利人呢！」我們原本以爲他跟我們一樣也是義大利裔，因爲他姓普瑞斯托，**聽起來**很像義大利姓氏。

總之往後幾年，如果法蘭奇經過紐約，就會順道過來我家，跟爸爸還有其他表演完爵士的樂手彈彈音樂。他們來通常是爲了吃我媽的螺紋水管麵。我第一次遇見他的時候，大概六、七歲吧。他看起來跟其他大人不一樣，人帥，頭髮又黑，還戴墨鏡。對我來說他有點像

貓王，其實那時候我也只認識貓王。我正在學次中音斑鳩琴，看到法蘭奇用吉他彈完一首歌之後，我拿起斑鳩琴問：「欸，那這個你會彈嗎？」當然我那時只是個自以爲聰明的小孩，但是他接過斑鳩琴，跟我眨眨眼，然後彈了〈馬拉圭尼亞〉，那是西班牙名曲，他彈得愈來愈快，我覺得天啊，眼睛都要掉出來了。他彈的可是斑鳩琴，根本不是自己的拿手樂器。彈完之後，他問：「怎麼樣啊？」我說：「還不錯啦。」他說：「還不錯就是很不錯。」

他都叫我ＬＰＪ，是我的全名Little Pizzarelli John的縮寫。那時總統是詹森，全名是Lyndon Baines Johnson，縮寫爲ＬＢＪ，跟我的ＬＰＪ聽起來很像。他喜歡看我跟爸爸合奏，我想他不知道自己的親生父親是誰，所以父子合奏的景象對他很特別吧。

之後過了很長一段時間，我們沒再看到法蘭奇。七○年代他來過一次，那時他和歐若拉結婚，剛好經過紐約。媽媽煮了義大利麵給他吃。那時我上高中，留了大蓬頭，很喜歡彼得．法蘭普頓（Peter Frampton）。他說：「那個大蓬頭底下是ＬＰＪ嗎？」我說：「大概是。」他說：「大概是就等於是啦。」接著他又問：「〈馬拉圭尼亞〉學起來了嗎？」

下次再見到他，又過了很長一段時間，我已經三十幾歲了，也開始錄音，在全世界走跳了。聽說他用化名在樂器行教學，什麼地方不好去，竟然在史坦頓島上。我開車去找他，果然是本人。他叫我關門，之後給我一個大擁抱，問候我爸近況如何。法蘭奇告訴我，他女兒進了茱莉亞音樂學校，還有因爲有人對他很好奇，所以他低調生活的事情。當時我在紐約演奏，拜託他過來跟我們合奏，還向他保證絕對不會介紹他的來歷，但是他拒絕了。他說，也許他和歐若拉會去看一下，但一直沒來。

接著，他們搬去紐奧良，我們因此失聯。

最後一次看到他，是一年前的事情。我們樂團在亞洲巡迴，在馬尼拉也有節目。表演結束後，一名大學生在舞台門口徘徊，說有要緊事得告訴我。他說傳訊者「過去常去我家吃肉丸」，提示：「〈馬拉圭尼亞〉。」並給了我一個地址。神神祕祕的，是不是很像在拍〇〇七電影？地址離表演場地不遠，我叫了計程車載我過去。到了公寓，門房什麼的也沒有，我只是敲敲門——

法蘭奇來應門，說：「嗨，LPJ。」

我愣了一下，他看來不太健康，腰都彎了，變得很瘦弱，戴著老花眼鏡，頭髮亂糟糟，像個頭腦不清的老教授。我不知道歐若拉已經過世，但是一聽到這消息，我就明白他爲什麼會變成這副德性。他們兩人之間的愛是如此癡狂。

我們聊了一會兒，他一如往常地問候我爸，想知道我們父子倆是不是還會合奏。我回答「會啊」的時候，他看來挺開心的。我問法蘭奇，還有沒有錄音、寫歌之類的。他說自從太太過世之後，只寫過一首歌。我問他能不能讓我聽聽，他就唱給我聽，歌很短，整首我都記下來了。

昨日見著一隻孤鳥

樹沒了，烏還在
烏雲霸占無月夜空
妳走了，我還在。

聽了讓人心碎啊，那麼悲傷，那麼美。我問他要不要錄這首歌。他看著我，彷彿我說了什麼不可能的傻話。他說：「你想錄的話就給你吧。」

那時，他請我幫忙。他說盜錄他彈吉他的《法蘭奇．普瑞斯托的魔法琴弦》在外面流傳多年（我沒告訴他，我認識的吉他手不是買過就是聽過），他眞的很想拿到母帶。我以爲他想討回屬於自己的錢。

不過我錯了。他不在乎錢，要回母帶是因爲他記得妻女那天曾跟去錄音室，彈奏之間，一家人說說笑笑，原本的母帶應該錄到了這些聲音。他希望自己過世後，凱能擁有關於爸媽的快樂回憶。

我花了一年時間追帶子，後來讓我找到了。紐西蘭的人賣給澳洲人，又賣到英國，後來再流到日本。上個月我去東京，找到持有母帶的錄音師。我跟他說自己代表法蘭奇．普瑞斯托本人時，他有點驚嚇，說：「我以爲他已經過世了。」於是他把母帶交給我，我則簽下日文文件，保證他不會遭到起訴。

一拿到母帶，我就撥打法蘭奇在菲律賓的電話，但我想他那時已經離開菲律賓，來到這裡了吧。才差幾天而已。

眞是非常典型的法蘭奇．普瑞斯托時間差呢。

45

法蘭奇和凱一起飛到西班牙，兩人在行李轉盤旁等凱的吉他出來。法蘭奇沒有帶吉他，只有一個小行李箱。他提醒自己是以父親的身分陪同，少碰音樂為妙。

第一天，他幾乎都在飯店睡覺。凱去音樂節會場登記，參加活動。法蘭奇的關節炎發作得很厲害，得吃藥才能止痛。當晚，凱要他聽她練習，於是他坐在椅子上，肩膀垂下，襯衫也不扣，凝神注視她靈活飛快的手指，訝異地發現她變得如此熟練，尤其能把他年輕時的代表音樂彈得這麼好。她彈著最複雜的段落，也就是顫音、連續彈指法（rasgueo）時，法蘭奇緩緩點頭。

「如何？」一彈完後她問他：「有什麼小技巧要說嗎？」

「我有沒有跟妳說過我多愛妳？」

「爸，那不算小技巧啊。」

他聳聳肩。「唉，好吧。」

競賽頭兩天，凱表現出色，輕易進入決賽。那天早上，天還沒亮，法蘭奇便起床了。脖子發出喀啦聲，膝蓋發痛。他內心很不安穩，藉著檯燈的燈光著裝，離開飯店，希望一呼吸到新鮮空氣，便能提振精神。

薄霧籠罩維雅雷亞爾，天氣一如卡門西塔遇到贈送琴弦的吉普賽家庭那天。法蘭奇沿著寬闊的街道行走，拐彎進了窄巷，前方兩步之外，幾乎什麼都看不見。城市靜如墓穴。

他的心思翻飛，預計明天就會離開，也很確定這是最後一次回到西班牙了。第一束晨光穿過薄霧，他發現自己走到小公園，園中有座雕像。

他走過去，瞇眼看著。從石頭基座由上往下看著他的，是一尊巨大的塔瑞加青銅雕像。場景宛如我的兩名愛徒在路上相逢。

雕像的姿勢看來正在進行表演。塔瑞加左腳搭在小板凳上，放在吉他上的手姿勢完美，吉他往上，標準的古典吉他姿勢。法蘭奇端詳逝世百年的吉他大師的臉龐，看著他長長的鬍子、微亂的頭髮，使他想起了大師。

他眼神往下，讀起雕像說明，接著往旁邊一瞥，眨了眨眼。

擺在石頭基座旁的，竟然是他的吉他。

就算無法確定真假，至少看來很像。然而這極度不可能，對吧？他左顧右盼，以為會有誰過來，接著笨手笨腳地翻過不高的柵欄，褲子被尖頂勾破，割出一道小傷口。

他哀叫：「啊——」

法蘭奇將手放在琴頸，瞬間感受到令人目眩的影像衝過，有萊恩哈特的臉龐、歐若拉、漢普頓、艾利斯、亞伯托。他將手抽回，像被螫了一般。

他發現，原來還有別人！

有人躲在雕像後面，拄著枴杖，戴兜帽，穿著厚重。

「那就是你的吉他，法蘭西斯可。」那人低聲說：「拿起來吧。」

46

法蘭奇以為自己眼前的是男人，然而兜帽放下後，他才發現那是個極為年老的女性。剪得很短的細軟頭髮幾乎白了，剩下幾處看得出以前是紅髮。眼睛下有條條皺紋，眼珠是榛果色。她開口時，法蘭奇看見她門牙的牙縫微開。

她說：「你把吉他留在修道院裡。」

「因為我不要了。」

「但還是你的。」

「妳為什麼要拿來？」

「因為你還沒彈完。」

「妳是誰？」

她頓了一下。

「我認識你媽。」

「我……**媽**？」

「我不配認識她。」

「因為我拋下你，讓你等死。我的下半輩子算是被遺棄了。」

她垂下了頭。

她盯著雕像前的地面，臉頰枯萎，陷進深深的皺紋中，皮膚鬆弛，垂在下巴。她講話時速度緩慢，語調刻意而不自然，像是經過多次練習，現在終於有機會說出來了。

「我叫尤塞法（Josefa），一九三五年，我十六歲，爸媽來維雅雷亞爾將我藏到修道院中。他們貧窮、但是虔誠，我爸更是如此。大家都叫他艾爾．皮雷。

「他離開時說：『女兒，妳待在這裡很安全，神會讓我們一家團圓。』

「我從此再也沒見到他。

「聖巴斯加教堂裡的修女安慰我。我參加彌撒，摺衣服，幫忙打掃聖人墓穴。

「教堂被搗毀那晚，我出門拿食物救濟需要的家庭，新手只能做這點小事。回來之後，幾乎所有人都逃了。我自己也要逃走時，發現有人從正門進來，跪在蠟燭旁邊，那是個懷孕的年輕女子。我靠近要警告她時，她倒了下來，開始分娩。

「她就是你的親生母親，名叫卡門西塔，來這裡祈禱順產。但是生產過程一開始，她自己也不知道該怎麼辦。我帶她到樓上巴斯加的小房間，祈禱聖人的靈魂能保佑我們。

「過了幾分鐘，你出生了。樓下有惡行，樓上有善神。媽媽替你取了和聖人一樣的名字，她才抱了你一會兒而已。為了讓你止哭，她哼了一首歌，救你一命——

「也救了我一命。」

法蘭奇發抖，低聲問：「她怎麼了？」

「她無法動彈，身體虛弱又出血。我聽到有人大喊，於是吹滅蠟燭。在黑暗中，我感覺她伸出手，摸到我的頭，把我拉近，在耳邊輕輕說了幾個字。

「『救我的小孩。』

「能做的我都做了。我換下修女袍，如果讓他們知道我的身分就完了。在以前那些日子，修女有可能當街遭到殺害。我換上她的衣服，再用我的衣服包住她。然後抱著你從後面的階梯跑出來。

「他們把教堂燒得一點也不剩。」

法蘭奇問：「妳把我媽留在那裡？」

她看著腳。「我還做了更糟的事。」

她激烈咳嗽，抓住枴杖。照在身上的日光愈充足，她顯得愈年邁。法蘭奇明白她要過來這裡，想必費了極大力氣。然而，她看來決意要將故事說完。

「很長一段時間，我一直把你視為己出扶養。我隱藏自己的過去，盡量滿足你的需要。但我沒有工作，沒有錢，食物又少，我自己也還是個孩子，聽不懂嬰兒的哭聲代表什麼。把你母親留下等死，讓我心裡備受譴責，活在謊言裡，又讓我覺得齷齪。我再也睡不著，聽到惡魔的呼喚。教堂曾是我的救贖，但我再也不能去教堂了。我身邊沒有家人，卻多出一個哭鬧的嬰兒，簡直走投無路，沒有援助。於是有天早上……」

法蘭奇說：「什麼？」

她深呼吸。

「我就把你丟掉了。請原諒我這樣說，但是我找不到更婉轉的說法。我把你丟到密哈勒斯河裡，然後跑掉。跑到胸口再也無法吸進空氣，倒在泥濘的灌木叢中。世界黑了，有一會兒我還以為自己會死，這正合我意。

「接著我聽到了呼吸聲，張眼一看，一隻狗站在我面前，體黑而無毛。狗出現時完全沒出聲，只盯著我看。有人喊了一聲，狗就跑開了。我看到遠方有個禿頭男抱著你，狗在他身邊。」

「是爸爸……」法蘭奇低語。

「是巴法．盧比歐。那時我就知道，神雖然已經放棄我，卻沒有放棄你。我是個惡人。拋下孩子，和自己的犯行後果共處，是我應得的處罰，不過我的罪已經贖清了。」

「怎麼贖的？」法蘭奇說。

「在遠方守護你，遵守你母親臨終所託——**救我的孩子**，那是唯一的救贖之道。那句話也是我從泥濘的灌木叢中起身的原因。我跟蹤巴法，看見他抱你走進家中。從那之後，我成了你的哨兵，發誓不管你的人生讓我付出什麼代價，也要一直守護你。我能做到的就是這樣。」

法蘭奇不敢置信地看著她：「妳這樣多久了？」

她將雙手抵著枴杖，「到剛才為止。」

舒曼譜寫名曲〈夢幻曲〉，是為了回憶童年。法蘭奇跟大師學會怎麼彈奏此曲。其特色是四個音符一組的重複段落，每次重複都接著不一樣的和弦，改變音樂的調性。雖然簡單卻很吸引人，讓人聯想到孩童的夢。然而，整首歌曲的重點在於最後一組四音符結構後面的漸強音。那個和弦美得刺痛人心，只要一聽到，就能明白前面的鋪陳都有意義。

在法蘭奇看來，修女的故事就是最後的和弦，將他拉出長期覆蓋他人生的霧濛濛夢境，一口氣抖出的細節，像齒凸般填滿鎖頭，讓插銷彈起。

他發現這一生，尤塞法都在他身邊一哩之內，是他所有樂團的無聲成員。是尤塞法在他小時候偷唱機時，引開警察的注意力；法蘭奇逃離軍人時，是尤塞法付錢要吉普賽人停車載他；是尤塞法偷偷跟著他到英國，發現他到了南安普敦，不時丟錢到他琴盒裡，免得他餓死。

尤塞法跟著他到美國，還順便把從西班牙搶救來的狗狗帶過去。巴法的姐姐拒絕解救法蘭奇時，是尤塞法跟在他背後，在他睡在巷子裡時報警，他才能去孤兒院。是尤塞法在孤兒院廚房工作，看著法蘭奇長大。是她刻意不關上廚房窗戶，讓悲傷的孩子和狗狗重聚。

尤塞法在底特律的夜總會目擊琴弦變藍事件，還跟著他去了納許維爾、紐奧良，並且告訴歐若拉，橋下有個西班牙吉他手，到處打聽她的消息。是尤塞法催促醫護人員到胡士托的舞台上，載送流血的法蘭奇上直升機。是她在倫敦飯店中當房務員，整理歌手東尼・班奈特的房間時，每天都拉開窗簾，讓他看見法蘭奇坐在公園長椅上，或許能讓他重返音樂圈。

幾十年後，鏡頭轉到紐西蘭小島上。是尤塞法從教會中偷走被遺棄的小孩，放在樹林裡，因為她知道法蘭奇和歐若拉想要組織家庭。

一家人命運般回到維雅雷亞爾時，是尤塞法穿著一如往常的厚重變裝，看法蘭奇在小酒館表演，結束後躲在巷子裡，因為她知道康佳鼓手亞伯托也躲在那裡。

法蘭奇問：「結果……是妳殺了他？」

「希望神可以原諒我。」

「妳去自首了。」

「也想不到有什麼能做的了。」

「結果坐牢了。」

「坐了十九年。」

「妳幹嘛開槍打他呢？」

「因為我以為他會傷害你。我知道他可能會衝動，以前我也看過他那樣。於是我拿了武器。法蘭西斯可，我這輩子存在，完全是為了保護你。所以他衝向你時，我開槍了。」

她摀住嘴巴，好像殺人的回憶依舊使她驚嚇不已，眼淚簌簌落下，滴在斑斑點點的皮膚上。

「到頭來，我一直如此告訴自己這才是正義。他從你身邊奪走了誰也不能奪走的人。」

法蘭奇說：「他殺了我的老師。」

「他不只是你的老師，還是你的父親。」她低語著。

法蘭奇突然之間無法呼吸。

「妳說什麼？」

「你一直稱作『大師』的人，本姓是普瑞斯托，也就是卡門西塔的丈夫。他曾經是維雅雷亞爾最有前途的吉他手，但是在作戰時失明。他失去你的母親，以為也失去了他的孩子，那時他就失去了自己。」

法蘭奇低聲說：「這不可能是真的。」

「就是真的。但你出生時教堂鐘響，神給了你一個新爸爸，巴法・盧比歐。漸漸地，他不知不覺成了你的真爸爸。是大師在巴法坐牢時探望他。大師送你去美國，用的也是他的錢。也因為這筆錢，亞伯托把大師推到海裡。一週後，我把同一筆錢偷回來，金額不小，讓我這些年能好好守護你。法蘭西斯可，每件事都互有關聯。我爸以前老跟我說 Le duy vas xalaven pe，意思是『互相清洗的雙手』。」

法蘭奇問：「妳還把錢偷回來？」

「誓言保護你的過程中，我幾乎什麼罪都犯了。因為一開始是我犯下最深的罪：我讓你等死。

「服刑期間，我只能禱告希望你平安。我還以為再也看不到你了，可是現在因為神的恩惠，神將你帶回這裡，我才能對你做出最後一個請求。」

法蘭奇問：「妳要幹嘛？」

她垂下眼睛，「求你原諒。」

法蘭奇頭往後仰，感覺頭很沉重。他揉揉太陽穴，太多資訊無法消化，不斷想像自己不在場的那些場景：母親死於燃燒中的教堂；大師被推進海裡；亞伯托被搶；還有眼前這個女人，又老又虛弱、牙縫微開的修女，竟然參與了所有事件；她宛如看不見的手，拉扯著他的人生琴弦，他覺得自己被操弄了。他緩緩起身，怒目瞪視眼前這位自稱守護者的乾扁修女。他又沒有拜託她，她卻玩弄他的人生，讓他所知的一切成了謊言。

「不要，我不要原諒妳。馬上離開，馬上！」他說。

「法蘭西斯可——」

「妳離我遠一點，永遠不要靠近我，聽到了嗎？我不需要妳，從來不需要妳。」

她低聲說：「才不是這樣呢。」

然而，法蘭奇把尤塞法、吉他、塔瑞加都留在身後，跛行離開了。

47

法蘭奇再也沒回去飯店。他不吃不喝，恍恍惚惚地往城市邊緣走去，坐在密哈勒斯河岸邊的隱密處。失落感在胸口燃燒，他想像自己被丟進河中，想像巴法找到他，想像不要臉的修女躺在泥濘的灌木叢中，看著自己被撿走。這是什麼人生？根本是與自己同名的歌劇，卻又不是自己所寫。

幾乎一整天，他都待在河邊，看著舊水車和牧童雕像。最後，下午的陽光失去熱度，法蘭奇進入一間小教堂。過去躲在洞穴的難民常去那裡。

教堂沒人，腳步聲發出回音。他往祭壇移動，彎腰跪下。這是他打從兒時開始，首度張開雙手懇求吉他以外的東西。雖然大師警告過他：「神什麼也不會給你。」他還是跟祂祈求答案，指引他明路和平靜。

等啊等，聽啊聽，音樂門生等待聲音響起，卻只聽到寂靜之聲。

一如大師之前所說。

法蘭奇緩緩起身，轉身回維雅雷亞爾。

音樂節最後一晚的節目，於票券售罄的市立音樂廳裡舉行。法蘭奇到音樂廳時累壞了，沒吃飯，票也沒帶在身上。他走到建築物後面，身為熟門熟路的樂手，他很清楚哪裡有舞台出入口，他找到一扇門溜進去。在走廊上走動時，他看到表演者就位，瞥到凱穿著歐若拉的紅洋裝。

「爸爸？」凱衝過來。「你跑到哪裡去啦？」

「妳看起來好漂亮喔。」

「我擔心死啦。」

「去散步了嘛。」

「你還好嗎？全身都是汗。」

「我沒事，妳顧著彈吉他就好。」

「你找到座位了嗎？」

「我坐後台就好。可以嗎？」

凱找了一張椅子給他坐下。

「爸爸，好好休息吧。」

「妳去準備，我沒事。祝妳好運喔。」他說。

凱消失在走廊盡頭，比賽開始。法蘭奇聽見牆後傳來管弦樂聲，兩音部樂聲一起一落，安靜時由吉他手表現。他想起第一次聽到這種排場，是幼時在克利夫蘭劇院的舞台側邊，聽艾靈頓公爵的樂團合奏。但他現在無法激起那種年輕的好奇心了。他眼睛死盯著泥濘的鞋子，他從來沒有這麼累過。

輪到凱表演時，他慢慢摸索走到舞台側邊。她是最後一個上場的選手，選奏一組兩首的塔瑞加創作。這對多數吉他手而言很困難，卻是她從小彈到大的曲子。我能自豪地說，她彈得毫無瑕疵。身後的管弦樂團合奏，聽來像是合作多年一般有默契。彈完後，觀眾熱情點頭，起身歡呼鼓掌。要是評審選其他人當冠軍，觀眾可能會暴動吧。

大會宣布凱為比賽贏家，她走向台前鞠躬，法蘭奇感到體內湧出一股驕傲，連自己得獎都從未有如此感受。有人領她到台前，接受兩束贈花和獎座。

「非常感謝。」凱對著麥克風，以完美的西班牙文發表謝詞：「非常榮幸能夠彈奏偉人塔瑞加的作品。他是土生土長的維雅雷亞爾子弟。」

掌聲更熱烈了。

「但若非另一個維雅雷亞爾人，我連一個吉他音符也不懂。這個人就是我的父親。」

群眾嘀嘀咕咕，凱轉頭對法蘭奇揮手。他沒料到會這樣，感到一陣暈眩。

「爸爸，請過來。」

他搖頭表示不要。

「爸爸……拜託啦……」

他握緊拳頭，然後把手藏到身後，低著頭上台，群眾鼓掌。

「這位就是我的父親，法蘭奇．普瑞斯托，這樣介紹他，你們比較知道他是誰。爸爸在這裡長大，也在這裡學音樂。」

掌聲愈發熱烈，充滿驚喜。法蘭奇抬起頭，乖乖對大家點頭，發現自己很多年沒上台了。

「爸爸，今天有人送這個過來喔。」凱指著走近的舞台助理遞過來的物件。「這是你小時候在這裡使用的吉他，真是奇蹟耶。」

法蘭奇喉頭一緊，不想糾正凱或告訴她真相。

「和我彈一首歌好嗎？」

法蘭奇還來不及反應，觀眾已先發出如雷的喊聲，要他答應。凱將吉他遞給他，有人塞了椅子就定位，又有人拿了小板凳。助手很快地下場，讓父女單獨同台。凱坐下，將吉他放在膝蓋上。她微笑，示意父親照做。他搖頭拒絕，她點頭堅持。

「爸爸，」她小聲說：「你應該重新做音樂啦。」

法蘭奇僵持不動，十分驚嚇。最後他還是在凱身邊坐下，音樂廳安靜下來，連零星的咳嗽聲都能聽見。法蘭奇將吉他放好，一如過往擺放過無數次一般。突然之間，他無法止住全身的顫抖，喉嚨乾渴，視線模糊，手指像鎖住了一樣。這種狀態下，他無法彈奏。凱看著他，一臉關切。他閉上眼睛深呼吸。胸腔下沉時，他聽見大師，也就是他父親說話。那是最後的回憶之一。

「大師，音樂有學完的一天嗎？」

「永遠學不完。」

「眞的嗎？」

「你永遠不知道還有多少不知道。你會一直學，學到人生最後幾天。之後你會激發其他人。」

「激發是什麼意思？」

「意思是讓別人像你那樣，愛上音樂。」

「然後他們就會想要彈得跟我一樣嗎？」

「可能吧。」

「我眞的做得到嗎？」

「光説，是做不到的。」

「Lo siento, Maestro.」

「説英文。」

「抱歉。」

「好吧，那你開始……」

法蘭奇將手指放在弦上，看著女兒，開始演奏。

那是柔美活潑的塔瑞加二重奏，這些年來父女彈過很多次，曲名是〈阿黛莉塔〉（Adelita）。

法蘭奇的琴弦和凱的彈奏交錯，支持她的同時又加強重音，引導曲子進行。她稍微移動位置，他也一樣，想起過往曾在海島小屋後方多次合奏。在歐若拉過世前，法蘭奇會調侃凱以後要結婚，這樣他才能在婚禮上跟女兒跳舞。

曲子彈完之後，父女讓吉他繼續發出殘響，接著同時垂手，動作宛如編排過。觀眾歡呼，法蘭奇覺得心臟飽脹，連管弦樂手都起立讚賞。這是法蘭奇最後參加的樂團了。

不過，卻不是他最後一次表演。

凱對他伸出一隻手，觀眾熱烈回應，想聽更多表演。凱親了法蘭奇的臉頰之後離開，對他說：

「現在換你啦，彈首歌給媽媽聽吧。」

法蘭奇看她走下台，他坐回原位，緩了緩呼吸，覺得該彈的只剩一首曲子。

〈淚〉。

塔瑞加過世時，有人寫下一句「死亡無耳傾聽」。如果死神有耳朵，能聽懂音樂，永遠沒有辦法讓他的音樂從世上消失。

那天晚上，法蘭奇·普瑞斯托彈奏時，世界再度聽聞超越死亡的音樂。法蘭奇與我用了極為特殊的方式連結，裡裡外外無處不接。他彈的再也不是歌曲裡的音符，而是一顆顆淚珠，是塔瑞加作曲時落下的淚珠；是卡門西塔哼唱時的淚珠；當大師知道他將音樂之美傳承給沙丁魚老闆之子時，落下的淚珠。

如此強烈連結記憶與歌曲的音樂，世上從未有過。法蘭奇彈到最後一節，往舞台側邊一看，看到女兒掩住微笑。結果他發現在女兒身後，是低頭的尤塞法。

法蘭奇看著她，看到她抬起頭來，臉上充滿一生自責的悲傷表情。那時他才明白，以某種方式看來，這女人其實對他貢獻極多：法蘭奇的父親、妻子、女兒、狗狗，甚至連他的安全、健康、音樂，都是來自於尤塞法。沒錯，她雖然一度拋棄他，但他也對她做了同樣的事情，連寬恕都不願施捨。

他停止彈奏，觀眾好奇地靜靜看著他。他慢慢起身，像是奉上祭品般將吉他遞給她。在內心深處，他聽見那天下午一直想要聽到的話。

他知道該怎麼說了。

「我原諒妳。妳是善良的人，我也很感謝妳。」他說。

她低聲問：「你感謝**我**？」

「感謝妳為我這一生所做的事。」

他看著女兒。「我精彩的全部人生。」

尤塞法的嘴唇稍微分開。那一刻說也奇怪，她看來竟有點神似她的父親，也就是送出魔法琴弦的吉普賽人。尤塞法平靜地閉上雙眼，拉下兜帽。突然間，音樂廳的燈光像燭火吹滅般全熄了。

法蘭奇聽到觀眾席中有人倒抽一口氣。他低頭看，看到一條發光的細線。

最細的那條弦變藍了。

觀眾以為這是表演的一部分，開始興高采烈地鼓掌。黑暗中，法蘭奇突然覺得如釋重負，像是有人拔掉了他與沉重世界之間的鎖鍊，力氣和擔憂流出體外。他明白過來，琴弦裡真的住著生命。但是讓琴弦變藍的並非他的演奏，而是他的心。

鼓掌愈發熱烈。法蘭奇抬頭，當下在屋梁上看到大師、巴法和歐若拉的靈魂在跟他招手。他對他們招手，胸口傳來一陣痛楚，吉他碰的一聲倒在地上。

後來如某些人所說，他飄到天花板上。

這部分我想要澄清，他的身體可沒有飄起，飄起來的是他的靈魂。然而，塵世想聽到他美妙音樂的願望過於強烈，所以靈魂被卡在天堂和人間，僵持了一會兒。

兩界之間的拉扯，只能有一個贏家。

幾秒鐘之後，他離開了，只留下肉身，像剪斷絲線的木偶，頹然倒在地上。

你看看現在的時間，看看教會，看看抬棺材的人，每個都是法蘭奇這幾年來的學生，年輕的男男女女，身穿黑衣，神情哀傷。我在故事開頭說過，要回收他的才華，播撒在其他人身上，但他已經先我一步完成這項工作。他的天賦遍及抬棺者的體內。長途跋涉道別的老樂手們也受到他的影響。聽過他音樂的百萬聽眾及模仿者之中，也有他的才華。心愛女兒以及未來子孫的心中也有。藉由許久以前錄製的唱片，他們將聽見法蘭奇最傑出的表演，也能聽到他的笑聲。

現在我要回去，繼續永恆的工作，等新生兒出生，張開小手。

你或許有所不知，塔瑞加過世多年後，曾開棺撿骨，在離家更近的地方重新下葬。那時，知名吉他手塞戈維亞去參觀，開棺時站在一旁，向這位影響至深的偉人致敬。

塞戈維亞如此敬重他，實在令我開心。不過離開前我要老實說，才華不在肉體之中，也不在嘴唇、肺部或手中。音樂存在於靈魂之間的互相連結，說著不需文字的語言。

人活著都會加入樂團，演奏的歌曲永遠會影響別人，有時甚至能影響全世界。法蘭奇的交響樂結束了。最後，我們終於能畫下休止符。

謝詞

許多作家在書末寫「本書能夠完成，多虧下列人士……」這是非常得當的作法，我也不能免俗。而且此話尤其適合本書：感謝眾多藝術家同意讓我將主角法蘭奇安插進他們的真實生活中。他們信任我，任我以他們的角度撰寫故事，創造出另一種版本的個人歷史。對此我不僅感激，更須在此特別致謝：

馬可士・貝爾葛瑞福　貝爾葛瑞福先生是人間珍寶。我最後一次和他對話，跟他談起本書，並說他也會出現於其中。那時他人在診療室，依然保有一貫的樂觀和煦。數月之後，他雖然過世了，他的拿手樂器法國號不會遭人遺忘。貝爾葛瑞福先生在底特律爵士傳奇中占有一席之地。

達妮・洛芙　〈今天遇見一個男生好想跟他結婚〉（Today I Met The Boy I'm Gonna Marry）是我太太在婚禮上唱的歌。我自己也是達妮多年的狂熱歌迷。她的人生非常精彩，書中的法蘭奇應該在海邊趁機親她才對。

伯特・巴克瑞克　我認識巴克瑞克先生的時間不長，他人如其音樂優雅，是二十世紀傑出的作曲家之一。拿本電話簿給他，都能譜出旋律。能寫出〈寶貝是你〉（Baby It's You）、〈不知該如何是好〉（I Just Don't Know What To Do With Myself）這麼好聽的歌曲，真是難以想像。誠摯感謝他參與本書的寫作計畫。

羅傑・麥昆　他的吉他技巧高超卻態度謙遜，他的性格給了我描寫法蘭奇的靈感。羅傑是搖滾樂活化石。書中他與披頭四互動，還有派對的描寫都是真實事件。有一晚，他還曾和克萊普頓、罕醉克斯一起在公寓裡玩音樂，這我沒寫進書中。羅傑指導過我們的樂團「搖滾底部邊緣人」，完全是對牛彈琴。

萊爾・拉維特　幾年前我們相遇，成了朋友。我一直很喜歡萊爾的音樂和歌詞。我聽他的〈她第一個錯〉（Her First Mistake）和〈神會〉（God Will）時，突然想到「睿智」這個詞，所以將書中的德州三人團取名為「睿智吶喊」。萊爾的天分有多高，姿態就有多低。他馬上答應讓我寫進故事裡，他對我的信任意義重大。

保羅・史丹利　本書創作前我並沒見過保羅，他卻大方招待我到他家，跟我說了許多搖滾軼事，包括 KISS 樂團如何徵人（他真的說過徵人入團就像「從約會跳到結婚」的過程）。保羅感覺很像詩人，很有想法，人又好，非常認真看待此書，慎重閱讀他與法蘭奇互動的章節。躲在吉他轟隆和弦背後的保羅，其實是個慷慨而敏感的藝術家。我對他的感激之情怎樣也還不完。

東尼・班尼特　班尼特先生是國寶。某天下午，我們一起坐在後台，聽他講他怎麼說服放棄樂途的音樂家回頭，於是我將這段話，寫進書中他在倫敦和失意的法蘭奇相會的章節。如果有人能讓音樂浪子回頭，一定是班尼特先生吧。只要聽他唱〈星途迷茫〉，就知道我的意思了。我愛他，有他這個朋友，我很自豪。

溫頓・馬沙利斯　溫頓和我會變成兄弟，都是因為他的團跟我的廣播節目工作人員下戰帖比籃球，結果我們被痛宰一頓。（誰知道爵士樂手那麼會射籃啊！）他很快就答應讓我把他寫進書裡。他讀完自己出現的章節後，傳訊息跟我分享他的滿腔熱情。沒有人比溫頓更能使出爵士樂的魄力，我想他出生時，應該兩手抓滿音樂天賦吧。

英格麗・麥可森　我腦中浮現讓她出場的想法，全部來自我跟她在紐約相處的一個早上。那時她喝的咖啡還沒發揮作用，就得表演。她有才華、聰明機智，我認為很適合當老法蘭奇的學生。聽聽她的〈遠方〉、〈如何愛〉（How We Love），就能看出她的才華不受侷限。若她在故事中教盧比歐怎麼寫歌，也不突兀。

約翰・皮薩列里　第一個聽我談起本書的就是約翰，讓他壓軸出場再適合不過了。許多樂手的人和樂器合而為一，表演時看來毫不費力卻極具渲染力，他就是其中之一。我們是多年老友，他為人慷慨又謙遜，他會走遍全世界找回法蘭奇的神專輯，一點也不奇怪。約翰是我的英雄，讓他在書中一逞英勇，相當有趣。

講到本書的寫作過程，要從我在西班牙的時光開始說起。馬塔・阿曼歌・羅尤（Marta Armengol Royo）是理想的研究者兼譯者，要求精確，熱情滿滿；哈辛多・赫雷迪亞（Jacinto Heredia）則是維雅雷亞爾當地的歷史學家，知道許多無價知識和軼事（書中帶領法蘭奇參觀塔瑞加文物的哈辛多就是他；他幫我這麼多，我只能幫他安插角色答謝）；感謝維雅雷亞爾的好人們和市立博物館的塔瑞加展覽，聖巴斯加教堂在塑造本書氣氛和法蘭奇身世上起了關鍵作用。維雅雷亞爾這個地方很精彩，我極力推薦大家去觀光（特別感謝我在西班牙的出版商 Maeva，讓旅行快速進行）。

鏡頭拉近一點，我要大力感謝凱倫・里娜，她是哈波柯林斯的編輯，如此難以在開頭解釋清楚的小說，她竟然信任我，讓我放手去寫。還有布萊恩・莫瑞、麥可・莫里森、強納森・波恩祝福過本書。哈波柯林斯出版社像個大家庭，在我寫作生涯現階段讓我感到自在。感謝出版社所有人，尤其是米蘭・巴茲克（再度做出漂亮書封）、約翰・尤斯諾、莉亞・卡森－斯丹尼斯克、賈許・馬維爾、道格・瓊斯、布萊恩・培林、莉亞・瓦西華斯基、史黛芬妮・古柏、凱西・史奈德、漢娜・羅賓森（不用再編輯了，耶！）、萊斯麗・柯恩（感謝她在過去及未來對法蘭奇故事成形所做的貢獻）。

大衛・布萊克當我的傳奇經紀人兼朋友將近三十年了，我想我們混得還不錯。從各種角度來說，安東妮拉・葉納里諾都稱得上是珍貴寶庫。蘇珊・瑞霍法讓法蘭奇行銷全球，也要特別感謝莎拉・史密斯和珍妮・海瑞拉。

瓊安・巴納斯為本書研究甚多，從跟吉他手們促膝長談，到挖掘一九四六年萊恩哈特表演歌單，無所不包。提到她，我也得順便感謝印第安納古典吉他協會的約翰・阿爾瓦多；阿拉巴馬州蒙哥馬利漢克威廉斯博物館的人員；快桅船業的艾咪・豪瑟（法蘭奇坐過那麼多船）；密西根手部與運動復健中心的凱・麥康納奇；德州大學奧斯汀校區的伊恩・Ｆ・漢考克、明尼蘇達的威廉・Ａ・杜納，兩位對於吉普賽人的文化和歷史多有貢獻。美國越戰退役士兵協會；密西根非恩代爾歌蒂音樂的歌蒂．魯坡；萊曼禮堂博物館的經理約書亞．布魯恩堡，以及館長布萊恩黛．卡樂戴；密西根沃特福湖區聖母堂的神父勞倫斯．J．德雷內；辛辛那提聖佳蘭教會的修女黛安娜．修特；密西根魏斯藍的盧梭．巴伯；路易斯安那衛生醫療部公關局的瑪麗．凱．斯拉瑟。

特別感謝傑出吉他手維多．拉法塔，他起碼看過此書三遍，提供專業見解。大力感謝共和國唱片公司的各位，尤其是艾佛力．李普曼、湯姆．麥凱，兩位看到了法蘭奇神祕專輯的實錄。由衷感謝出現在書中的所有公眾人物，不管出現他們覺得意不意外。

鏡頭再拉得更近，凱莉．亞力山德一如既往，兼顧所有事物。馬克．羅西．羅森塔幫我應付外在世界，我才有時間寫作。曼德爾管錢，雖然我沒有不敬，但還是覺得他是懶鬼。查德．奧迪再度展示什麼叫作很有創意，但助人一臂之力才值得傳誦的經典。翠莎、瑞克、阿里、傑西是第一批看過本書的人。家人總是我最想感謝的一群人，在忍受我寫作荼毒之前，先被我的音樂虐待：感謝爸爸、卡拉、彼得、所有阿姨嬸嬸叔叔伯伯各種表親，也特別懷念媽媽，在我創作過程中上了天堂，讓我寫母子互動時深有同感。

我也得感謝讓我加入的樂團，讓我知道樂團成員互動就像家人一樣，有好有壞。這些團包括澄淨反思、幸運老虎注油棒，還有我在大學玩的團，像是聰明上路、搖滾底部邊緣人，還有一堆我記不起來的團。

最後一如往常，最深的感謝獻給潔寧，她是我的樹上女孩，聽我這個歌聲略遜於法蘭奇的作者叨叨念念書中的每一個音符，坐在搖椅上聽我說故事，兩人晃出獨特的故事旋律。

國家圖書館出版品預行編目資料

六根藍色魔弦 / 米奇・艾爾邦（Mitch Albom）
著 ; 吳品儒譯. -- 初版. -- 臺北市 : 大塊文化,
2015.12
面；　公分. --（mark ; 111）
譯自 : The magic strings of Frankie Presto
ISBN 978-986-213-671-3（平裝）

874.57　　104024939

LOCUS

LOCUS

LOCUS

LOCUS